NF文庫
ノンフィクション

新装版

隼のつばさ

比島最後の隼戦闘隊

宮本郷三

潮書房光人社

隼のつばさ——目次

第八章　戦い熄んで

本文写真提供＊原正生・雑誌「丸」編集部

隼のつばさ

比島最後の隼戦闘隊

序 章 痛恨のとき

昭和十九年九月十二日——。

その日の朝は抜けるような青空だった。ところどころに浮かぶ大きな白雲が、青空をバックに美しい色どりをそえていたが、昨夜来ひんぴんと入ってくる警報に、私たちはただならぬ殺気を感じはじめていた。

早目の朝食をすませると、さっそく上空哨戒のために、第三中隊(長、渡部久一中尉)が飛び立って行った。この日はいつもの機側待機をとりやめ、全操縦者がピスト(野戦司令所)周辺に集まっていた。早目の昼食もとった。

第三中隊と交替した第一中隊(長、有塚末太郎中尉)が、勇ましい試射の音を響かせながら離陸していく。このとき私にあたえられた任務は対空監視であった。ピスト脇に据えられた対空双眼鏡にとりついて、さっそく眼鏡をぐるぐると回しながら懸命の索敵を行なった。

「ハルマヘラ作戦」は、依然として発動されないまま今日まで時間が過ぎていた。ハルマヘラ作戦というのは、ニューギニア東部を制圧して北上を狙っていたマッカーサー元帥の米軍を、ハルマヘラ島（セレベス島東北）付近にとらえて撃滅しようというものである。さきごろ十三飛行団の江山六夫団長をはじめとする三十、三十一両戦隊長とその中隊長たちが、ハルマヘラ島を上空から偵察した。その偵察が終わってまもなく、整備隊は移動をはじめることになり、ミンダナオ島のデルモンテへ、セレベス島のメナドへ、そしてレイテ島のドラッグへと、分散していったのであった。

敵機動部隊の動きがにわかに活発になってきた。ハルマヘラ島か、それともミンダナオ島か、わが方は決断を迫られていた。この日（九月十二日）、かねてからの作戦計画にしたがって、十三飛行団はミンダナオ島に前進することを決し、三十、三十一両戦隊の一式戦には、爆装と落下タンクが装備された。

そのころ、わが方に接近しつつあった米三十八機動部隊というのは、東部ニューギニアに集結を終えていたマッカーサー元帥麾下の艦隊で、ニミッツ提督の指揮下にあった航空母艦六隻を中軸とする大兵力のことである。搭載機数も三百機を越え、わが方の戦隊数に換算すれば、優に七コ戦隊を越える。

それに立ち向かおうとしていたのは、三十、三十一の両戦隊が保有している約六十機の一式戦と、海軍がセブ島に配備してあったほぼ同数の零戦のみであった。しかも、もっとも不運だったことは、一式戦の方がミンダナオ島進出にそなえて、爆装と落下タンクを装備していたことであった。

当時のネグロス島には、陸軍の航空基地が八ヵ所あった。それらを総称して「バコロド基地」と呼んでいたが、この当時、実戦配備についていたのはそのうちのわずか二ヵ所にすぎない。

つまり、十三飛行団司令部と三十一戦隊が同駐していたファブリカと、私たち三十戦隊が駐屯していたマナプラである。

いちばん南に寄ったラカルロタ基地には、私や神田正斉少尉などが卒業した、第三十二教育飛行隊があったが、ここには実用機がなかった。あってもせいぜい訓練用の九七戦どまりで、これは近代戦には通用しない。

フィリピン関係要図

なぜ、バコロド基地の実戦配備がこんなに遅れていたのか、私などには知る由もないが、このとき量の上ですでにわが方は劣勢に立たされていたことは間違いのない事実であった。

高度を五千メートルほどにとって、有塚中隊と思われる豆粒ほどの編隊が、紺碧の空をバックに堂々の飛行をしている。そのたのもしさに私の血は躍った。私は夢中になって、なおも眼鏡をのぞきこんでいた。そのとき、突如、海軍の零戦が一機、急激な操作で強引に着陸してきた。そして、その搭乗員が、駆け寄っていった操縦者や整備兵たちにひと言、

「来た！」

と言い残したまま、その場からふたたび強引な操作で離陸していったのである（この零戦は一航艦所属で、その当時セブ島にあった海軍の航空基地から飛来したものだった）。

ちょうどその時分、私の聴覚が、得体のしれぬかすかな音をとらえていた。遠雷ともとれるし、海鳴りともとれる怪しい音波である。

「大爆音らしいものが聞こえます！」

私がピストに向かって大声で報告したときには、ピスト内ではもうすでに活発な動きがはじまっていた。

落下傘縛帯を着けながら自機に向かって走り出す者、はじめから縛帯も着けずに走っていく者、それぞれが一刻も早く自機にとりつこうと必死であった。一方で、機側に待機していた整備の兵隊たちは、エンジン始動の準備におおわらわになっていた。

「まわせー！」

「まわせー！」

戦隊長をはじめ、あちこちから大声で叫ぶ声が聞こえてくる。

ここで、どうしても説明しておかねばならないことがある。いま、操縦者たちが大声で叫

んでいる「まわせー！」の意味のことだが、これはスターター（起動車）を呼んでいる声なのである。スターターは自車のエンジンを利用して、アームの先端を回転させることができる。その先端を飛行機のプロペラの中心部の金具と結べば、プロペラは容易に回転をはじめる。これは時間的にも速いし、労力も必要としない。

発進直前の陸軍一式戦闘機「隼」。比島に迫るマッカーサーの大部隊に対し、ネグロス島で実戦配備の成った陸軍航空基地はわずか２ヵ所。配備の遅れは間もなく致命的な結果を招いた。

海軍の零戦などには「セルモーター」がついているから始動は容易なのに、一式戦などにはそれがない。機体の軽量化に最重点がおかれ、余分なものは極力排除するのが、その当時の陸軍の方針であった。じつはこのことが、わが戦隊の損害を大きくした一つの大きな原因だったと、私には思われて仕方がないのであるが。

一つの飛行基地には、飛行場大隊と呼ばれる地上部隊が、警備と管理を担当している。戦隊には整備専門の整備隊が組みこまれているが、前にも書いたように、その本隊は「ハルマヘラ作戦」のために、すでにセレベス方面に移動していた。

残された少数の整備隊が保有していたスターターは、わずかに二台であった。戦隊が保有している一式戦は三十二機（可動数）。有塚中隊の六機余を除いても二十六機余が地上に残っていた。

それぞれの飛行機には確かに手動の始動装置がついてはいるが、これがなかなかかからない。機付の整備兵が汗まみれになって転把をまわすのだが、操縦席で始動のスイッチを入れた途端に、

「プル、プル、プル……」

といったまま、プロペラの回転がじきに止まってしまう。

そうなればスイッチを切って、またはじめからやりなおしである。時間と労力を消耗することはなはだしい。そのうえ、これではとても急場に間に合わない。

そのスターターが、いそがしく動きまわっていた。つぎつぎと始動しては、また方向を変えて走る。

そのころになると、さっきの遠雷か海鳴りのように聞こえたあの怪しい音が、いまや轟々とした大爆音となって空を圧していた。しかし、不思議なことに、私にはその正体がまだつかめていない。何も見えないのである。私は焦ってきた。

（おかしいぞ！　これほどの爆音なら、相当の編隊のはずだ。見つからないわけはない）

私はもう双眼鏡など使わなかった。視力一・五を誇る肉眼の方が確かだと考えた。腕時計の針は正午を指していた。ギラギラする南国の太陽はまばゆく、まともに目もあけていられないほどだ。

「あっ！」

思わず私は声を上げてしまった。

飛行場の真上をおおっていた大きな白雲の縁から、ちょうど煎った黒豆がはじき出るように、「ぱらぱらぱら」と飛び出てきたその数の多いこと。高度はたっぷり五千メートルはあるが、私の目はこの黒豆に二種類あることをすでに見破っていた。

（艦戦と艦爆だな！）

（百機は下らないぞ！）

私はとっさにそう判断した。

上空を見つめている私の視界の下方を、一式戦が一機また一機、砂塵を巻いて離陸していく。

ドドドド、ドドドド……。

彼らが上昇しながら、機銃の試射をやっている音が腹にひびく。

ピストの方にちらっと目をやってみると、ここはもうまったくの無人になっていて、テーブルや椅子だけが、なにやらポツンと取り残されていた。

本来ならば、私はこの時点で任務を放棄して、安全な場所に避難すべきだったかもしれない。しかし、私はそれをしなかった。なぜだろう――この疑問は、後々まで残ったものである。後になって考えてみると、これは一つには私の性格に起因しているような気がする。これまで一度も戦闘を経験したことのない私は、

（戦闘とはどのように行なわれるのだろう）

という興味の方が、身の安全を考えることより優先していたということだ。これも若さか

らくる傲慢だったのかもしれない。

私がしっかりと見つめていた黒豆の群れは、密集隊形のまま大きく右に旋回をはじめた。やや大きめの黒豆を、小さい方が内懐に抱くようにして飛んでいる。轟々と鳴りひびく爆音に、私の耳の鼓膜はとうに麻痺していた。右旋回が九十度に達したと思われたころ、小さい方(艦戦)がいっせいに突っこんできた。高々度から一気の突っこみである。

(これは危険だ!)

私は傍らの蛸壺に飛びこんだ(そのころの蛸壺というのは、深さがせいぜい一メートルほどで、ほんの名ばかりのものであった)。

蛸壺から上半身だけ出して見ている私の目の前を、彼らは一連の機銃音を残して、飛び去っていった。このとき私は、生まれてはじめて米海軍機のマークを目のあたりにしたのである。その瞬間、

(あれっ! これはソ連のと違うのかな⁉)

なんとも奇妙な感想を抱いたものである。「星」のマークだけが、いやに大きく目に飛びこんできたためかもしれない。

つぎの瞬間、地上の一式戦が火を吹きはじめているのが目にはいった。それも一機や二機ではなかった。あちらこちらで紅蓮の炎と、真っ黒い煙とが交錯していた。パチ、パチ、パチ……と銃弾のはじける音がなんとも物哀しい。

艦戦が飛び去っていった後から、今度は艦爆が突っこんできた。これは百キロ級の爆弾を

滑走路めがけて投下してきた。

ズシン、ズシン、ズシン……。

それは物凄い衝撃である。腸にまでしみ透ってくる衝撃音である。地面がぐらぐらと揺れ、猛烈な爆風が津波のようにつぎつぎと襲いかかってきた。私は蛸壺の底にぺったりと体を張りつけ、両手で耳をふさぎ口をあけた（これは対爆風用の基本姿勢である。鼓膜の防護と体内圧力の調整がその目的なのである）。

「ギャーッ！」

近くで悲鳴とも絶叫ともつかぬ声がした。一瞬、渡部中尉の顔が頭をよぎった。その声の調子が、かん高い渡部中尉の声によく似ていたからだ（あとで判明したが、これは見目常守伍長〔少飛十一期〕が自機の翼の上で、大腿部を撃ち抜かれたさいに発した声であった。彼は病院に運ばれるトラックの荷台の上で息をひきとった）。

ふと気がついてみると、蛸壺の外は意外に静かになっていた。急いでそこを飛び出した私が見たのは、なんともすさまじい光景であった。

まず、飛行場全体がどんよりと曇っていた。まるでいきなり夕方がきたような暗さである。その暗さを透して、何本もの火柱が垂直に上がっている。パチ、パチ、パチ……あの物哀しい炸裂音がまだつづいている。

滑走路には、いたるところ小山のような土砂が盛り上がっている。動いているものは、なにも見当たらない。死滅——そんな思いがこのとき私の胸につき上げてきた。

砂塵にくもる左手の上空を透かしてみると、いったん攻撃をかけて、ふたたび集合した敵機の群れが、つぎの攻撃にそなえて隊形をととのえているのが見えた。

その中に、明らかにこのピストに狙いをつけている一隊を見出した私は、転がるようにしてふたたび蛸壺の中に飛びこんだ。

(今度こそ本当に危険だぞ!)

　待つ間もあたえず、上空から突っこんでくる金属性のエンジン音が響き渡り、バリバリバリ……と小太鼓を打ち鳴らすような発射音が頭上でしたかと思うと、シャツの背中がハタハタと波打ちはじめ(弾丸が通過するときの風圧によるもの)、その上に、熱く焼けた薬莢が、バラバラと音を立てて落ちてきた。

(もう駄目かもしれない。多分、おれはここで殺(や)られるだろう)

まず頭に浮かんだのはそんな思いであった。つぎに浮かんだことは、

(それにしても、ろくな戦(いくさ)もせずに死ぬことになるんだなあ)

　である。負け惜しみではなく、そのときは、それほど怖いとは思わなかった。開きなおったとでもいうのか、もう覚悟が決まって性根がすわったとでもいうのか、自分でも意外に冷静な思考なのであった。

　けれども、ときには氷片を押しつけられたような痛みを背中に感じ、そんなときは、しばらくしてから、自分が生きているかどうかを確かめなければならなかった。

　それは、一種の拷問に近いものだった。まるで夢の中をさまよっているような時間が過ぎ去っていった後、私はふたたび妙な静けさを感じ、またもや蛸壺の中に立ち上がり、夢遊病者のようにふらふらとそこから出ていった。

そこでは、ニッパ椰子で葺いたピストが、ごうごうと音を立てて燃えさかっていた。その熱気で顔が火傷したように痛む。燃えるピストの前には、黒いフォード（戦隊長の専用車）が、蜂の巣のような無惨な姿をさらしていたが、不思議にもそれは火を吹いていなかった。私は放心したようにそれを眺めていた。

それにしても、この静けさは一体どうしたことだ。ピストの燃えるごうごうという音以外には、なんの物音もしない。飛行場全体がもうまったく死滅してしまったような静けさである。どこか深山の幽谷の中に、私一人だけが生き残って、たたずんでいるような錯覚さえおぼえてしまう。

（オレは本当に生きているんだろうか？）

私の存在そのものまでが疑わしく思えてくる。

そのとき、突然、黒い靄の中に人影が動いて、たたずんでいた私の背後から、何かをふわりと着せかけてくれた。ふり向いて顔を確かめる暇もあたえずに、今度は右手の上空から第三波が襲いかかってきた。私は無意識のうちに蛸壺に飛びこんでいた。

今度の攻撃は、滑走路をはさんだ向こう側に重点がおかれていた。私の位置からはかなりの距離がある。私は蛸壺の中に立ったままで、敵機の攻撃のようすを見ていた。さっき私の背中に着せかけてくれたものは、カーキ色の飛行服の上衣であることが、そのときになって分かった。私の心に幾分、余裕が出てきたのを知ったのも、そのときである（このとき私が着ていたのは、真っ白な開襟シャツだったのである。これは目立って危険だった）。

（だれだろう、あれは……。こんな危険な場所に残っていたのは、オレ一人ではなかったのか……）

私のために気をつかってくれたその人に、私は心から感謝すると同時に、近くにも人がいることを知って、にわかに心強さを感じてきた。

敵機は単縦の隊形になって攻撃してきた。一機また一機と、地上の目標に向かって機銃を撃ちまくっては、キーンと金属音を発しながら上昇していく。いかにも物慣れた、そのうえいかにもなめ切った態度である。

私は口惜しさに泣けてきた。ここまでなめられているとは情けない。どこからも対空機関銃を撃っている音が聞こえてこないし、離陸していった友軍機が反撃しているようすも、ここからは見られない。

やられっ放しがなんとも口惜しい。敵機がキーンと金属音を残して上昇していくたびに、まるで小悪魔たちが勝利の笛を吹き鳴らしながら、乱舞しているように思えてしまう。

（くそっ！　ヤツらは勝利の乱舞に酔っている）

四波、五波と、執拗な攻撃をくりかえしていた敵機の数も、だんだんに減っていった。そしてまもなく、以前の平静な飛行場にもどったように思ったのは、大きな誤りであった。

惨憺たる有様とは、こういうことを言うのだろう。時間にしてわずか三十分足らずの間に、ここマナプラ飛行場は、大きく様変わりしていたのであった。

第一章　名機「隼」の衝撃

戦隊配属

昭和十九年七月三十一日、この日をもって私たちの教育訓練はすべて終わった。フィリピン・ネグロス島の中西部、ラカルロタにあった「第三十二教育飛行隊」（戦闘隊）が最後の教育隊であった。

私の配属先が決まった。

飛行第三十戦隊——。

ここの教育隊で、訓練用に使用されていた「軍偵」と呼ばれる単発、単葉、複座の小型機の後部座席におさまったのは、私と同僚の神田正斉少尉の二人であった。操縦桿を握るのは福永正也中尉（陸士五十六期）。彼は私たちの教官で、任地まで私たちを連れていってくれるというのであった。

福永教官の手慣れた操縦で、機はまたたくまに浮上した。幅が三十メートル、延長千五百メートルほどの小さな滑走路が、みるみるうちに眼下に遠ざかっていく。代わって、ラカルロタの小さな可愛い町が視界にはいってきた。この町は美しい町である。ネグロス島のほかの町と同様に主産物の砂糖工場を中心とした町だが、なぜかこの町には、ミステーサー（混血児）が多かった。とくにスペイン系のミステーサーがたくさんいたが、背丈のすらりとした若い娘など、びっくりするほどの美人ぞろいで、私たちを喜ばせた。

スル海に面した海岸通りは、夕暮れともなればそんな若いカップルたちであふれた。今夜もあの通りはにぎわうことだろう。明るい月光に反射して、砂浜には金波銀波が押し寄せてくる。どこまでもつづく椰子並木のこちら側は、一面に緑の芝生がひろがっている。そのあちこちに車座をつくったいくつもの若いグループが、家から持ち寄ったギターやウクレレを奏でながら、甘く切ない恋の歌や愛の歌を一晩じゅう歌いつづけるのである。

「第三十二教育飛行隊」が、この町のはずれにある飛行場に移ってきたのは、ちょうどいまから一ヵ月前の六月末であった。それまでは、この島の北端にあるファブリカが駐屯地だった。その移動があまりにも唐突だったので、私たちはじつのところ驚いたのであった。

「われわれは実戦部隊に、この飛行場を明け渡すことになったのだ」

教官たちはそう言いながら、移動準備にいそがしかった。

「戦局は急迫している。近くフィリピンが主戦場になるのは必至である」

そんな噂も私たちの耳にはいってきた。

確かに、その当時は私たちも何やら緊迫した空気を肌で感じとっていたのである。ちょうどそのころ、ビルマ方面では「インパール作戦」が実施されていたが、最近になってそれが失敗に終わったようだという情報が流れはじめていた。一方、「サイパン」が危ないという

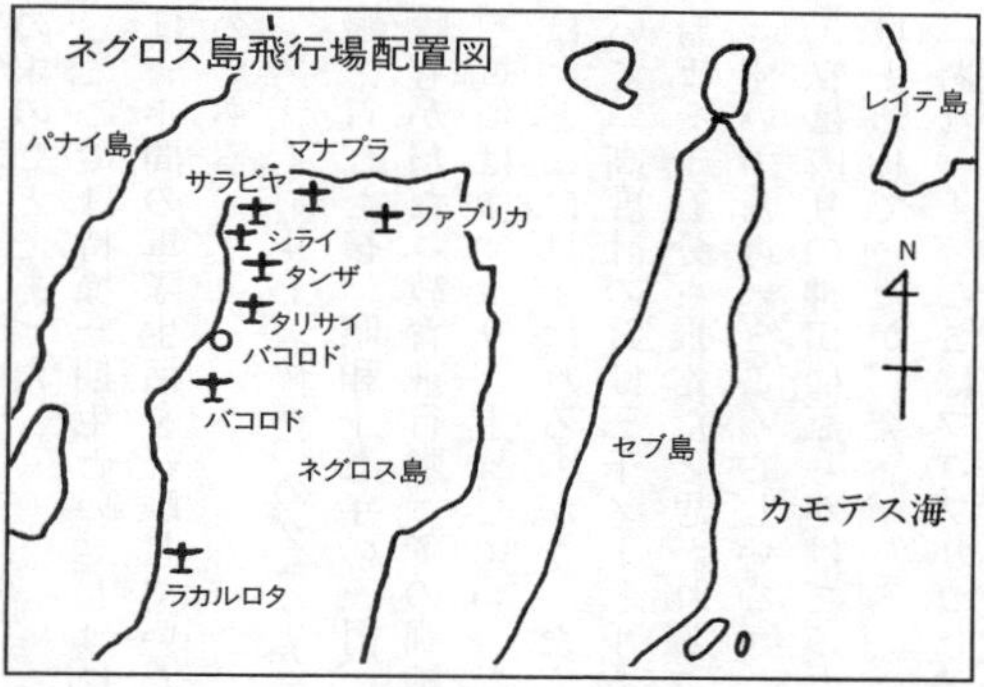

噂も流れていたが、まもなく全滅したらしいという噂が飛びかいはじめた。その当時、情報は極端に秘匿されていたが、このような情報は、どこからともなしに洩れてくるのであった。

そのせいか、私たちの訓練も日に日に激しさを増してきた。戦闘隊は「対戦闘機戦闘」と「対爆撃機戦闘」が主体の訓練だが、連日の猛暑とすさまじいまでの熱気の中で、大切な訓練機「九七式戦闘機」はしばしば故障を起こすほどであった。

私たちというのは、大学や専門学校を卒業してきた戦闘機乗りの卵たちなのである。

私が甲種幹部候補生として教育を受けていた工兵学校（千葉県・松戸市）の掲示板に、突然、「空中勤務者大募集」のポスターが貼り出されたのは、昭和十八年の夏であった。同じころ、全国の大学や専門学校では、「陸軍特別操縦見習士官」の募集に懸命であった。後年、前者を「幹候九期転科生」、後者を「特操一期生」と呼ぶようになる。

ネグロス島飛行場配置図

厳密な適性検査をくぐり抜けたこれらの学生たちは、まず初等練習生として「飛行学校」に入校させられた。工兵学校で同僚だった神田候補生と私が、「宇都宮飛行学校那須教育隊」に転属を命じられたのは、同年十一月の末のことであった。

ここでは特操一期生といっしょになった。彼らは学校から直接来ていたが、私たち幹候組は一年間の軍隊生活を経験していた。しかし、操縦教育という面では、スタート台は同じなのである。

プライマリー(初等)のグライダーと、通称「赤トンボ」と呼ばれる初等練習機で約半年鍛えられた後、昭和十九年の三月、ここを卒業した。つぎは「練習戦隊」と呼ばれ、実施部隊もかねた「教育飛行隊」での訓練が待っていた。

軍偵はゆっくりと上昇していった。コンパスはおよそ真北を指している。このとき私たちは、どこにはこばれるのかまったく知らなかった。頭上では南国の太陽がギラギラと輝いていて、高度計の針は三千メートルあたりを指しているというのに、いっこうに涼しくない。およそ十五分も飛んだと思われるころ、軍偵はもう高度を下げはじめていた。

「ずいぶん近いところらしいな」

私は隣りの神田に話しかけてみた。神田もなにやら落ちつかないようすで、さかんに下を見まわしていたが、突然、

「あれっ! ここはファブリカじゃないのか?」

彼の指さしたあたりを眺めた私は、すっかり驚いてしまった。そこはまぎれもなくファブリカの町である。かつて私たち練習生が、連日、離着陸をくりかえした懐かしい滑走路が、もうはっきりと目の下に見えてきた。しかし、あのころとは地上のようすがまったく違う。そこには小型機がたくさん並んでいて、こんな上空からでも、地上の殺気のようなものが感

じ取れるのである。

私たちが、夢中になって下をながめている間に、軍偵は翼を大きく左に傾けながら、旋回にはいった。ファブリカの町は、どうやらこのまま通過するようだ。それから五分も飛んだろうか。今度こそ本当に着陸のための降下に移ったようである。高度三百メートルまで降りると、型通りにそのまま大きく場周飛行をはじめた。これは着陸のための準備なのだ。

そのころになると、私たちもここがどこなのかもう気づいていた。そこはファブリカに隣接するマナプラ飛行場なのであった。

幅が約五十メートル、長さがおよそ千五百メートル、その当時の、いわば規格寸法に合った一本の滑走路を挟んで、一式戦闘機が両側にずらりと並んでいた。

（これは実用機だ！　練習機ではない！）

私の胸は高鳴った。まだ学生だったころに見た「加藤隼戦闘隊」の映画の中で、この隼戦闘機が英空軍機と華々しい空戦を展開した数々の場面がよみがえってきたのだ。

出撃をひかえて燃料補給に忙しい隼の列線。教育飛行隊での訓練を終えて、戦局が緊迫するなか、はじめて配属された実戦部隊で目にした戦闘機には、殺気のようなものさえ感じられた。

比島の花形戦闘機

これから配属される飛行第三十戦隊というのは、ごく最近になってマナプラに進出してきた戦闘戦隊であった。その経歴を述べると、ざっとつぎのようになる。

「昭和十八年七月二十一日付の軍令陸甲第七一号により、襲撃戦隊（九九式襲撃機装備）として東満州の東京城で編成に着手し、十月一日編成を完結、敦化に移駐して飛行第四十八戦隊（戦闘）とともに、新編の第十五飛行団（長、小野門之助大佐）を構成した。人員、器材等は飛行第六、三十二、六十五各戦隊から抽出されたが、編成完結に手間どっているうちに、二十九、三十一両戦隊と同じく戦闘隊に改編することになった。装備機種は一式戦II型（十九年夏III型に改変）で、十八年十一月から九七戦による予備教育を開始し、逐次、一式戦に慣熟していったが、機材の補給はかならずしも良好でなかった。

十九年二月、三十戦隊は二十九、三十一戦隊とともに第十三飛行団（長、原田潔中佐ついで江山六夫中佐）に編入され、三十戦隊長神崎清中佐は更迭され、佐藤真一少佐と交代した。しかし、戦隊長以下操縦者のほとんど全員が襲撃機操縦者からの転科で、四月ごろには戦技訓練は概成したものの、戦闘隊としての練度はなお不安があった。

十九年五月十二日の大陸命で、第十三飛行団（団司令部、第二十九、三十、三十一戦隊）は第二飛行師団に編入されて、南方へ転用されることになり、三十戦隊は五月末からチャムス付近の蒙古力で三十一戦隊と合同して猛訓練を実施したのち、七月七日青山堡を出発、北京、上海、屏東を経て、十二日ごろ、三十一戦隊とあい前後して比島へ転進、アンヘレス南飛行場へ到着した。また伊藤亀男中尉（航士五十五期）の指揮する地上勤務者主力は、六月十三日出発、釜山、門司から船便で追及し、七月十六日、マニラへ到着し、下旬に別の船便でネグロス島へ向かった。

七月末、第十三飛行団はネグロス島へ展開することになり、三十一戦隊および飛行団司令部はファブリカに、三十戦隊は八月一日、マナプラに位置し、さらに第十三飛行団が米軍のハルマヘラ、南部比島進攻を阻止する任務を受けたので、展開に備えるため一部の整備員をメナド、デルモンテ、ドラッグ等に分遣した。

なお、七月三十一日現在の戦隊可動機は、一式戦三十二機であった」（『日本陸軍戦闘機隊』酣燈社刊）

ところで、飛行第三十戦隊が開隊された昭和十八年という年は、今次の大戦史をふりかえるうえでもっとも重要な年であった。その一つは、海軍の中心的な人物であった山本五十六元帥（連合艦隊司令長官）が、この年の四月十八日にブーゲンビル島上空で戦死したことである。そのころから、海軍の作戦に齟齬が生じはじめ、洋上いたるところで負けいくさがつづくことになる。海軍が負ければ制海権はうしなわれる。そのために南太平洋上の拠点を確保していた陸海軍部隊は後続を絶たれ、悪戦苦闘のすえに全員玉砕をくり返す結果になったのである。
ちなみに、そのころの玉砕記録をたどってみると、
昭和十八年
二月　七日　ガダルカナル島全面撤退

五月二十九日　アッツ島玉砕
十一月二十五日　マキン・タラワ両島玉砕
昭和十九年
二月　六日　クエゼリン・ルオット両島玉砕
六月　十五日　サイパン島玉砕
七月　四日　インパール作戦中止
七月二十一日　グアム島玉砕（以下省略）

となっている。一方で、昭和十九年八月一日をもって、飛行第三十戦隊に配属を命じられた私と同僚たちは、つぎの五名であった（見士は見習士官の略）。

宮本郷三少尉（札幌市出身、福島高商卒、幹候九期転科）
神田正斉少尉（新潟県出身、長岡高工卒、幹候九期転科）
小川　武見士（茨城県出身、中央大学卒、特操一期）
片山弘二見士（兵庫県出身、関西学院大学卒、特操一期）
秋元利世見士（青森県出身、拓殖大学卒、特操一期）

この戦隊の戦隊長は佐藤真一少佐（陸士四十九期）で、そのほかの操縦将校たちでは、高橋福雄大尉（陸士五十三期）、原正生大尉（陸士五十四期）、渡部久一中尉、有塚末太郎中尉、三村保二中尉（いずれも陸士五十五期）。陸士五十六期では私たちの教官だった福永正也中尉と同期の針生善次中尉。異色のベテランに藤本勝美中尉（少候二十一期）などがいたが、将校の数はわれわれ五名をくわえてみても、たかだか十数名の陣容で、残りのほとんどが少年飛行兵出身の下士官たちで占められていた。

私たちが着任した八月はじめのころ、この戦隊はちかく発動される予定の「ハルマヘラ作戦」に備えて待機中であった。「ハルマヘラ作戦」は、結局のところ不発に終わったが、これはそのころニューギニア東部を制圧して北上を狙っていたマッカーサー元帥の米軍を、この地域でとらえて撃滅しようという作戦であった。「ハルマヘラ島」は「セレベス島」の鼻先（東方）にある。

わが「飛行第三十戦隊」の整備隊主力は、そのときすでにセレベス方面に向けて出動を開始していた。マナプラに残留した少数の整備隊員たちの手により、いつでも発進できる態勢にあった三十機余の「隼戦闘機」は、一本の滑走路をはさんで整然と隊列をつくっていた。当分、訓練も中止である。故障機を一機も出したくないというのがその本音であった。

約四十名の操縦者たちは、毎朝食事がすむと、落下傘バック（私物類がはいっている）を持ってそれぞれの持ち機の翼下で待機する。近くにいる者同士が集まって円陣をつくり、よもやまの話にふけりながら、出動命令を待つのである。そんな時期に、私たち五名の者が着任したのであった。

戦隊長などは、正直のところ困惑したのではなかろうかと思われる。なにせ私たちは、実用機を操縦するのははじめてだ。これまで訓練の過程で乗ってきたのは「九七式戦闘機」（昭和十四年の「ノモンハン事件」のころに活躍した戦闘機）と「二式高練」、それに「軍偵」（「九九式襲撃機」と同型）を少々といったところで、本格的な実用戦闘機には一度も乗ったことがない。

そんな中で「ハルマヘラ作戦」はなかなか発動されなかった。それにはいろいろな理由が考えられるが、その中でなによりも大きいのが、「第四航空軍」の立ちなおりが遅れていたことだ、と私は考えている。

「第四航空軍」にかぎったことではないが、「航空軍」というのは航空部隊の最高指導部のことだ。これは、たとえばフィリピン戦が後半に入ったころ、ときのフィリピン方面軍、つまり第十四方面軍（軍司令官、山下奉文大将）と第四航空軍（軍司令官、冨永恭次中将）との間で、ある種の主導権争いが起こったというが、その権限は方面軍と肩を並べるほどに強力なものである。

その「第四航空軍」が、そのころはまったくの有名無実に過ぎなかったのである。それは、今度の「ハルマヘラ作戦」の直前に実施された「ニューギニア作戦」を指導した「第四航空軍」が、作戦指導の不手際などもあって、支離滅裂の状態にあったからである。ようやくのことに、ニューギニアからマニラまで逃げ帰ってきた軍の指導者たちは、そのころあまりの憔悴のため、ほとんど全員が寝こんでいた。当時、その指揮下にあった第六、第七の両飛行師団こそ、迷惑な話であった。

ところで、そんな「第四航空軍」立てなおしの方策こそが、じつは、わが「飛行第三十戦隊」にも大いにかかわりを持っていた。

「飛行第三十戦隊」は、「飛行第三十一戦隊」とともに「一式戦闘機」を装備して「第十三飛行団」（長、江山六夫中佐）に属していた。この「第十三飛行団」というのは、第六、第七、第二十二、第十の四飛行団とともに「第二飛行師団（その当時の師団長は山瀬昌雄中将）」を形成していた。この師団は戦闘機のほかにも襲撃機、重爆撃機、偵察機などを装備した本格的な戦闘師団であった。これを「第四航空軍」立てなおしの中心に据えたわけだ。

つまり、私たちの戦隊は、第四航空軍の花形戦闘隊というわけである。しかし、いかんせん、その配備計画はともすれば遅れがちであり、そのころは私たちの第十三飛行団だけが、かろうじてネグロス島に配備されていたにすぎない。これでは作戦の発動が遅れるのも、当然のことと考えられるのである。

一式戦わが愛機

ともあれ、その間隙を縫うようにして、私たち新任者の慣熟飛行訓練が行なわれた。一刻も早く一式戦闘機に慣れてくれと願う、戦隊幹部の親心の発露なのであった。

予備機が一機、私たちのために提供された。われわれの指導を担当してくれたのは藤本勝美中尉、少候二十一期のベテランパイロットである。

藤本中尉は私たちに、操縦についてのきわめて簡単な説明をしてくれた。

「いままでお前たちが乗ってきたのと違う点だけを説明する……」

コックピットを覗きこんだ私たちは、真剣に聴き耳をたてていた。

「離陸したら脚をたたむことを忘れるな。ここのところをこうすれば、脚があがってランプがつく。逆にすれば脚が出る。浮揚は百五十……」

説明を聞きながら、ここはまぎれもなく実戦部隊だと実感した。教育隊ならもっと懇切な説明をしてくれるはずだからである。

「……離着陸にさいしては、フラップを使用する。これがレバーだ。重ねて言うが、脚には充分注意するように。宮本！　お前からやってみろ」

私はにわかに緊張した。いつもなんとなく五人の中で、兄貴風を吹かせていた報いがきたと、そのとき思った。

「一式戦闘機」というのは、今度の大戦期間を通じ、海軍の「零戦」と並んでもっとも量産された陸軍の戦闘機である。その原型は「九七式戦闘機」であった。この「一式戦」が制式に陸軍に採用された昭和十六年五月ごろには、「一型甲」と呼ばれて性能も少し劣っていた。それが一年後の十七年六月になると、今度は「二型甲」となって新生した。性能は格段に向上し、「隼」の名に恥じない真の名機がここに誕生したわけである。

私がいま乗りこんだ「一式戦二型甲」は、エンジン馬力が千百三十（中島ハ－一一五）、最高速度五百十五キロを誇る戦闘機である。これではいやが上にも心気が高ぶってしまう。ためしにスロットルレバーを静かに前に押し出してみた。敏感に反応したエンジンは徐々に出力を増し、プロペラの回転数が見る間に上がっていく。激しい震動で機体が絶え間なく動揺する。轟々と響きわたるエンジン音は、耳を聾するばかりである。

（これは凄い！）

私は胴震いをおぼえた。

「チョークはずせ」（「チョーク」は車輪止めのこと）

右手を高く上げて左右に振り、整備の兵隊に合図を送った私は、そろそろと地上滑走に移っていった。

その付近には下士官操縦者たちが、いくつもの円陣を組んで座っている。新任将校のお手並みを拝見しようと、彼らの興味に満ちた視線が痛いほど私の体に集中してくる。彼らはいずれは私の部下となって、私と編隊を組まなければならない宿命を背負っているのだ。上官の操縦技術の巧劣が、そのまま部下である自分たちの生死につながってくることを、彼らはよく知っている。

地上に憩う一式戦隼二型甲。一型を改良し、エンジンをより大馬力のものに換装した本機は高速かつ軽快な名戦闘機だった。はじめて隼を操縦した著者は、その高性能ぶりに舌を巻いた。

（ようし、見てろよー！）

私は背をのばして前方を直視すると、スロットルレバーを前に倒して速度をあげた。

時速四十キロほどのスピードで滑走路の端までコロがしてきて、方向を変える。はるか前方に見える椰子林の一角に目標を設定すると、背当てにぴったりと体を預けたまま、スロットルレバーを一杯に押した。競走馬が「発馬機」から飛び出したときの感じだった。「フットバー」を細かくつかって、方向の維持につとめる。チラッと一瞥をくれた速度計の針は、もう浮揚可能の百五十キロに達している。右手の中指と薬指で、心もち引いた操縦桿の操作だけで、機はもう地上を離れた。

発進してからものの十秒とたっていない。

（これはもの凄い飛行機だ！）

私はこの飛行機の軽快性と操舵性に舌を巻く思いだった。いままで乗ってきたどの飛行機も、この「二式戦」にくらべたら、大人と子供ほどの違いがある。

「脚入れ」――これははじめてやる操作だ。「カチン」というような感触があって、脚がうまくおさまった。右に上昇旋回する。所定の高度三百メートルで水平にもどす。水平飛行速度を調整する。第二旋回点で右水平旋回。右翼端部を飛行場縁線に接しながら飛ぶ場周飛行も、この軽快で高速を誇る「隼戦闘機」には、私の操縦技術ではついて行けないほどだ。またたくまに第三旋回点に達し、降下旋回に移りながらスロットルレバーをしぼりはじめる。たちまち第四旋回点が迫ってきて急いで降下旋回、そのあと降下の姿勢にのせてホッとしたのも束の間、「脚出し」をすっかり忘れていたのに気がつく。

（いけない！）

あわてて夢中で加速すると、急旋回して第三旋回点まで舞いもどった。

この飛行機はなんとも素晴らしい飛行機なのである。これまでやってきたすべての操作は、ほとんど私の右手の中指一本でやっている。私がこうしたいと思っただけで、この飛行機は私の思う通りに飛んでくれるのである。第三旋回点へもどった私は、今度は慎重だった。

「高度二百、速度二百五十、よーし」

「高度百、速度百七十、脚よーし、フラップよーし」

一つ一つ操作の確認である。これは飛行訓練の初期に、「赤トンボ」で教官から教わった基本である。これまでつい省略しがちだったこの基本操作が、いかに大切なものかを、いまごろになって嫌というほど知らされた思いである。

そのうちに、またもや一抹の不安が頭をもたげてきた。自分では高度と速度とをうまく処理しながら降下をつづけてきたつもりなのに、このままでは滑走路からはみ出してしまいそうに思われたからである。あとで知ったことだが、隼は機体が軽いうえに、馬力が大きい。そのため、どうしてもスピードが出やすいのである。よほどレバーを絞らないかぎり、スピードはなかなか落ちない。これこそ典型的な軽戦なのである。

いまさらやりなおしはできないと考えた。やってできないこともないが、それではあまりにもだらしがなさ過ぎる。部下たちの手前もある。

（くそッ！　やっちまえ！）

私は思い切ってスロットルレバーを全閉にし、操縦桿を倒して思いきり頭をつっこんでやった。

スンルンルン、スンルンルンルン……。プロペラが妙な音を立てはじめた。

（これじゃあプロペラが停止するかもしれないな）

私は一瞬そう思ったが、地面がみるみる近寄ってくるので、うかうかしてはいられない。瞬間的に速度計の針を読んだ。百四十を指している。地面はもう目の前だ。さっと操縦桿を引き寄せる。三点の姿勢に保ったまま一呼吸待った。

ストン、ストン……。軽いショックを二度感じたが、飛行機はそのままのろのろと緩速の地上滑走をつづけてくれた。

（まあ、いい方だろう）

　私は額の汗を拭いながら、全閉してあったレバーを少しもどした。

　ブルル、ブルル、ブルルル……。

　どうやら、プロペラは生き返ってくれたようだ。私は眼鏡をずり上げ、落下傘縛帯の止め金をはずし、座席の中に立ち上がって、飛行機を所定の位置までコロがしていった。

　藤本教官の注意内容は、つぎのようなものであった。

「降下角度が大きすぎる。単機の場合ならあれでもいいだろうが、僚機がついていれば、あんなふうにやられたらあわててしまうぞ。充分注意するように……」

　至極ごもっともな注意であると思った。自分自身があわてていたのだから、まして僚機でもいようものなら、場合によっては大事故につながってしまう。この注意も、藤本教官の心の中に、

（お前はいずれ部下を持つ身なのだぞ）

　という思いがあってのことなのだ。ありがたい忠告だとしみじみ身にしみる。

　つぎの神田少尉が地上滑走に移っていたころ、隣りにいた秋元見習士官が小声で私にささやいた。

「上手だったスよ。ほかの人も褒めてたスよ」

　津軽訛りがまだ抜け切っていない秋元見習士官が、目を丸くしながら言ってくれたこの賛辞が、私に大きな自信をあたえてくれた。

（ようし、オレもこれでひとかどの戦闘機乗りになったぞ！　隼がオレの愛機になってくれ

たぞ！）

私は心底うれしかった。私の戦闘機乗りとしての第一歩は、晴れがましくも戦隊全員の見まもる中で、こうして力強く踏み出されたのであった。

算盤と地上事故

そのころの私たちは自分たちのことを、ことさらに「戦闘機乗り」と呼んでいた。「飛行機乗り」の中でも、「戦闘機乗り」はもっとも華々しく、かつもっとも短命であることに対する、一種の誇りのようなものを持っていたためであった。

「飛行第三十戦隊」の「戦闘機乗り」たちの親分、つまり佐藤真一戦隊長は、まだ三十歳前の青年将校であった。私たちのような予備役将校（幹候は少尉に任官すると予備役に編入される仕組みになっていた）の目から見ると、一般には現役の少佐など、神様のような存在に見えるものなのだが、歩兵や工兵などいわゆる地上部隊とちがって、戦闘機乗りという特殊な仲間意識の関係からか、少佐の戦隊長と私たちの間は、もっと身ぢかなものであった。

その戦隊長と私とのかかわりの中で、とくに強く印象に残ったのは、つぎのような事柄であった。

昭和十九年十二月のことであった。そのころ私たちは、九州の太刀洗飛行場で、猛訓練の毎日を送っていた。このことは後になって述べるが、「戦力回復」の目的で、一時、内地に帰還したときのことである。

ある日のこと、私たちが太刀洗に来てから着任してきた高橋吉三郎少尉（陸士五十七期）

が、私と編隊訓練をやろうと言い出したのである。この少尉はなかなか生きのいい若者で、私とどこかで気が合っていた。飛行時間の上ではそれほどの差もなく、いわば、両方ともにまだ新参者の部類に属していた。

私たちは離陸時から編隊体形をとり、彼が一応、長機の位置を占めた（彼は現役なので顔を立ててやる必要もあった）。私は彼の左側に一機長一機幅の正規の位置を占め、彼の合図を待っていた。

彼の左手があがり、私たちは同時にスロットルレバーを押して地上滑走に入った。浮揚速度は百五十キロ、時間にして約八秒である。突然、私の機首が左に振れた。あわてて右のフットバーを踏んで修正に入ったが、今度は逆に機首が右に振れた。今度は左のフットバーで修正する。機首が左に振れる。

（駄目だッ！）

私は思い切ってレバーをしぼり、速度をゆるめた。

ちらりと目をやった私の右前方を、高橋機は真っすぐに離陸していく。

（畜生ッ！）

私は舌うちしながら、飛行機をスタート地点までもどした。

これは左ブレーキの利き過ぎなのである。本来ならば、整備の兵隊に頼んでブレーキバンドを少しゆるめてもらえば、何ということはないのだが、いまは編隊訓練中なので、私一人ではない。長機の高橋機に早く追いつかねばならないと焦りが先に立った。私はスタート地点にもどるやいなや、レバーを全開にして、ふたたびダッシュをこころみた。

浮揚寸前、つまり時速が百四十キロを越えたころ、またもや機首が左方に振れた。私は右のフットバーを勢いよく蹴って修正しようとしたが、これがいけなかった。今度は機首が大きく右に振れ、立てなおす余裕もあたえずに、そのままUターンしてしまったのである。仕方がないのでレバーをしぼり、三度スタート地点に引きかえす。そのころになると、先行していた高橋機が引きかえしてきて、低空で旋回しながら私のようすを見まもっていた。私はますます焦ってきた。

（ようし、今度こそ何がなんでも離陸してやるぞ！）

若いということは恐ろしいものである。

三度目の正直、機首が振れるのを左右のフットバーで細かく修正しながら、まさに浮揚の寸前、キーキーと妙な音をたてて大きく左方に傾いた私の機体は、もんどり打って転倒したのである。感心なことに、私はその直前にエンジンのスイッチを切っていたので発火をまぬがれたが、操縦席の中に逆さに吊るされた私は、手のほどこしようもないのでそのままじっとしていた。間もなく駆けつけてくれたスターター（起動車）に収容された私は、戦隊長から怒鳴りつけられる図を想像しながら、背を丸めて小さくなっていた。

（これはひどい目にあわされるぞ）

戦時中とはいえ、飛行機乗りの地上事故は処罰ものである。それというのも、飛行機は陛下から賜わった「兵器」だからである。

私は覚悟を決めて戦隊長の前で「事故報告」をした。不動の姿勢をとった私の体は、たぶん小刻みにふるえていたに相違ない。

私の「事故報告」を受ける戦隊長のそばには、次席の高橋福雄大尉と、原正生大尉の二人が並んで立っていた。私の報告が終わり、戦隊長が何か言い出そうとしたその瞬間、原大尉が突然、口を開いたのである。

「貴様は毎晩遅くまで算盤をはじいていたんだからな。まあ仕方ないな……」

このひと言がきいた。それまでじっと私の顔を凝視していた戦隊長が、やおら発した言葉というのが、

「よし、席にもどって休め！」

ふっと体の力が抜けたのが分かった。結局、この事故は不問に付されたかたちとなり、その後、私は何の処罰も受けなかった。

ここでさっき原大尉が言った、算盤うんぬんのことであるが、それにはこんな事情があったのである。

「戦力回復」で一時帰国したのは操縦者だけである。事務や会計をつかさどる、戦隊本部付の将兵たちは現地に残ったままであった。四十人近くの操縦者を抱えるこの戦隊は、なにかにつけて費用がかかった。そんなある日のこと。

「オイ宮本、貴様、会計をやってくれ。貴様は地方（軍隊用語で「一般社会」の意味）では商業学校を出ている。ほかの者よりは金の扱いがうまいだろう……」

戦隊長からじきじきに声がかかり、私は会計を引き受けさせられてしまったのであった。

私は確かに高等商業を出ていたが、会社勤めは一日もやっていない。学校卒業と同時に入社した会社では、盛大な入社式と、数日たって行なわれた壮行会に出席しただけで、そのまま

軍隊に入隊してしまったのである。そんなわけで、実際の金の扱い方などまるで知らないのである。

（まあなんとかなるだろう）

安直な気持で金銭出納簿を手にしたものの、日がたつうちにこれがだんだんと怪しくなってきた。ことに「仮払い」というのが多発してきてからというものは、帳簿の残高と現金とが、さっぱり合わなくなってしまったのである。

「おい宮本、百円貸してくれ」

「オレに二百円貸してくれ」

これは中、少尉連中に多かった。そのほとんどが飲み食いに使うためである。

「給料もらったら返すからな」

彼らはいとも簡単にそう言うのである。公金支出はすべて領収書によって記帳されたが、個人の仮払いの扱い方法を、私は知らなかった。そのうちに混乱が生じてきた。私は仮払金を出すたびに、本人から仮領収書を取ることにしていたが、その一部が本領収書をともなった公金支出となってもどってきたりしてから、さっぱり帳尻が合わなくなってきたのである。

「オレはキサマから二百円借りているが、ここに五十八円の領収書がある。これは公用支出だから、実際には百四十二円かりていることになるが、面倒だから五十八円分また貸してくれ」

「オイ、この間かりた百円のうち二十三円だけ返しておくよ。仮領収書の金額なおしておいてくれ」

こんな調子で毎晩やられるので、帳簿の残と現金の残と、そのほかにも何度も訂正した仮領収書の束とがからみ合って、何がなにやらさっぱり分からなくなってきたのである。そのため夕食後のひとときを、ひとり机に向かって算盤をはじく日が、何日もつづくようになってきた。

だれにも知られずにこっそりやっていたつもりだったが、原大尉はとうにそのことを知っていたとみえる。それにしても、妙なことが私を助けてくれる起因になったものである。

戦隊長の心労

この戦隊長にとって、私は目を離せぬ危ない存在のようでもあった。というのは、そのころの私には、自分の持ち機が割り当てられていなかったので、「試験飛行」のたびに願い出ては、搭乗の機会をつくっていたのであった（持ち機がないのは私のほかにも数人いた。なにせ製造量が必要量に遠くおよばないころでもあったし、その上に粗製濫造がたたって、故障機が続出していたからでもある）。

私は少し生意気になっていた。古参の操縦者の真似をして、格好のいい離陸をやりはじめたのである。離陸時の基本の中に、定められた角度で上昇をつづけ、高度が百五十メートルになったら脚をたたむというのがあった。ところが古参になると、そんな動作はやらない。飛行機が浮揚すると、そのままの姿勢でほとんど地面と並行に飛ぶ。したがって速度はぐんぐんと上がる。その間に脚も素早くたたんでしまう。というよりも、浮揚とほとんど同時に脚をたたんでしまうのである。

この方が抵抗がなくなるだけ、スピードがよりいっそうアップする。そうしておいてから、一気に急上昇に移るのである。ほとんど垂直に上昇していく。この方が見ていても格好がいいし、そのうえに上昇時間も随分と短縮され、はるかに実戦向きなのである。

要目によれば、五千メートルまで上昇するのに六分二十秒となっているが、この方法だと三十パーセントぐらいは短縮されそうであった。私はさっそくそれを真似したのである。

このような操作を毎度やっていると、自然に操縦が荒っぽくなる。ところで、荒い操作は飛行機操縦の最悪なものとされている。私がかつて工兵をやっていたころ、三八式歩兵銃の引き鉄をひく要領を「暗夜に霜のおりるごとく……」と教わっていたし、宇都宮飛行学校で「赤トンボ」（初等練習機）に乗っていたころ、操縦桿を握る要領を「生卵を握っている感じで……」と教わっていた。そのどちらも、呼吸を止めるくらいのつもりで静かに操作することが、正しい方法だと教えている。

荒っぽい操縦ばかりやっていた私は、いつのころからか特殊飛行が全然できなくなってしまった。ことに、宙がえりや二分の一宙がえり反転などをやると、決まって途中で失速し、錐揉みに入ってしまうのである。

（おかしいなア……）

私は何度も繰りかえしては首をひねった。そんなことが二、三度つづいたある日のこと、私はいつものように戦隊長の前で直立不動の姿勢をとり、

「試験飛行終わり、異状なし！」

と報告した。戦隊長はなにやら妙な顔をして、しばらく私の顔を見ていたが、やがてのこ

と、

「貴様、試験飛行だから何をやってもかまわんが、下で見ている者にあまり心配をかけないようにしろよ。分かったか」

「はい。分かりました」

私は正直のところよく分からなかった。かたわらでは高橋大尉と原大尉が、私の方を見てニヤニヤしていたが、このニヤニヤも私にはどういう意味なのか分からなかった。

私は昔から錐揉みをなおす操作が得意なのだ。「赤トンボ」で訓練していたころに教わったこの操作が、その後、いつのころからか私の得意技になっていた。だから一式戦に乗っても、平気でこれをやっていたのである。

ところが、じつのところ、実用機での錐揉みは、一瞬あやまれば命取りになる危険な操作なのである。私は知らずにやっていたが、ほかの人はなるべくやらないよう、また、機体をそんな状態に入れないように、細心の注意をはらって操縦していたのであった。このことはあとで先輩たちから聞かされてはじめて知ったのだが、こんな頼りない部下を持って戦隊長は、毎日が痩せる思いだったのに相違ない(私の操作の欠点は、その後の反省で正常にもどった)。

思い出の戦闘機乗りたち

高橋福雄大尉はじつに愉快な「戦闘機乗り」だった。函館高水の途中から陸士に転校した異才で、そのせいか、コチコチの職業軍人とはひと味もふた味も違う性格を持っていた。

彼は指揮班に所属していたから、私の直属の隊長でもあった。そんな関係もあって、彼は私になにかと話しかけてくる機会が多かった。痩身で背が高く、丸くて小さな顔に、これも丸くて大きな目が、なんとも言えぬ愛敬がある。しかし、そんな彼の声が、どうしたわけかひどくしわがれていた（一説によれば、満州にいたころ遊びすぎたせいだということであった）。

翼下に増槽をつけて基地を発進してゆく陸軍特攻隊の隼。米軍のレイテ島上陸以後、日本陸海軍航空隊は体当たり攻撃を採用し、隼戦闘隊も次々に特攻へとかり出された。写真は八紘隊。

昭和十九年十月の末ごろ、私たちの戦隊はマニラに近いクラーク航空基地内の、アンヘレス西飛行場に集結していた。この月の二十日に、マッカーサーの米軍は、レイテ島に上陸していたのである。「捷一号」、つづいて「捷二号」といった大作戦が、大本営からつぎつぎと発動されていた。『陸海軍は互いに協力し、いかなる方法をもってしても、この敵を撃滅すべし』

これはまさに背水の陣、つまりは一歩も退くなという厳命である。

絶対優勢を誇る米軍の前に、劣勢なわが軍はついに最後の切り札である「特攻」を多用することとなった。「一人一艦」といえば聞こえはいいが、そのじつは「百人一艦」ともいうべき悲壮な人海戦術なのである。古今の戦史を飾ることとなった「神風特攻隊敷島隊」の海軍大尉関行男が、零戦五機をもってマバラカット飛行場を飛び立ったのが十月二十五日午前七時二十五分のことである。これが「特攻第一号」の誕生であった（この第一号説には異論も多いが、ここでは省略する）。

これに遅れること十三日、陸軍の「富嶽隊」が、「四式重爆」でレイテに向かったが、それが陸軍の特攻第一号となった。それからというもの「特攻」が大流行になってしまった。いつ、どこの戦隊に特攻命令が下るのか私たちにはまったく分からないが、あちこちの飛行場からは連日のように特攻機が繰り出された。そのため基地全体が、やり切れない焦燥感と暗澹とした絶望感におおわれはじめていたのである。

そんなころのことであった。私たちが、先行きの不安を胸に秘めながら、黙然と待機していた部屋に、ひょっこりと高橋大尉がはいってきたのである。私たちの敬礼に軽く応えてから、彼は私の前にどっかと腰を下ろしてこう言い出したのである。

「おい宮本よ、オレはうちの特攻隊の名前を考えてきたよ。『下衆特攻隊』というのはどうだ。『特攻隊下衆隊』というのも悪くないなア」

そして例のしわがれた声で笑うのであった。

私も釣りこまれて笑ったが、そのあと彼は突然、ぷいと部屋を出て行ってしまったのである。白けた空気とみじめな絶望感だけが残った。しかし、私には、彼の心中を推し測ってみるだけのゆとりが、まだ残っていた。私は、彼の奇妙な発想の意味を、このように解釈したのである。

古参である高橋大尉の目からみれば、私たちのような着任早々の操縦者たちが、哀れに見えたのに相違ない。戦隊が特攻要員を選出することにでもなれば、原則としてベテランはまず除外される。特攻以外にいくらでも使いみちがあるからだ。

しかし、私たちの場合、なんといっても飛行時間が不足していた。実際の戦闘に参加させるには、最低でも三百時間は欲しいのである。もし私たちの戦隊に特攻が下命されれば、戦隊長は間違いなく私たちを指名してくるに決まっていた。

（そうか、いかにも彼らしい慰め方だ）

私は深くうなずいて窓外に目をやった。高橋大尉の姿は、もうそこからは見えなかった。

高橋大尉は翌年（昭和二十年）の二月十三日、台湾の屏東を飛び立ったあと消息を絶った。彼の最期を見とどけた者がいないから、詳細は不明のままである。惜しい人だった。

原正生大尉。豪胆かつ緻密、戦闘機乗りの手本のような人物。著者は彼のひと言に救われた。

*

原正生大尉は豪胆にして緻密、いわば「戦闘機乗り」の手本のような人である。彼はなぜか三十一戦隊の飛行長も兼務していて、向こうとこっちをかけ持ちで行ったり来たりしていた。同じ十三飛行団隷下の一式戦闘隊なので、兄弟分のような間柄だったせいかもしれない。

大尉はどちらかといえば小柄な体軀である。

陸士ではもともと歩兵だったが、途中から航空へ転科してきたと聞いていた。顔にはいつも不敵な笑いを絶やしたことがなかった。

そのうえ、歩き方が一風変わっていた。大尉は手と足を同じ方向に出すのである。それで自然と肩が左右に揺れる結果となるが、私たちにはこの歩き方が凄く強そうで頼もしく見えた。そこでさっそく二、三の仲間が真似をはじめ、私などその癖を戦後にまで持ち越してしまい、それをなおすのに往生した一人であった。

原大尉と私との交流の中で、私の記憶にいつまでも残って消えないのは、前にも書いたが太刀洗での地上事故のさいの大尉のひと言である。あのひと言のお陰で、私は罰せられずにすんだと考えている。

なにしろ、あの事故によって、私の機はプロペラは折れ曲がってしまうし、翼端は大破してしまうし、まだ火を吹かなかっただけ命拾いはしたものの、大切な兵器をめちゃくちゃに壊してしまったのだから、営倉に二、三日ぶちこまれても、文句の言えないところだったのである。

原大尉に関しては、もう一つの思い出がある。これも太刀洗での出来事であるが、その日はどうしたわけか、訓練もしないで、近くの飛行学校へ遊びに行ったのである。昔懐かしい「赤トンボ」がずらりと並んでいた。

「おい、貴様も乗れよ」

遊びのつもりなのか、原大尉は前席（教官席）に乗りこんでから私に声をかけてきた。

（乗れと言うなら乗ってやるさ。オレはいまじゃ一式戦の戦闘機乗りなんだぞ。こんなおも

ちゃみたいなの、あほらしくてまともにやれますかってんだ）

私には確かにそんな驕りがあったと思う。

後部座席に乗りこむや、ろくに目標も定めずにスロットルレバーを押した。

ブルルン、ブルルン、ブルブルブル……。

なんともチャチな代物である。速度計のメーター九十キロで浮揚する。ひょいと操縦桿を引いて上昇に移ったとたん、操縦桿が前後左右に激しくゆれて、赤トンボは風に吹かれた木の葉のように揺れ動いた。これにはびっくりしてしまったが、前席に乗っている原大尉の胸中が、私にはよく分かっていた（赤トンボの操縦装置は前後が連動している）。

それは、最初に私が目標も定めずに離陸し、そのうえ強風に煽られて、方向がいい加減になったのを怒っているのだ。つまり基本どおりに操縦していないことに腹を立てているのである。

要するに、私はこのとき赤トンボをなめていたのである。

（しまったー！）

いまさらどうしようもない。飛行場を一周して着陸するやいなや、たちまち雷が落ちてきた。

「貴様は赤トンボもまだろくにやれんじゃないかッ！　そんなことでいくさができると思っているのかッ！」

これには一言もなかった。すこし増長しすぎていたようだ。一式戦の操縦にも慣れて、いちばん生意気になっていたころのことであった。

原大尉は大戦中、何度も空戦に参加し、そのたびに撃墜と不時着、さらに受傷をくり返したが、それでも最後はどうやら生きて日本に帰ってきたのである。

＊

陸士五十五期の渡部久一中尉は、私と同郷の北海道出身であった。この期の人たちには私と同年輩の人が多く、小学校、中学校を同じ環境のなかで過ごしてきていたので、なにかと話が合う。それが同郷であればなおさらのことであった。

渡部中尉は私をつかまえて、しばしば北海道の夜空のことを話した。とくに厳寒の中天に輝く北極星が、彼には忘れられない印象のようであった。いま、ここフィリピンには、北極星に代わって南十字星が美しく輝いていた。彼は詩人であった。彼の頭の中には、星を中心とした彼の人生観が描き出されていたようであった。

彼はこの地を死に場所と定めていたようである。そのためか、彼のノートには、感傷的なたくさんの詩が書きこめられていた。

純真で熱血に燃える若き戦闘機乗り――そんな印象をあたえるのが、彼、渡部久一中尉であった。そんな彼にはひとつの面白い癖があった。

一般に飛行機の着陸は、「三点着陸」というのが正しい姿勢である。つまり、前輪と後輪が同時に着地するのが正しいとされている。着陸の最後は、地上一メートルで「三点の姿勢」に保ったまま失速させることなのである。そうすれば飛行機は、前輪と後輪とが同時にストンと地面に落ちる。つまり三点接地で、これが正しい着陸操作とされている。

ところが、渡部中尉の場合は、かならず後輪が先に接地し、一瞬遅れて前輪が落ちるという、いわば「変則着陸」をやるのである。

けっして格好のいいものではないが、後になって、これはなるほどいい方法だと気づいたことがあった。それは、空戦を終えて還ってきた友軍機が、つぎつぎと着陸してくる中で、彼も還ってきたことが一目して分かってしまうからであった。

（渡部中尉もぶじ帰還してきたぞ！）

私たちはそれを見て、ホッと胸をなでおろしたものであった。渡部中尉は第三中隊長として、最後の最後までフィリピンに残った一人である。私なども、いっときこの人の中隊に所属したことがあった。北部ルソンの「ツゲガラオ」にいた昭和二十年二月～五月のことだ。終戦になって、マニラ近くの捕虜収容所の中で再会した。

その後まもなく、私は米軍の野戦病院へ入院したが、あらゆる物資が欠乏していたそのころ、彼はトイレットペーパーにちびたエンピツで小さな文字で書いた便りを、何度も寄こして私を慰めてくれた。忘れがたい人である。彼は何度も死地を潜り抜けながらそれでも運よく生還し、いまは東大阪に住んでいる。

＊

渡部中尉の同期には、有塚末太郎中尉や三村保二中尉がいた。その二人とも、私の目にはクールな人に映っていた。なんといっても陸士出の現役中尉と、幹候あがりの予備少尉とでは格が違う。そんなプライドを、彼らはいつも持っていたのかもしれない。

その有塚中尉が、私の同僚の神田正斉少尉をたいへん可愛がっていた。同じ一中隊に所属していた関係かもしれないが、私は少々さみしかった。ちなみに、私は指揮班に所属していたので、前出の高橋大尉が私の直属上官なのであるが、高橋大尉は偉すぎるし、寝室も別室なので、そうそう話す機会もなかったのであった。

その有塚中尉は、非業の戦闘機乗りであった。忘れもしない昭和十九年九月十二日、レイテ島奪回をめざす米第三十八機動部隊の接近に備えて、有塚中尉の率いる一コ中隊が警戒のため、マナプラ飛行場から飛び立ったのが同日の午前十時をまわったころである。

正午ごろのことだ。敵の艦戦（グラマンF6F）と艦爆（ダグラスTBF）約百機の大編隊が、この地区を襲ってきた。このことについてはさきに詳しく記述したが、結局のところ有塚中隊の全機が未帰還となり、中尉の消息は杳としていまだに不明である。

三村中尉の場合は、各地で転戦のすえ、ぶじに日本に帰ったと聞いている。

針生善次中尉は、中尉になりたてであった。私たちの出た第三十二教育飛行隊の最後の教官であった福永正也中尉と同期である。この期は、のちに「花の五十六期」とたたえられたほど、今次の大戦後半の花形であった。

地上部隊もそうであったらしいが、航空部隊にあっても、この期の人々にいちばん犠牲者が多かったようである。

なにぶんにも張り切り方が違っていた。陸士における教育方針が、そのころもっとも精神面を強調したものになっていたのではなかろうか。

針生中尉も多分にそういう要素を持っていた。しかも彼の場合は、底抜けに明るい性格なので、だれからも可愛がられていた。彼は私たちに兄貴風を吹かせ、よくいっしょに車座をつくっては、なにかと教えてくれたものであった。

満州に駐屯していたころの話、満州からフィリピンに飛来する途中での話、マナプラに集結する前に一時駐留したクラーク基地での話など、彼は先輩ぶって私たちにこの戦隊の小史を語ってくれた。そのほかにも、ときには先輩諸公の隠されたエピソードなども暴露してくれる。なんともすばしこくて、憎めない好漢であった。

彼はその当時の流行にならい、童顔の鼻下に「チョビひげ」を生やしていたが、それがなんとも可愛い愛敬をふりまいていた。

しかし、そのチョビひげが、後に彼の唯一の遺体となることなど、そのころの私たちは夢想だにしなかったのであった。

昭和十九年九月十二日、有塚中尉が非業の死を遂げたその日、地上に残っていた私たちは敵大編隊の猛攻にさらされていた。時間にして三十分にも満たない間に、地上は一大修羅場と化してしまった。

敵機が遠のいていった直後から、私たちは手分けして、飛行場内の犠牲者の捜索をはじめた。いたるところで火炎を吹き上げている、一式戦の間をかいくぐっての捜索である。ピスト（野戦司令所）からだいぶはずれた列線の一角に、爆撃で荒らされた跡が歴然と残っていた。人も機体も粉々に砕かれていて、どれが人間の断片で、どれが機体の断片なのか判然としなかった。

（何かさがし出さなくては死者たちに申しわけない）

私は祈るような気持でたんねんに破片の山をとり片づけていた。だいぶたったころ、

「あっ！」

私は思わず声を上げてしまった。断片の山にまじって、針生中尉のあの特徴あるチョビひげの部分が、一片の小さな皮となって発見されたからである。私はこのチョビひげを手のひらに拾い上げ、それに向かって慟哭した。このとき私は、「日本は負ける」と強く実感するものがあった。

針生善次中尉は仙台市行人塚の出身である。

第二章　死闘の果て

戦士の誇り

九月十二日の敵襲は、「奇襲」であったかもしれない。少なくとも、「予定された……」とは言い切れないものがあった。いずれにしろ、そんな中で、私個人としては、確かに二つのことを悟ったのであった。

その一つは、自分の強運を知ったことである。あのとき、私のいた位置というのはピスト脇、つまり攻撃の真っただ中に置かれていたわけである。そんな私が、一ヵ所のかすり傷さえ負っていなかった。

（オレは強運の持ち主に違いない）

これは私に大きな自信をあたえ、その後の私の行動を律する源になったのである。

もう一つは戦闘の実態を体験した誇りであった。勝ち負けは別として、私はこのとき本当の意味で「戦士」に変身したことを知った。戦士とは、強靭な意志の持ち主でなければならない。私はそれに合格したと自負したのであった。

またある意味では、今度の敵襲こそ、私にとって素晴らしい教師であったと悟るものがあった。わずか三十分足らずの短い時間の中で、一人の人間をここまで変えてくれた教師を私は他に知らない。「命をかける」ことが、こんなにも大きな影響をあたえることになるなど、いまのいままで私は知らなかった。

その一方で、わが方がうけた損害は相当なものであった。人的には、大半が操縦者と整備兵たちであった。若い針生中尉などは、自機もろとも爆砕され、愛敬のあるあのチョビひげだけが、彼の唯一の遺体になってしまったし、私が最初に蛸壺の中で聞いたあの絶叫は、見目伍長が機上で大腿部を射貫かれたさいに発した叫びであり、彼は病院へはこばれるトラックの荷台の上で絶命した。

整備兵たちの多くも、それぞれが持ち機のかたわらで戦死または負傷していた。責任感の強い彼らの行動に、私たちは深く頭をたれて冥福を祈るばかりであった。有塚中隊などは全機が未帰還になってしまった。想像するに、彼らはあの大編隊の中に、果敢ななぐり込みをかけ、全員が大空の華と散ったのに相違ない。

物的には、なんといっても飛行機の焼失が残念でたまらなかった。始動が遅れて離陸できずに地上に残っていた一式戦は、大半が焼失してしまった。幸いに離陸していった戦隊長以下の何機かは、必死の空中回避の後に全機が還ってきたが、この荒れ果てた滑走路の、どこにどうして着陸できたのか、私などには想像もつかぬ巧みな操縦技術であった。

その滑走路であるが、私などにはほとんど壊滅的な打撃とさえ思えるほどであった。そのほかにも、いたるところに大きなすり鉢状の穴があけられ、その周辺は土砂の山なのである。

飛行場外の一角に建てられてあった施設の大半が焼け落ちていた。私たちの寝室や食堂や、トイレにいたるまでが破壊されていた。

この夜の、町なかの建物を使った夜食風景は忘れることができない。食卓のあちこちには椰子油を灯す明かりがほのかに燃えていて、それをめがけて飛びこんでくる夜虫が、炎に焼かれて、ジーッと音を立ててはつぎつぎと死んでいった。

いつものように定位置に着席してみても、櫛の歯が抜けたような空席が目立ち、飛行場大隊心尽くしの陰膳も、それに箸をつける人もいない空洞が、私たちに無言の圧力をくわえてきた。薄暗い光を顎の下からうけて、着席しているだれの顔にも、深い苦渋の色が浮かんでいる。昼食のときとは打って変わり、暗く沈みこんだこの場の空気は、そのままこの戦隊の未来と、やがては日本の将来とを予告しているように思われて、なんとも形容のしがたい不安が、私を襲ってきた。

（これが戦闘機乗りというものなのか……）

私はいまさらのように、自分の選んだ道を振り返ってみた。私が工兵から航空に転じた理由は、少なくとも二つあった。

その一つは戦死の場面を想定してみたことである。地上部隊である工兵ならば、まず〝一瞬の死〟というものは考えられなかった。片腕を失い、片脚をもがれ、さんざん苦しんだ挙句に、はじめて死が訪れるのではなかろうか。その可能性はきわめて高いと直感した。その点、航空には〝一瞬の死〟がいつもついて回っているように思えたのであった。

もう一つの理由は、こんなことであった。

私がそのころ学んでいた工兵学校の幹候隊には、全国の工兵隊から選び抜かれてきた優秀な幹部候補生たちが集まっていた。昭和十七年の十月に、前年からはじまっていた繰り上げ卒業（学業短縮）によって入隊した私たちは、最初から〃幹候要員〃と呼ばれて特別な扱いをうけていた。二度の試験を勝ち抜いた〃甲種幹部候補生〃たちは、全国から松戸の工兵学校に派遣され、将来の工兵将校としての専門教育を受けていたのである。

この学校に来てはじめて気づいたことは、その大部分が理工科系の出身者で占められていたことであった。私などのような文科系は、私のほかにもう一人がいただけである。いきおい、その教科内容も、基本を省略していきなり高度な専門技術の修得へと向かっていった。

「貴官らは、すでに学校において、その基本をマスターしているのであるからして……」

これではとてもついて行く自信がなかった。ある晩のこと、私は隣りの寝台に寝ていた春原候補生に向かい、こんな話をした。

「オレはどこかほかの兵科に移りたいと思っているんだよ」

しばらく黙っていた春原は、やがておもむろにこう言った。

「そうだなあ、オマエは、工兵に向いていないよなあ……。だけど、どうやって転科するつもりなんだ？」

彼は東大の土木科を出ていた。彼ならば工兵将校にはうってつけの人物である。

「そのうち考えてみるよ」

この学校の掲示板に、「空中勤務者募集」のポスターが貼り出されたのは、それから間もなくのことだった。私は勇躍してそれにとびつき、幸いにも合格したのであった。

しかし、私の選択には誤りはなかったと思う。いま私の目の前に、陰膳を据えられたこの戦友たちは、私が予測したとおり、間違いなく〝一瞬の死〟を遂げた人たちばかりだからである。

眼前の撃墜劇

この日の夜半になって、ファブリカの十三飛行団は異様な空気につつまれていた。江山六夫団長は、憤怒にひきつった顔で遂に叫んだのである。

「敵の甲板を燃やせっ！」

怒りに満ちたこの命令は、ただちに隷下の飛行第三十戦隊と同第三十一戦隊に伝えられた。三十戦隊からは、藤本中尉と中野恒雄軍曹（昭十七、予備下士）、三十一戦隊からは、小佐井武中尉と山下光義軍曹が選ばれた。

二百五十キロ爆弾を装着した四機は、夜陰にまぎれ、レイテ島沖合の敵航空母艦をめざして発進した。これを「カン作戦」と呼ぶが、いわば「特攻」の走りとも言うべき勇猛果敢な攻撃であった。

この作戦の戦果は、未詳のままいまでは忘れられつつある。いずれにしても還ってきたのは、おびただしい弾痕を帯びた藤本機一機だけ、あとの三機はついに未帰還になったのである。

明くる十三日、ふたたび大編隊による襲撃をうけた。前日の奇襲による戦訓から、ほとんどの飛行機は、掩体の中に引き入れて擬装してある。滑走路の方は昨夜、飛行場大隊が徹夜で修復したばかりなのに、今日の敵は主としてこれを狙ってきた。しかし、こっちも今日は黙って見てはいなかった。原大尉の率いる六機が、これを迎えて空戦に持ちこんだし、地上では対空機関銃が盛んに火を吹いていた。

私はこのとき、目の前で、伊藤稔幸軍曹（少飛十期）が撃墜されるのを見てしまった。飛行場上空五十メートルの超低空での出来事であった。敵のグラマンF6F二機と、伊藤軍曹機が巴戦を演じながら、だんだんと高度を下げてきたのである。地上にいた私たち新任者や整備の将兵らが、声を張り上げて声援を送りつづけているその中を、伊藤機が巧みな旋回で敵の長機をとらえた。直距離にして五メートルにも満たない至近距離である。

「撃てっ！　撃てっ！」

私たちは小躍りしながら叫んだ。しかし、伊藤機はなぜか発砲しない。

「機関砲の故障だっ！」

整備の兵隊たちの間から、悲痛な叫び声が上がった。

「くそっ！」

口惜しがる福田祿郎整備少尉の声が、私の耳元で聞こえた。

「危ないッ！　伊藤、かわせっ！」

私は思わず大声を上げた。長機の追尾に気をとられている伊藤機の後ろに、敵の二番機が大きくまわりこみながら接近してきたのである。

「かわせ！　かわせ！」

いまは全員が必死になって叫びつづける。もちろん、そんな声が伊藤軍曹にとどくはずはなかった。超低空で飛びまわる三機の爆音が、轟々と鳴り渡って、私たちの叫び声をたちまちかき消してしまう。

ドドド、ドドド……。

グラマンＦ６Ｆ。昭和19年９月のバコロド空襲で、２機のＦ６Ｆを相手に激しい空中戦を演じた伊藤軍曹機は、善戦むなしく不運にも機関砲の故障を起こし、著者の目の前で撃墜された。

敵二番機の機関砲が火を吹いた。その瞬間、伊藤機は急に機首を上げ、そのまま反転して墜落炎上した。私たちはガックリと肩を落とした。口惜し涙が何本も頬をつたって流れるのが、私にはよく分かった。一方、敵機は二機がぴったりと編隊を組みなおし、しばらく墜落した伊藤機の上を旋回していたが、まもなく彼方へと立ち去っていった。

原大尉が率いて飛んだ六機のうち、本間治郎曹長と増田孫伍長はまもなく還ってきた。聞くところによれば、敵は数を頼んで執拗な攻撃をかけてきたという。

「途中でバラバラになってしまいました。大尉殿は加藤曹長といっしょのはずです」

疲れ切った顔の本間曹長が、そんなふうに話すと、すぐに草の上に寝転んでしまった。午後も遅くなって、電話による連絡がはいった。この近くの警備隊からであった。

「貴隊の原大尉と加藤曹長が、空戦中、近くの水田に不時着、当方で収容しました。負傷の程度はたいしたことはありません……」

私たちは顔を見合わせてホッとした。結局、この日は二機が未帰還となったが、戦隊長や高橋大尉が、それぞれ帰還してきたのが一応の救いであった。
十二、十三の両日をもって、いったん敵の来襲は小止みになったものの、この二日間にうけた当方の損害は甚大なものであった。バコロド地区に配備してあった陸軍の航空機の損害は約六十五機、隣接したセブ島基地にあった海軍機の損害約六十機。
このことは、陸軍の四航軍にとっても、また海軍の一航艦にとっても手痛い打撃となった。このあと間もなくはじまったレイテ戦と、その後につづくルソン戦においても、このときに受けた打撃が尾を引きつづけ、どこまでもたたられる結果となってあらわれるのである。

私が十二日の夕食時に感じたあの「なんとも形容しがたい不安」の影は、一刻一刻とその濃さを増してくるのである。

私はここで、ぜひ書き加えておきたいことがある。それは、あの第三十二教育飛行隊のことだ。ここは私や神田正斉少尉、それに小川武見習士官などの出身隊であり、ネグロス島にはいちばん早くから来ていた飛行隊である。最初のころは島の北端ファブリカ飛行場を使用していたが、ここを十三飛行団（三十一戦隊も同駐）に明け渡し、「バコロド基地」最南端のラカルロタ飛行場に移駐したことは、前にも書いたとおりである。

その教育飛行隊が、このたびの奇襲のさいにどんな動きをしたのか。それは、私たちもぜひ知りたいことがらなのである。

　戦後になって調査し、それにもとづいて発表された資料によれば、この飛行隊は、勇敢な行動を取っている。

　以下がその概要である。

「ラカルロタ飛行場にあった第三十二教育飛行隊（長、松本強少佐）は、九月十二日の空襲時に、九七戦二十二機、一式戦二機（指揮官・赤崎和雄大尉）で敢然と迎撃したが、グラマンには歯が立たず、たちまち十二機を撃墜された」（『日本陸軍戦闘機隊』（酣燈社刊）

　私たちの教官だったあの福永中尉などは、このときどんな戦いをしたのだろう。彼のあの童顔が、いまでも瞼に浮かんでくる。

原中隊長の戦い

　もう一つ。それは、十三日の空襲のさいに、原大尉がどんな空戦を演じたのか。それを彼が書いた手記の中から抽出してみよう。

　――さてその翌日、九月十三日となった。この日は昨日のような不覚を取らぬため、各中隊ともそれぞれ六機をそろえて、二時間ごとの輪番で上空哨戒の任に当たることになった。

　第一回目はわが第二中隊だ（原大尉は第二中隊長だった）。

　出動の編隊はつぎの通りである。

　　　　T　増田孫伍長
　　　T　加藤登曹長

T　郡山正月伍長

T　原正生大尉

T　本間治郎曹長

T　掃部良一軍曹

九月のマナプラでは、経度の関係で、出動予定の日本時間の〇六三〇（午前六時三十分）では、いまだ暁闇に近い。結局〇六五〇離陸をした。高度四千メートルで哨戒に当たったが、昨日の戦いが嘘のように平穏である。遊飛二時間に近くなると、いくら南方とはいえ、だいぶ肌寒くなってきた。

「こりゃ敵サン、今日もまた昼飯時にやってくるつもりなのかな」と思いはじめた。

そう疑いはじめると、早目に飛び出してきたことが、何だか損したような、貧乏籤を引いたような気になった。早目に着陸して、腹ごしらえし、本番に出なおした方が得だぞ……と、勝手に敵さんの出方を独りぎめして、寒さしのぎの気分もあって、徐々に高度を下げ、一千メートルくらいまで降下したときのことである。

わがマナプラの飛行場では、出発準備のためか、プロペラの巻き起こす砂煙が認められていたが、視線を転ずると、ファブリカの飛行場に、ポコッポコッと、墨絵のように、黒い茸のようなものが三つ、四つと立ち昇りはじめた。奇妙な現象だが、たちまち、「あっ、空襲だ」と気がついた。

そのつもりで眼を凝らして索敵すれば、いるわ、いるわ、小蝿のような小型機が、巣を忙しく出入りする蜂の群れのように、上や下へと飛びまわっているではないか。マナプラ周辺はと、さらに眼をこすって眺め渡しても、いないのである。

「今日はファブリカにお出でなすったか」と、そちらに機首を向けて増速した。機関砲発射準備がたちまちととのう。

編隊を組んで飛ぶ隼戦闘隊。米機の奇襲に備え、上空哨戒のためマナプラを出撃した第二中隊は、ファブリカが襲われているのを発見。原中隊長は列機を率い、敵機群に猛然と突進した。

戦闘隊形をとろうと、風防を開けて右後方の僚機を見やった。郡山伍長である。左前上方の太陽が眩しいのか、あるいは初陣を喜んでいるのか、眉目秀麗の美少年の含み笑いは、手がとどけば肩を抱き寄せてやりたいほどの感情であった。他の列機もそれぞれに、敵機を見つけて武者震いしているのか、戦闘隊形とはいえ、上下左右の動揺が常とは異なって大振りのようである。

「どの敵さんからまいろうか」と物色するに、すでに大方はファブリカから離脱せんとしている。マナプラからファブリカまで、飛べば五、六分のところであるのに、いざとなると、速度計では五百キロ以上を指していたと思うのに、なかなか近づけないものである。辛うじて、後詰めの一編隊(四機)を捕捉した。

同行であるからなかなか射距離がつまらない。

射角も浅い。仕方がないと、両砲一連射、約三〜四秒、敵二番機にお見舞いした。ド、ド、ドッという心持ちよい震動とともに、線香のような火箭が敵機に吸い込まれ、わが機内は硝煙が満ちて鼻腔をくすぐる。だが、発射弾推定約四、五十発、いいところに当たっているはずなのに墜ちない。火も煙も出さないのである。

「くそッ！　この野郎ッ！」と、こちらも意地になった。そのまま喰いつかんばかりに寄せて、とうとう百メートルくらいになったと思うが、あの青黒い羽を背負った星のマークを、引っつかまえられそうなところで、今度はダダダダーッと、かなり永く発射ボタンを押しつづけた。

と、ガラッと音が聞こえるほどの感じで、右翼の付け根の外鈑が砕けて飛んだ。と見るとき、白い霧と黒い煙をこちらに吐きつけるようにしながら、右の方に急傾斜、墜落していった。高度はわずかに三百メートルくらいになっていた。

「やったっ！」と思ったとき、今度はいきなりわが左尻の方に、グワーンと熱い？　衝撃を感じた。反射的にクルリと左に急転回、射弾は回避できたものの、地上すれすれで引き起こしてみれば、風防硝子はネットリ油脂がついている。

速度が減っているのでよく見たら、フラップがガタンと半分くらいはみ出していた。操作を反復しても閉じない。念のために機関砲を操作しても、脚を出そうとしても、サッパリである。作動油系統をやられたに違いない。

マア、これは後の話になるが、中隊長機を攻撃したのは敵の別の編隊長機で、この敵は、わが加藤登曹長が上空から肉薄、仇を討ってくれていた。結局、この戦いは戦果二機である。

とにかく機関砲が出ない、フラップが出っ放しでは戦いにならないから、いったん帰投しようと決めた。そのまま隊機をまとめてマナプラに帰ってきたのが、だいたい午前九時少し前である。

さて、着陸しようとして分開したが、ここで困ったことになった。というのは、私の飛行機は脚が出ない。胴体着陸するよりほかはないが、それでは狭いマナプラでは、他の飛行機が降りられなくなる。部下を先に着陸させせなければならないのに、その意志伝達の方法がない。

弱ったなァと、ヤキモキしながら単縦陣でグルグル旋回していたところ、ふたたびパナイ島方向から新手の大編隊が、今度こそ大挙してわがマナプラに襲いかかってきていた。

そしてその先頭の第一陣が、わが進行方向から浅い角度ではあったが、前上方射撃に入ってきた。距離はまだ千メートルもあったが、すでに火箭がこちらに向かってきていた。

この間、時間にすればほんの四、五秒のことではあったろうと思うが、いろいろな想いが脳裏をかすめた。なぶり殺しにされるのである。

「口惜しいっ」と、思わず目頭がジーンとしてきた。私はこのときすでに妻帯し、内地には臨月に近い胎児をかかえた妻が待っていた。また、日本軍人として、敵軍に勝たねばならぬという使命も忘れてはいない。天皇に忠節を、国民の幸せをということも肝深く銘じていたつもりである。

だが、このときこの瞬間に脳裏をかすめたのは、天皇でもなく日本でもなく、部下や妻子のことでもなかった。「おのれ、この野郎っ」という口惜しさと、逆上した敵愾心のみであった。

何の躊躇もなく上げ舵をとり、機首をこの敵に向けた。刺し違えである。だが、フラップを出しての上げ舵であるから、速度は百七、八十キロであった。敵の火箭は束になって翼縁から吐き出され、ス、ス、スーッと眼前にきてはわが機を避けて流れていく。

「もう少しだ」と思ったとき、グワンと衝撃がありバアーッと火炎につつまれてしまった。ハッとした瞬間、敵は私をまたぐようにして飛び越えて後方へ去っていた。高度わずかに二、三百メートルのことであった。

どうせ落下傘は開かないのだ。といって、機内は熱くてたまらない。すでに右手の手袋(軍手をつけていた)はこげているようだ。本能的に左に機首を垂直に傾けて、横滑りで降下をはじめた。これが偶然にもよかったのか、高度五十メートルのころ、スッと炎が消えた。涼しいなァと思った。

下を見ると、ところどころに木立のある水田である。プロペラはすでに空転しているので、かまわずそのまま滑りこんで不時着した。少しあちこち打ったような気がするが、いままでの修羅の巷から考えると、シーンとした別世界であった。

「助かった」と思う実感がまだであったが、夢の中にいたように思える。(中略)

本間、掃部機はいちおう二機で編隊にはなったものの、優勢な敵編隊に捕捉され、本間機が水平面戦闘に入ると、よくこれを援護はしたものの、みずからは椰子林の中に薄黒色の煙をしたがえたまま突入、大火柱をあげて散華した(著者注、掃部機)。

加藤曹長は、増田伍長と編隊を組む余裕なく、それぞれ別個に空中戦に入ったが、加藤機は相当の被害を受けてマナプラ近郊に不時着、増田機は、急遽、救援に離陸した吉原曹長機につき添い、辛うじて死地を逃れた。（後略）

以上が原大尉の手記の一部であるが、この日の未帰還機は、郡山伍長（少飛十二期）と掃部軍曹（少飛十期）の二機であった。掃部軍曹の壮烈な自爆については、文中にも述べられている通りだが、それでは郡山伍長の場合はどうだったのだろう。

原大尉の手記によれば、自機が火につつまれ、それを何とか消し止めて水田に不時着するまで、郡山機がしっかりとついてきたと書いているが、それが自分の幻覚だったと、あとになって分かったとも書いている。

原大尉はそれを「霊の不可思議」と理解したようだが、実際の郡山伍長は、原大尉機が火を吹く直前、マナプラの海面に垂直に自爆を遂げていた。なお、救援に駆けつけた吉原盛曹長というのは、私と同じ指揮小隊に所属する少飛六期のベテランパイロットのことである。

マナプラ残留

保有機の過半数を失ってしまったわが三十戦隊は、バコロドにあった飛行第二師団の指令によって、ルソン島のクラーク基地へ撤収することになった。敵襲がいったん止んだ九月十四日のことである。

この撤収にさいし、私たち五名の新任者は残留を命じられてしまったのである。その理由の最大のものは、足の不足であった。なにせ飛べる飛行機の胴体に、無理をして一名を収容するのが精一杯の状況であって、この状況のもとでは、まだ実戦に使えない未熟な者は、とうぜん残らなければならなかった。

この当時、実戦に参加できる飛行時間の最低は、おおむね三百時間であった。私たちはあと一年、相当に無理をしてもあと半年は不足していた。少年飛行学校出身の古手の伍長クラスが、どうやらすれすれの線でその基準にかなっていたのである。

残留部隊の指揮は、副官である佐藤実少尉がとった。この人は満州以来、戦隊副官を勤めてきた人で、少尉候補者あがりなので軍隊生活も長く、それに出身が福島県の会津だったせいか、人間が練れているうえ朴訥な人でもあった。

戦隊が飛び去っていったマナプラ基地は、一転して退屈な場所に変わってしまった。十二、十三両日の大空襲以来、少数の敵機が相変わらずやってきては、爆撃や銃撃をくりかえしていたが、あの日にくらべれば物の数ではなかった。

そうこうするうちに、飛来する敵機の数もだんだんに減っていって、四、五日もすると、単に偵察のために飛んでくる程度になってしまった。

グラマンが二機一組となり、一日のうちに二、三度ようすを見にくるのである。こちらが姿を見せればじきに撃ってくるから、私たちは飛行場の近くの椰子林の中にいつも退避することにしていた。

そんなある日のこと、整備の将校で私や神田少尉とおなじ幹候九期の福田少尉が、私たちの退避していた椰子林の中に、わざわざ出向いてきたのである。

「よーッ、どうだそっちの方は……」

退屈していた私は気軽に声をかけた。

あの奇襲の日以来、私たちは急速に戦友意識を強めていた。福田という男はじつに勇敢な男なのである。十三日の敵襲のさい、私はこの男の勇猛な一面をこの目で見て知っていた。襲いかかってくるグラマンの下をかいくぐりながら、彼は軍刀を振りかざして一機の一式戦の翼上に立ったのである。右往左往する整備兵たちは、その姿を見て奮い立った。

その彼が毅然として部下たちに、つぎつぎと的確な指示をあたえていた。二台のスターターは彼の指示どおりに、つぎつぎと飛行機を起動してまわったし、整備の兵隊たちは彼の指示にしたがって、飛行機の移動やら、遮蔽やらをてきぱきとこなしていた。私はその姿を見て、すっかり感動してしまった。

(戦闘機乗りだけが勇敢なのではない。整備を受け持つ彼らの方こそ、はるかに勇敢なのではなかろうか!)

伊藤軍曹が機関砲の故障で無残な自爆を遂げたとき、私のかたわらで(くそっ!)と歯をくいしばって口惜しがったのも彼である。責任感の強い彼のことだから、そのことをどんなに悩んだことか、それを思うと私は胸が痛んだものであった。

そんな彼が、私たちの前にきて腰を下ろすなり、こんなことを言い出したのである。

「一機だけなんとか飛べそうなのがあるんだ。オレの方で無理しても組み立ててみるから、キサマ、クラークまで持って行かないか」

私はそれを聞くなり飛び上がって喜んでしまった。

「よし! さっそく副官に掛け合ってみる」

私は佐藤副官たちが退避していた別の場所に飛んでいった。そして副官をつかまえるなり、熱っぽく飛行許可を求めたのである。

「いまの時期、戦隊はわずか一機の飛行機でも、喉から手が出るほど欲しいはずです。せっかく整備の方が組んでくれると言うのを、みすみす放っておく手はないと思います。副官は私が未熟だと思って心配しているのでしょうが、島伝いに飛んでいけばかならずクラークまで持って行けます。これはぜひとも許可していただきたいのです」

私の懇願を聞いていた佐藤副官が、まずこう言った。

「オマエ考えてもみろよ。制空権は完全に彼ら（米軍）が握っているんだぞ。そんな中を一機だけで飛ぶなんて、それはどだい無理というもんだよ。止めとけ」

「いやー、しかし……」

私もなおも食いさがった。このとき私の胸の中には、口にこそ出さなかったが、すでに一つの決意が固まっていたのである。それはもし途中で敵と遭遇した場合の措置のことなのだ。その場合、私はためらうことなく刺し違える覚悟であった。

一式戦をまだ充分に乗りこなしていない私が、かりに空戦に持ちこんだところで、勝てる見込みはない。そうかといって、ただむざむざと撃墜の憂き目を見るほど私は甘くはない。そんな私にやれることといえば、敵と刺し違えることである。オレも死ぬが、オマエも道づれだぞということだ。

私はだいぶ以前からその方法をひそかに考えていた。こういう敵に対しては、どの方向から突っこむのがいちばん有効か、相手が大型機の場合ならこの方向、小型機だったらこっちからだ。私の胸中には、もうすでにその場合の作戦ができあがっていたのであった。

私の言外に、ちらりとそんな気配が感じられたのかもしれない。佐藤副官の顔に、一瞬ある種の感動が走ったように見えた。

「オマエが飛んで行きたい気持は、よく分かるよ。しかしなあ宮本よ、オレの立場にもなって考えてくれ。オマエたちの身柄は、オレが戦隊長から預かったものなんだ。この先どんな命令が出されるか、オレにもオマエにも、いまのところ分かっていない。しかしなあ、かならずくると思うよ、オマエの飛べる日が。だから、いまは決して無理をしてはいかん。いいか」

彼が訥々としゃべるのを聞きながら、私はだんだんとうなだれていった。彼の軍歴は長い。少尉候補者というのは、現役の二等兵から叩き上げていった古参の中から選ばれる。だから彼は私と同じ少尉でも、年齢の上でははるかに兄貴である。その兄貴が、まるで実の弟に話すように諄々と説いて聞かせるのである。私は結局、あきらめて引きさがらざるを得なかった。

遺体収容

それから間もなくのことである。今度は佐藤副官が私たちのところにやってきた。

「じつは相談があって来たんだが……」

彼はそう切り出した。

「戦死した者たちの遺体を収容してやりたいんだ」

私は（おやっ！）と思って、彼の顔を見つめた。彼の話というのは、こういうことなのである。あの大空襲があった十二、十三の両日、彼は地上から、注意ぶかく空戦の模様を見ていたそうである。そして、うちの戦隊の飛行機が落ちたあたりを、手元の地図の上に赤印をつけておいたというのである。

「なにか少しでも遺族の方に渡してあげたいからなあ……」

（ああ、そうだった）

私はいまのいままでうっかりしていたが、佐藤副官は戦隊本部付の責任者でもある。ここでは戦隊員の論功行賞を申請する業務もつかさどっている。戦死者の遺族とのつながりも、大切な仕事の一つなのであった。それにしても、あんな危ない目にあいながら、よくもそこまで気がまわったものだ。私はすっかり感心してしまった。

「あまり遠いところや危険なところは止めておこう。オマエたちに、もしものことがあっては、なんにもならないからなあ……」

佐藤副官は最後にこうつけくわえた。

副官の話を聞いているうちに、これは現在の私たちにぴったりの仕事だと思いはじめていた。

飛びたくとも乗る飛行機のない私たちは、毎日イライラしながら暮らしていた。それに、戦死したのは、全部が私たちと同じ仲間なのである。遺体収容のことは、むしろ私たちの方から申し出るべきだった、と反省させられてしまった。これもまだ戦場に日の浅い、私たちの不慣れのいたすところなのである。

私たちはさっそく車座になって、相談をはじめた。まず軍隊生活では一日の長がある私と神田が、それぞれ一班を構成することにした。片山は神田につけることとして、小川と秋元は私が預かった。私たちは相談の結果、警備兵や作業兵は整備の福田少尉に頼もうということになり、さっそく福田のところに出かけていった。

ところが、私の話を聞いた福田が、「オレも行く」と言ってきかないのである。私は弱ってしまった。

「キサマは部下を持っている身だ。その点オレたち五人は一人身なんだ。もしキサマの身に万一のことが起こったら、部下たちはどうなるんだ。そのへんのところをよく考えてみてくれよ」

「しかし、キサマたちは操縦者だ。いまは一人の操縦者も欠かすわけにはいかん」

「それは充分に分かっている。しかし、戦友たちの遺体を収容してやるのは、いまのオレたちにとって最大の生き甲斐なんだ。そのあたりのことも分かってくれよ」

こんなやり取りがくりかえされたあとで、福田もようやく納得したらしく、こう言ってくれた。

「よく分かった。それではオレはキサマらが動きやすいように、万全の準備をしてやることにする。安心してまかせておけ」

福田はさっそく素早い動きを開始した。トラック二台、軽機関銃二梃、銃を持った兵隊を三十名ばかり、そのほかに甘味料や薬品類までを、またたく間にそろえてくれたのである。

一方、私たちは、地図を見ながら綿密な作戦を練った。この中でもっとも注意しなければならないことが二つあった。その一つは敵の哨戒機の目を逃れて行動すること、他の一つはゲリラに対する警戒である。

敵の哨戒機については、時間差をうまく利用することで解決しそうに思えた。つまり、早朝のうちに本道を通過してしまい、哨戒機が飛びまわる午前八時ごろには脇道に入ってしまえばよい。すると残りはゲリラへの対策だけとなる。

その当時はどこの集落にもゲリラが潜伏していた。一般人と変わらぬ服装をしているので区別がつきにくい。彼らは〝ＵＳＦＩＰ〟と呼ばれる組織をつくっていて、巧みに連絡を取り合っては弱小の日本軍を襲い、人員の殺傷や武器の略奪をくりかえしていた。その首領は山中に逃げこんでいる米軍の将校たちなのである。私たちはＵＳＦＩＰをもじって、彼らのことを「ヨサッペ」と呼んでいたが、これがなんとも薄気味の悪い地上の敵なのであった。

私たちは途中の集落を一つ一つチェックした。いざとなれば、地上戦闘も覚悟しなければなるまいと思われた。もしそうなれば、こちらが当然不利になる可能性が強い。なぜならば、まず地理や地形にうといこと、つぎにはトラック一台の兵力しか持っていないこと、その上に、地上戦闘に慣れていない将校や兵隊しかいないことなどがその主な理由である。

しかし、それも実際にぶつかったときの話で、かならずそうなるとはかぎらない。要は決行することである。

密林の奥へ

翌朝は早目の食事をすませて出発した。敵の哨戒機は八時ごろにしかやってこないはずなのに、全員もう真剣な表情で索敵に入っていた。私は助手席におさまり、小川と秋元が十数人の兵隊といっしょに荷台に乗っている。今度のようにトラックで出かける場合、荷台に乗っている全員が主となって索敵に当たるのである。もしなにか異状を発見した場合は、運転席の屋根を叩いて知らせることになっている。

敵の哨戒機は、道路上を超低空で飛んでくるのがつねであった。これは近くにくるまで、ほとんど爆音が聞こえないので、厄介なことこの上もない。

出発してまもなく、もう運転席の屋根が叩かれた。運転手はギョッとして車を停める。私は助手席の窓から身を乗り出して荷台の方をうかがったが、そこでは秋元が私に向かって右前方の上空を指さしていた。

見ると、確かに豆粒のような黒い集団が、北の方向に向かって飛行していた。私はしばらく眺めていた後、秋元に向かって言った。

「あれはこっちには向かっていないよ。多分、ルソン島に行くんだろう。このまま前進をつづけるから、なおよくあれを追跡していてくれ」

それにしても、ずいぶん早朝から行動している敵に対し、私は少なからず驚いてしまった。

哨戒機がいつも飛びまわる午前八時前に、私たちのトラックは予定どおり脇道にそれる地点まで達していた。まず第一の関門を突破したことになる。小休止をとったあと、ふたたび前進に移ったが、この道はだんだんと先細っていって、ついには前方に見える小高い山の中に通ずる森の中へと入っていった。地図を見ても、それらしい道路は載っていない。一方、目指す「赤丸」の地点は、まだまだ先の方である。

「充分に警戒を強めるように……」

私は荷台に向かって声をかけた。

なんとも薄気味の悪い場所である。木の間から洩れてくる陽の光が、地面の上にだんだらの縞模様を描いている。名も知らぬ野鳥の声が、かしましくこだましている。視界は極端に制約をうけて、先が見えない。フィリピンには猛獣はいないことは知っている。いてもせいぜい大きな錦蛇くらいのものだ。

しかし、現地人の中には、かつて人喰い人種と呼ばれた人たちがいる。「ネグリート」というのがそれで、短軀で精悍な顔つきをしている。彼らは短い弓をつかい、矢の先には毒が塗ってある。一般につかわれているタガログ語も彼らには通じないし、なによりも動物のような敏捷さで動きまわるのが厄介である。

フィリピンの密林では、日本では見たこともない現象にしばしばぶつかることがある。ここは日中でも薄暗いというのに、夜ともなれば真っ暗で、それこそ鼻をつままれても分からないほどだ。そんな中を歩いていると、突然、前方に幽霊のような大木が見えてくることがある。青白い光を放って、その大木だけが闇の中に浮き上がっている。

思わずギョッとして立ち停まってしまうが、これが、通称「螢の木」と呼ばれる特殊な樹木なのである。

そんなときにかぎって、頭上で、「バウ、バウ」と大声で啼きだす怪鳥に出合ったりする。一瞬、肝を冷やして身がまえてみると、これが、案外に小さな夜行性の鳥だったりするのである。

そんなわけだから、フィリピンの山の中や森の中など、私たちにとってはまだまだ未知の世界なのであった。

日本でも、鳥の啼き声を擬音化して表現することがある。たとえば、「テッペンカケタカ（天辺欠けたか）」などは、ホトトギスの啼き声を擬音化したものだ。この森林の中でも、小鳥たちの啼き声が私には妙なふうに聞こえてきて仕方がないのである。

――ゲリラマットルヨー（ゲリラ待ってるよ）。

――モウダメタヨー（もう駄目だよ）。

――ケレ、ケレ、ケレ、ケーレー（帰れ、帰れ、帰れ、帰ーれ）。

そして突然、大声で、

――ケタケタケタケタ……。

と笑い出すのだから、たまったものではない。薄気味の悪い前進がそれからもしばらくつづいた。と突然、運転席の屋根が激しく叩かれた。運転手だけではなしに、助手席にいる私までが一瞬、ギョッとなった。

助手席の窓から身を乗り出してみると、秋元たちが左手を指さして真剣な顔をしている。見ると、三百メートルほど先に、集落らしい一群の建物が、木陰ごしに望まれた。地図上の赤丸地点にもわりに近いところだ。

私はしばらく考えたすえ、とりあえず単身で偵察してみることにして、車から降り立った。

「宮サン、大丈夫ですか……」

秋元は昔から私のことをこんなふうに呼んでいた。まだまだ学生のころの気分が抜けていないのである。

「一応は援護の体勢をとっておけ。万一のときは頼む」

小川はあらためて軽機関銃の据付け具合いを確かめていた。兵隊たちも、安全装置をはずした銃をもう一度点検していた。

私は拳銃と軍刀を持っている。拳銃の安全装置はとうにはずしてあったが、腰のケースにおさめたまま歩き出した
(こんな山の中に暮らしているからには、彼らはネグリートにちがいない)

私は歩きながらそんなふうに考えた。

(オレのタガログ語は通じないかもしれない)

つぎにはそんなことを考えた。

半年以上、この島に住んでいた私は、多少のタガログ語は知っていた。しかし、それとても単に単語のたぐいだけである。むしろブロークンでも、英語の方がはるかに現地人と意思が通じ合えるのも知っていた。

(なんとか英語が分かる人間がいればいいのだが……)

そうこうするうちに、もう半分以上も歩いてきていた。

よく見ると、確かに人影が動いている。それも二人や三人ではなかった。私はにわかに緊張した。よく観察すると、この人たちはネグリートとは違っていた。彼らよりはもっと背が高く、マナプラの町でよく見かける普通の現地人に近い。

(これなら大丈夫だ)

私は胸をなでおろし、急速に彼らに近づいていった。

「へーイ」

私はかなり遠くの方から声をかけてみた。親愛をあらわす呼びかけのつもりであった。いちど私の方を凝視した彼らであったが、つぎの瞬間には、さっと身をひるがえして逃げ去った。もう躊躇は許されない。私は足ばやに彼らのいたあたりまで近づいた。

このあたり一帯は、切り開かれた空地になっていた。そのあちこちに、地上から直接、三角形に突き出した家屋が建っている。これは明らかに平地の農家とは違っていた。平地ではほとんどが高床式なのだ。

その三角形をした一軒の家の出入口のあたりに、子供を抱いた女が一人、怪訝そうにこちらを見ながら立っているのが目に入った。

「ヘイ、カモン」（おい、こっちへこい）

その女は意外に素直にこちらへ寄ってきた。体格は普通、上半身には着古した白の半袖シャツ、下半身には色のさめた赤い腰巻き、もちろん素足のまま、年齢は不詳、抱いている子供は丸はだかである。

私はなんとかしてこの女と話をしてみようと考えた。それにはまず相手を安心させなければならない。女の目はまだ不安と恐怖に満ちている。私は思い出して上衣のポケットから甘味品（キャラメルのようなもの）を取り出した。その一コを自分の口に放りこみ、ほかの一コを女の前に差し出した。

「ベリ ナイス」（うまいよ）

女はおそるおそる私の真似をして口にしゃぶった。そしてすぐに、ニヤッと笑った。

(しめた!)

私はすかさず右手の親指を立てて、

「ウエア　イズ　ボス?」(ボスはどこだ?)

二、三度くりかえしているうちに、この女はどうやら私の意図を察したようであった。彼女は振り返って、大声で何事かを叫んだ。私にははじめて聞く言語であった。すると、どこの家からもゾロゾロと人が出てきて、こちらの方へ集まってきた。老若男女合わせて三十名ほどである。

女がまた何やら叫んだ。集まった人々が、みな一様にニヤニヤ笑っている。私はすぐに合点がいった。彼らの目的は甘味品なのだ。しかし、私のポケットには限られた数しかない。それに、早く私の仲間たちを呼び寄せる必要がある。

私は持っていた甘味品の中身を彼らに示し、

「メニ、メニ。ザッツ　フレンズ　ハブ」(あすこの仲間たちがいっぱい持っているんだ)

私のブロークンイングリッシュはこんな程度なのだが、これが現地人たちには不思議と通ずるのである(英会話の下のカッコ内は、自分がそう言っているつもりという意味である)。私が向こうを指さしてそう言うと、彼らはうんうんというようにうなずく。別に私を恐れているようすはない。

「オーイ、みんなこっちへこーい。銃は下げたままだぞーっ」

私たちは意外に早く彼らに受けいれられ、そこでは思わぬ親善風景が展開された。甘味品もさることながら、私たちの持ってきた医薬品が、これに大いに役立ったのである。彼らのほとんどは熱帯潰瘍を患っていた。傷口がひどく化膿するのである。そこにヨーチンを塗ってやる。傷口にしみて悲鳴をあげる者が多いが、それが奇妙に速効性を発揮して評判は上々である。

「フー　イズ　ボス？」（ボスはだれだ？）

私は折りをみて、さっきの女に問いただしてみた。そのボスがじきに私の前に出てきた。これはいかにもボスらしい老人である。ここの集落の長でもあるのだろうか。私はさっそくこの老人に向かって、

「前にこのあたりに日本の飛行機が落ちなかったか」と質問してみた。

彼は、「ノー、ノー」をくり返したが、私には彼がどうも嘘をついているように思えてならない。それは彼の目が、急に落ちつきを失ってきたからである。彼らは多分、根は正直なのだろう。

そこで私は、少し荒っぽい語調で詰問してみた。

「ドント　ライ！」（嘘をつくな！）

この一言がきいたようであった。この老人がみんなに向かって大声でなにか叫ぶと、三、四名の男たちが大急ぎで家の中に飛びこんでいき、つぎに出てきたときは、手に手に何かを持ってきて、私の前に差し出した。

私は息をのんだ。それはまさしく一式戦の機体の一部ではないか。

（やっぱりこの近くに落ちていた！）

私は急に胸がいっぱいになってきた。もう、友好親善どころではなくなった。私はこの老人に向かい、その現場まで案内するように強く要請したのである。

空っぽの飛行服

この老人と、数人の男の案内役を先に立てた私たちは、はやる胸を押さえながら後につづいた。その付近には、カモテ（サツマイモ）の小さな畑が並んでいた。近くには小川もながれているようである。男たちは一様に上半身はだかで、薄汚れたショートパンツをはいていた。

現場は意外に近いところであった。集落を出はずれてから、ものの十五分も歩いた森の一角が、異常な荒れかたをしていた。何かが起こった場所に違いないのだ。

「イズ　ザット？」（あれか？）

老人がうなずく。私は部隊を停めると、小川と秋元を呼び出した。

「オマエたちは警備に当たってくれ。オレは現場を担当する」

私は二人のほかに八名ほどの兵隊をつれて、その周辺を一巡してみた。もしもヨサッペやネグリートが襲ってくるとすれば、多分、この辺りだろうと思われる要所に兵を配置してまわった。もっとも危険だと思われた箇所には、小川見習士官と軽機関銃手を配置し、同時に案内人たちをその場所にとどめることにした。

「秋元見習士官は、警戒区域を常時巡回してくれ。なにか異状を発見したら、まずオレのところに知らせろ。兵隊が勝手な行動をとらないよう充分に注意するように。それから、案内人たちから目を離すな」

私はつぎつぎと指示を出し、最後にその場で昼食をとるようにと言っておいてから、元の位置までもどってきた。

私たち作業班は私を含めて八名である。昼食の間中、私は不覚にも、いっとき戦争のことを忘れていた。静かな山合いの森を前にして、小鳥の囀りを聞きながら、握り飯を頬ばる図は、なにやら小学校の遠足のことを想い出させてしまうのである。もうずいぶんと昔のことのような気がする。

しかし、ふたたび現実に立ちもどってみると、ここはまぎれもない戦場なのであった。これから私がやろうとしているのは、ほんの数日前に撃墜された、戦友の遺体を収容することである。

時代の移り変わりの中で、私をとりまく環境も、大幅な速度で変遷を遂げていたことをあらためて、知らされた思いであった。

撃墜現場を私は、このときはじめて目撃した。森の一角を切り裂くように落下した一式戦が、地面に大きな穴をあけて、その中にたたみこまれたようにつまっている中で、尾部だけがその中央に屹立していた。その機体に記された番号から、これは間違いなく掃部良一軍曹(兵庫県出身、少飛十期)機だと分かった。

機体の破片は高い木の梢にまで引っかかっている。よく完全炎上しなかったものだ。周辺にはガソリンと油のいりまじった異臭が立ちこめていた。

遺体収容作業は意外に難渋した。私たちはまず尾部にロープを結びつけ、全員で引っ張ってようやく取り除くことができたが、その下からめちゃめちゃにいりまじった破片や部品の山があらわれた。しかもすり鉢状の穴の深さは人間の背丈ほどもあり、その底部にはヘドロのようなドロドロした澱みが、たっぷりと溜まっていた。

八名の作業班は必死で断片の取り除きにかかった。断片のあちらこちらがたがいにからみ合っていて、この作業も容易ではない。操縦席はエンジンのすぐ後ろなので、この場合は穴の最底部あたりにあるものと推測される。したがって、その上に積み重なっているすべての断片が、除去されなければならないのである。

時間は刻々と過ぎていく。私は気が気でなかった。あまり遅くなるようだったら、途中で中止しなければなるまい。こんな場所で夜間にでもなろうものなら、どんな危険が待ち受けているか、はかり知れないのだ。

時計の針が午後の二時半をまわったころ、ようやく操縦席の一部が見えてきた。そのあたりはほとんどヘドロの中に没していた。

「一部の者はヘドロを掻い出せ！」

私の指示をうけて、二、三の兵隊がバケツをとりに駆け出していく。ヘドロの量がだんだんと減っていったころ、私の臭覚が妙な臭いを嗅ぎとっていた。それは確かに動物だけが持っている独特の臭いなのである。

（近い！）

私の両手がいそがしく動いて、その付近と思われる小片が勢いよく取り除かれていった。

「あっ！　衣服が見えています！」

一人の兵隊が叫んだ。全員の目が一点に集中する。私がそこに見たのは、カーキ色をした飛行服の背中であった。

穴の外に運び出された飛行服には、中身がなかった。そのうえ、頭部と両手首とが欠落していた。それはもう人の姿ではなかった。それは単なる、一着の汚れた衣服に過ぎなかった。私は凝然となったまま、しばらくその衣服を見つめていた。

肉塊や骨の断片は、この衣服の袖口と足首の部分から発見された。とくに革製の飛行靴からは多量に発見された。飛行帽は別の場所から見つかったが、その中は空っぽであった。私は肉塊を取り出す作業の間中、掃部軍曹にしきりに語りかけていたようだが、それはまったくの無意識のうちに行なわれていたことなのである。

「掃部よ、冷たかったろうなあ。オマエこんなにバラバラになっちゃって、かわいそうに……。だけどオマエはいいよなあ、じきにオフクロさんのところへ帰れんだからなあ……」

私の語りかけは延々とつづいた。そんな中で、

(オレのときにはだれがやってくれるんだろう)

という思いが、盛んに胸の中を去来していた。

考えてみれば、飛行機乗りの命ほど呆気なく消えるものはない。まだ私が子供だったころ、わが一族の葬式があるたびに聞かされた僧侶の説話の中に、

――朝には紅顔ありて夕には白骨となれる身なり、すでに無常の風来りぬれば則ち二つの眼たちまちに閉じ……。

というのがあったのをおぼえていたが、まったくその通りだとつくづく思ってしまう。

警備に当たってくれた側にも、幸いにして何の異変も起こらなかった。全員がふたたびトラックに乗り込み、戦隊に帰りついたときは、もう夕暮れが迫るころであった。

その夜はさっそく持ち帰った肉塊を荼毘に付した。私たちの寝室の一隅に並べられた木箱の数が、その後もだんだんと増えていって、心優しい小川見習士官などは、供物の水と野の花を毎日欠かさず取り替えることを日課としていたのである。

第三章　レイテ航空戦

無人の航空基地

本隊がクラークに撤退してから、もう半月あまりがたった。遺体収容も終わって、私たちはいまではもう何もすることがなく、マナプラの町なかに確保した宿舎から、毎日、飛行場へ通っては給食を受けていた（飛行場大隊が給食を担当していた）。

そんなころの唯一の刺激といえば、毎日、偵察に飛んでくるグラマンをからかうことぐらいのものだった。私たちは、やはり翼が恋しいのだ。それがたとえ敵国のものであっても、戦闘機は私たちにいろいろな想い出や夢をあたえてくれる。私たちはいつか彼らのことを、「グラ公」と愛称で呼ぶようにさえなっていた。

そんなある日のこと、私と神田少尉は退避していた椰子林の中から、夕食をとるために飛行場大隊の食堂に向かって歩いていた。いつものことながら、いまはもうすっかり無人となった滑走路の周辺は、私たちになんとも言いようのない淋しさを感じさせていた。その淋しさから逃れるために、私たちはつとめて飛行機には関係のない話題を選んでは語り合っていたのである。

「もうそろ刈り入れが終わったころかなあ」

西の地平線に近く、大きな太陽が今日の終わりを告げようとしていた。それを眺めながら、神田がポツリと言い出したのである。

「オマエも刈り入れを手伝ったのかい」

「いや、オレはやらなかったけど……」

神田の故郷は新潟県の農村部にある。彼はそこの大地主の跡取り息子であった。

「刈り入れが終わると、祭りがくるんだ……」

神田はどうやら祭りのことを話したかったらしい。

「村中の男も女も着かざって、社の境内で踊るんだ。あれはいいもんだよ……」

たわいのない話に興じていた私たちは、そのときかすかな爆音に気づいた。蚊のなくような音だが、私たちの聴覚は、鋭敏にそれを捕らえたのである。

私たちは話を中断して、その方向に対面したまま、つぎの行動に備えて立ち止まった。その方向とは北、つまり、ルソン島の方向である。たちまち一機のグラマンが、三百メートルの低空で飛来してきた。

「いまごろ一機でどうしたんだ。アイツ、仲間からはぐれたんじゃないのかな」

神田の言う通り、敵はどんな場合でもかならず二機が一組となり、通常一機では飛んでこない。

「ひょっとすると、僚機がやられたのかもしれないな」

私もそんなふうに答えながら、それでもこのグラマンから目を離さなかった。ところが、グラマンの方でも私たちに気づいたらしく、急に左旋回してこっちに向かってきたのである。

「オイ、オイ、アイツやる気らしいぞ」

「グラ公」とあだ名されたグラマンＦ６Ｆ。マナプラに残留した著者らは翼恋しさのあまり、敵戦闘機さえ愛称で呼んだ。その「グラ公」をからかうのが退屈な毎日で唯一の刺激だった。

私たちはグラマンに正対して向きを変えた。突っこみの角度が甘くなり、弾道が目標をそれて上向くことになる。私と神田は目くばせをして、おたがいの意思を確かめあった。このさい、私たちのやることはただ一つなのである。

直距離にして五百メートル、突っこんでくるグラマンの両翼に白い煙がパッと見えた。その瞬間、私たちはさっと両側に飛び離れた。

ドドドド——重厚な機関砲の発射音がとどろいて、弾丸は私たちの立っていたあたりを、ミシンでもかけるように縫っていった。それを追いかけるように、薬莢がバラバラと落ちてくる。

私たちは、戦闘機の攻撃にたいする回避には自信がある。戦闘機の機関砲は、一定の角度で固定されているから、その軸線さえはずしてしまえばめったに当たることはない、要は回避のタイミングだけなのである。退屈な毎日の生活にうみ疲れていた私たちが、求めることのできた唯一の刺激というのは、こんな馬鹿げた遊びしかなかったのであった。

第一撃に失敗したグラマンは、ふたたび上昇旋回して第二波に移った。今度は私たちは近くの飛行機用掩体の陰に立ってそれを迎えた。ドドド――これもまた失敗である。なにしろ掩体の土壁は、厚みがたっぷりあるから、機関砲弾などはとおらない。敵は性こりもなく第三波の体勢に入ってきた。私たちは掩体の反対側に移動しながら、それをながめていた。

「アイツ、すこし馬鹿じゃないのかな」

神田がそんなことを言っていた。第三撃はさすがに撃ってはこなかったが、そのかわり、私たちの頭上五十メートルのところで、垂直旋回をやりながら下を見ている。それは赤い顔をした猿のようなパイロットであった。私たちはそれに対して手を振ってやった。同じ戦闘機乗りとして、敵とはいえ妙な親近感を覚えてしまうのである。

二、三度旋回したグラマンが、今度こそはあきらめたらしく、しだいに高度を上げながら東に向かって飛び去っていった。東の方向とは、つまりレイテ島の方向である。

そのレイテ島にマッカーサー元帥総指揮の米軍が上陸してきたのは、十月二十日のことであった。私たちが駐留しているこのネグロス島からレイテ島までは、直距離にして二百キロたらず、当時の飛行速度をもってしても、たかだか二十分ほどの至近距離である。

私たちは残念ながら、この島をめぐる陸軍の地上戦闘や、海軍の決死の艦隊戦闘の模様などは知らなかった。戦後になって、刊行された数々の記録によって、はじめてその全貌を知ることができたのである。ただ私たちが、現実に目の前で見た「レイテ航空戦」の一端というのが、つぎのような事実だったことは確かである。

聞き慣れぬ爆音

その日も、私たちは滑走路に近い椰子林の中で寝そべっていた。本隊と離れてからすでに一ヵ月以上が経過していた。その後、本隊はどうしているのだろう。いまだに何の連絡もないが、私たちの出番はこのまま永久にめぐって来ないのだろうか。私たちの胸の中は、そんな不満や淋しさで一杯だった。

そのとき突然、爆音が聞こえてきたのである。それも久方ぶりに聞く集団の爆音である。私たちは一瞬、緊張した。場合によっては急いで退避しなければならないからだ。私は起き上がりざま爆音の方向に正対した。これはおかしい。その方向は北、つまりルソン島の方向である。

私の頭の中では、この時期、制空権は完全に敵方に握られているのだから、空を飛んでいるのはすべて敵機であるという固定観念が定着していた。その視点でみるかぎり、北の方向から集団で飛来する敵機というのは、尋常な情況とは考えられなかった。

（ひょっとすると、レイテの機動部隊の一部が、南シナ海方面に移動したのだろうか？）

私たちがそのころ把握していた戦況というのは、ほとんど一ヵ月前と変わってはいなかった。つまり敵の三十八機動部隊が、レイテ島の南方海域に集結しているという事実である。この一ヵ月の間に、その戦況がどのように修正、もしくは変化したのか、私たちにはそれまで何も知らされていなかったのである。

（これは容易ならぬ事態にはまりこんだようだぞ！）

私は爆音の方向をにらみつけながら、そんなふうに考えていた。

いまやはっきりと、肉眼でも捕らえられるその集団は、小型機（戦闘機）ばかりが十五、六機の集団であった。高度は四千メートルほどで、まだ機種の識別は困難である。しかし、私の耳は、先ほどから妙に懐かしい爆音だと感づいていた。

その証拠に、私はまだ真剣に退避のことを考えてはいなかったのだ。少なくとも、いつも聞き慣れているグラマンの編隊爆音とは、それは明らかに異なっていて、私の足を釘づけにしてしまったのであった。

（おかしい⁉　どうもようすが変だ！）

私は頭を振ったり、目をパチパチさせながら、早く正確に事態をつかもうと焦っていた。

この編隊は、明らかにこの飛行場を目標にしていた。いまや、轟々と空を圧する爆音をひびかせ、大きな旋回をくりかえしながら、高度をだんだんと下げてくる。そのようすをじっと見まもっていた私は、

「あっ！」と思わず大きな声をあげてしまった。私は確かに見たのだ。旋回する翼の下に、あの懐かしい「日の丸」がはっきりと見えたのだ。

私は滑走路に向かって一目散に駆け出した。これは一体、どういうことなのか、いまの私にはさっぱり分からない。しかし、現にこの滑走路を目がけて着陸しようとしているのは、それこそ間違いなくわが友軍機に相違ないのだ。私は走りながら男泣きに泣いた。

思えばあの九月十二日以降というもの、ただの一度でもわが方に晴れがましい一時期があっただろうか。屈辱を堪え忍び、跳梁する小悪魔たちの前に、なすところもなく、ただ退避をくりかえすばかりだった日々を思うとき、この快挙はまさに「神のご降臨」かと思えるほど、私の胸を強い感動でおしつつんでしまったのであった。

重戦「疾風」見参

つぎつぎと着陸してきた飛行機は、私には初見参のものであった。一式戦によく似ているが、こちらの方がかなり大ぶりである。プロペラは四枚、エンジンのカウリングなどにしても一式戦よりはるかに大きくてごつい感じだ。無線塔の位置もコックピットの後方だし、それに第一、照準器の筒型が露出されていない。あとで聞いて知ったが、これは「四式戦(疾風)」という最新型の戦闘機であった。

四式戦というのは、今次の大戦をつうじて、わが国最後の陸軍新鋭戦闘機であり、一名を「夢の戦闘機」とまで呼ばれた名機である。昭和十九年四月に制式採用が決定されたが、その最大のきっかけとなったのは、なんといっても小型で強力なエンジンの開発であった。直径千百八十ミリの小型にもかかわらず、出力は二千馬力という「ハ‐四五」の出現は、当時、一世を画する観さえあった。

そのために、最高速度も六百二十四キロ/時とずば抜けていた。そのうえ火器がまた素晴らしい。十二・七ミリ砲二門のほかに、二十ミリ砲をさらに二門備えていた。これこそ高速重装備の理想的な重量戦闘機(重戦)の出現であった。

マナプラに飛来してきたのは、この四式重戦を持つ第一戦隊の一部であった。主力はまだクラークにいるらしいが、この戦隊は元来が帝都防衛を任務とし、柏（千葉県）に駐屯していたそうである。これは、とりもなおさず帝都を一時手薄にしてでも、レイテの敵を徹底的に叩けという、大本営の一大決意の現われである。このことは私たちの勇気を百倍にも鼓舞してくれた（実際に、大本営はレイテの攻防を最大限に重視していたのであって、その証拠に、十月十八日に発動された「捷一号作戦」の中で、レイテを「最後の生命線」とまで位置づけている）。

この第一戦隊について、もう少し詳しい説明をくわえると、すでに何度も述べたように、第四航空軍は第二飛行師団を中心として再編されたが、その主力を形成していた十三飛行団の一式戦闘戦隊（三十および三十一の両戦隊）が、ほとんど壊滅してしまったために、急遽「第三十戦闘飛行集団」と呼ばれる、戦闘機ばかりの強力な飛行集団を編成してこの穴を埋めた。その中の十二飛行団（長、川原八郎大佐）に、第一、第十一、第二十二の三コ戦隊が、いずれも四式重戦を装備して所属していた。このたびマナプラに飛来したのは、その戦隊なのである。

事実、この第一戦隊に引きつづいて、第十一戦隊も第二十二戦隊も、その一部がマナプラに飛来してきたのであった。

それらの戦隊には、ベテランの戦闘機乗りたちがそろっていた。彼らは一服するまもなく、さっそくにレイテに向けて、攻撃をしかけていった。十月二十五日の前後一週間は、私がこれまでに、いな、この後も、見たこともない熾烈な航空戦がこのマナプラとレイテを結ぶ空線のいたるところで、何度戦われたことだろう。

その当時、ルソン島のクラーク基地には、四航軍（陸軍）の戦爆隊と、一航艦（海軍）の戦爆隊が集結していて、日夜レイテに向けて果敢な肉薄攻撃をくりかえしていたが、このネグロス島（陸軍）と隣りのセブ島（海軍）が、その最前線基地になっていたのである。いずれも、レイテ島とは至近の距離にある。

夢の戦闘機といわれた四式戦「疾風」――2000馬力エンジンを搭載、日本最高速を誇った。武装も極めて強力で、まさに理想的な重戦だったが、数で優る米軍機の前に苦戦をしいられた。

「レイテ航空戦」の前半は、まさにわが方圧勝の感があったことは間違いない。現にそのころ、マナプラ上空に敵の機影を見たことは、ただの一度もなかった。一、十一、二十二の、戦闘飛行集団自慢の四式重戦が、その威力を存分に発揮して、戦域をレイテ島上空に限定してしまったためである。

私たちの目の前に、ふたたび敵機が姿をあらわしはじめたのは、それからまもなくしてからであって、それこそが「レイテ航空戦」の後半部に当たる。

さしもの精鋭四式重戦も、連日連夜の出撃に、人機ともに疲労困憊をきわめていた。せっかく取りもどした、大切な制空権ではあったが、人機ともにまったく補充のつかない悲しさ、それが徐々にふたたび奪い返されることになったのである。そして今度は、私たちの目の前で、彼我の激しい攻防戦が展開されることになった。

翼を持たない私たちは、このときも地上から必死の声援を送りつづけた。両手をかたく握りしめ、両足を踏んばって、声を限りに叫ぶのである。

「そこだ！ まわりこめ！ 後ろにつけ！」

グラマンF6Fも、四式重戦にひけをとらない二千馬力級の重戦である。重戦同士の空戦というのは、一式戦のような軽戦を見慣れていた私たちの目には、なんとも歯がゆく思われた。それと言うのも、旋回半径が五十パーセント以上も違うからだ。

ドドド、ドドド……。

ドンドンドン、ドンドンドン……。

十二・七ミリ砲と二十ミリ砲とが交錯して火花を散らす。

この空戦の中で、私は明らかにわが方の不利を悟った。その第一に挙げられるのが、数の優劣である。たとえばこちらの四式戦一に対し、向こうは少なくとも三から五の倍率で向かってくる。これはとりもなおさず日米の生産力の格差なのである。

つぎには、敵の徹底した編隊戦闘に対する、わが方の単機戦闘である。これは前述の数による優劣と深い関わりを持っているが、敵方は絶対に単機で戦うことがなかった。どんな場合でも、かならず二機か三機が一組となって戦う。それは私たちが教育飛行隊時代に教わった「ロッテ戦法」といわれていた戦術なのである。

今次大戦が後半に入ってくると、戦闘機は速度と重火器に重点が置かれるようになってきた。それまでのように、軽快性はあまり重要視されなくなってきたのである。エンジン一つをとってみても、一式戦（三型乙）は千百五十馬力なのに対して四式戦は二千馬力、火器などをみても一式戦は十二・七ミリ機関砲が二門なのに、四式戦は十二・七ミリ二門と二十ミリ二門といった具合で、これはグラマンF6Fにしても、ノースアメリカンP51にしても、四式戦と大差はない。つまり、スピードと重火器に主眼がおかれている。

このような重戦が空戦を行なう場合の基本は、「一撃離脱」である。スピードを生かした急激な接近により、一撃をかけたあとすみやかに離脱する。それを何度もくりかえし、けっして軽戦のような単機の巴戦に持ちこまない。ひところ主流をしめた単機同士の巴戦は、軽戦の得意分野であるが、そのころではすでに通用しなくなっていた。やはり重戦は重戦同士、軽戦は軽戦同士でなければ、存分な戦いはできないのである。

とくに集団による空戦にさいしては、たがいに味方機を支援し合わなければ、危険性は何倍にもふくれ上がってしまう。攻撃をかける側からすれば、前方に見える敵機に全神経を集中させることになり、いきおい後方がお留守になる。この場合、もう一機（または二機）の僚機がいっしょならば、後方は彼にまかせておけばよい。かりに後方に喰らいついてくる相手がいても、それは僚機が逆に追ってくれるから心配はない。それこそが「ロッテ戦法」の原則なのである。

ところが、一対三ないし五の戦力差では、一の方は完全なロッテ戦法など使えるわけがなかった。もし二機が組んでいたとしても、敵は数に頼ってそれを引き離しにかかり、結果はバラバラになって戦うことになる。結局は不利な単機の巴戦のかたちに持ちこまれてしまう。

そのことが、わが方に大きな損害をもたらす原因になった。相手の一番機をみごとに撃墜した友軍機が、つぎの瞬間には後方から襲われて火を吹いてしまうのである。そんなケースがじつにたくさん目撃された。

「くそっ！」

私たちはそのたびに、何度、地団太を踏んで口惜しがったことか。

十月も終わりに近づいたころ、傷ついた各戦隊は、残機をまとめてクラークに引き揚げていった。大切な制空権は、ふたたび完全に敵の手中におさまったわけである。グラマンが得意気に私たちの頭上を飛びまわり、一時忘れかけていた、あの沈鬱な日々が、またもやもどってきた。それは以前よりも、もっと重みを増したものに変わっていた。

無人の飛行場は、閑古鳥も啼かないほどの荒れかただった。周辺の椰子林は、丸坊主にされ、まるで電信柱の行列のようであった。私たちはそんな中に、痴呆のようになってたたずんでいた。

青く澄んだ大空は、以前とちっとも変わっていない。地面をこがす灼熱の太陽は、いまは日陰をうばわれた私たちを、容赦なく照りつけてくる。あの熾烈な空戦の想い出が、もう遠い過去の出来事のように霞んでくる。そこからは、いまはもう何の物音も聞こえてはこないのであった。

夏草や　つわものどもが　夢の跡

芭蕉もこんな光景に出合ったとき、そう観じたのではなかろうか。私の場合はもっと強烈に、「平家物語」の序章の部分が浮かんできたのであった。

祇園精舎の鐘の声　諸行無常の響きあり
沙羅雙樹の花の色　盛者必衰の理を顕す
おごれる人も久しからず
ただ春の夜の夢のごとし
たけき者も遂にはほろびぬ
偏に風の前の塵に同じ……

戦場の表と裏

レイテ航空戦が終わって間もなくのことであった。すっかり意気消沈していた私たちのところに、突然、思わぬ朗報が飛びこんできた。

『クラークの本隊に合流すべし』

この命令は私たちを小躍りさせた。いよいよ私たちにも出番がまわってきたのだ。

佐藤実副官が引率者となり、私たち五名の操縦将校と、整備隊から選ばれた十数名の将兵とは、さっそくマナプラを出発した。トラックはもちいずに徒歩の行軍である。

めざすはバコロド、直線距離にすればたかだか四十キロほどの近距離なのだが、なにせ上空も地上も危険がいっぱいの時期なので、退避行動を重ねながら、安全地帯を飛び石づたいの行軍である。それでも翌日の夕方には、めざすバコロドに到着したが、ここに来てみて、私たちお上りさんはすっかり驚かされてしまった。

街中どこにも爆撃をうけた跡がない。通りを行き交うこの街の人たちは、服装も白、赤、青といった原色が目立ち、だれもが明るい顔つきをしていた。ネグロス島の首都でもあるこの街は、立ち並ぶ建物の数も多いし、それにだいいち立派だった。鉄筋コンクリートの四階、五階といったビルは、いずれも正面が美しい彫刻で飾られていて、日本とは一味も二味も違って、いかにも異国風である。

（ここは本当に戦場なのだろうか？）

私は一瞬、疑ってしまった。それほどまでに、ここは平和で明るいたたずまいなのであった。

その当時、米軍はまだ無差別な空襲をやらなかった。目標は日本軍の軍事施設に限っていたようである。前にも書いたことだが、このネグロス島には八ヵ所の飛行基地があり、それを総称して「バコロド基地」と呼んでいた。

この街の郊外にも、バコロド飛行場と呼ばれる飛行基地がある。それなのに街の中は意外に平静なのである。これは多分に、マッカーサー元帥の配慮によるものと考えられた。彼にとってフィリピンは第二の故郷ともいうべく、そのうえ彼は「かならず帰る」と言明して、コレヒドールを脱出していたのである。

この街の警備隊の案内で、割り当てられたホテルについた私は、またもやその豪華さに度肝を抜かれてしまった。これはまるで御殿である。緑の庭園に囲まれた白亜の建物に、一歩足を踏みいれてみると、床は全面絨毯におおわれ、足元がふわふわとして、なんとも心もとない。

部屋に通されてみると、これがまた、なんとも豪華なものだ。この部屋の中央には、光り輝くシャンデリアがまばゆく吊り下げられ、窓々には軽やかなレースのカーテンと、ビロードの緞帳がずっしりと重く垂れさがっている。

部屋の一角を占領した寝台は、厚さが十五センチもありそうなマットレスと、清潔な寝具におおわれている。それもセミダブル級のたっぷりとした寸法である。その上に、この寝台には特製の屋根が取りつけられてあった。黒檀か紫檀かよく分からないが、その屋根の四方から、中がよく透けて見える豪華な薄物の蚊帳が、床まで垂れさがっていた。

（これはまるで平安貴族の寝殿のようだ）

私はソファーに深々と体を埋めながら、そう思った。

しかし、この豪華な寝室も、私にはある種の反感をあたえてしまった。私はこのとき、マナプラの寝室と対比して考えていたのである。そして忘れもしない、九月十二日の夕食のときの光景を想い出していた。

（ここは本当に戦場なのだろうか？）

私はふたたび同じ疑問に捕らわれてしまう。マナプラの兵舎など、寝室といってもほんの名ばかりのものだった。木造の大きな台の上に、薄手のマットレスが四、五枚並べられ、その上で操縦者たちは毛布にくるまって眠った。日本内地でも使われていた、青い麻の蚊帳の中に、四人も五人もの人間が体をぶつけ合いながら、それでも昼間の疲れで熟睡した。

明日のことを考えれば、本当は眠れるものではない。しかし、だれもが眠ることに専念するのである。そして今夜も、昨夜の仲間のだれかが欠けているのであった。

（これが戦場の表と裏というものなのか）

聞くところによれば、この街のはずれには、大きな将校集会所があって、そこには、新橋（東京）の芸者たちで編成された慰安婦たちが詰めており、連夜、大変な賑わいをみせているという。

（まあ、それもいいだろう。どうせ、いっときの歓に過ぎないのだ）

私の気持はもうすっかり冷め切っていた。王朝貴族のこの寝殿も、いまの私にはなんの魅力も感じさせなかった。背筋が冷たくなるような厳粛な気分の中で、私は最前線兵士としての誇りを、いまさらのように噛みしめていた。私が死ぬことによって、祖国が救えるのならば、私はつねに最前線の兵士に徹して潔く死のう。その方が軍人として、はるかに清くて美しいことなのだ、と改めて決意したのであった。

持てる国の余裕

翌日はシライに向けて出立した。バコロドとシライは二十キロほどの至近距離だが、いったんバコロドの市街を出はずれた沿道には、強力なヨサッペが跋扈していて、危険このうえない情況であった。わが方もいたるところに警備隊が分屯していて、日中でも銃声が絶えることがない。

そんな中を、ようやくのことでシライの町に到着した。ここには第二飛行師団の司令部が駐屯している。その命により、私たちはクラーク行きの航空便を待つため、しばらくここに滞在することになったが、ここの空襲はすさまじいものであった。フィリピンではつねにヨサッペが情報活動の中心になっているが、彼らは高性能の無線機を持っているので、日本軍に関するあらゆる情報が米軍に提供されていた。シライが攻撃の矢面に立たされていたのもそのためである。

米軍機は、昼夜を分かたずにやってきた。私たちに当てがわれた宿舎なども、到着後二日目にはもう爆砕されて跡形もなくなった。このときの爆撃で、小川見習士官などは左手を負傷したし、私たちの私物類もことごとく焼失してしまった。命が助かっただけ、まだしもである。この分では、クラーク行きの航空便は、いつのことやら見当もつかない。

頻繁に襲ってくる米機の中に、空軍の戦闘機がまじっているのを知ったのもそのころのことであった。このことは、とりもなおさずレイテ島内の飛行場が、敵の手に渡ったことを意味している。グラマンF6Fなどは海軍機だから、その基地は母艦上だが、ノースアメリカンP51や、ロッキードP38などは空軍機だから、これはもうレイテの日本軍戦線がだいぶ後退し、島内の飛行場がすでに敵の手に渡ったことの証拠であった。

「レイテは負けてるな」

ノースアメリカンP51ムスタング。レイテから飛来して、しばしば四式戦と空戦をくり広げた。排気タービンを持つ本機の高性能ぶりは、著者たちにはなんともうらやましいものだった。

私たちはそんなことを話し合っていた。

しかし、ここはさすがに戦闘機部隊のお膝元であった。ただやられっ放しで、指をくわえて見てはいなかった。例の四式重戦とP51や、P38の空戦を、私たちはここで何度も目撃した。

退避場所に指定されていた、町の中心部にある公園の芝生の上に座りこみ、私たちは手に汗をにぎりながら、それを見ていた。抜けるように青い大空をバックに、彼我入り乱れての空戦は、壮絶をきわめた。

ドドド、ドドド。ドンドンドン、ドンドンドン。

十二・七ミリ砲と二十ミリ砲の砲声が、広い公園内にこだまして、私たちを興奮させた。黒煙をひきながら近くの椰子林の中に落ちていくロッキードの姿に、私たちは思わず立ち上がって拍手を送った。ここに駐留していた四式重戦部隊は、なかなか勇猛であった。

これは多分、新設された第三十戦闘飛行集団に所属する、第十六飛行団（団長・新藤常右衛門中佐）配下の、第五十一、五十二、および二百戦隊のうちのどれかではなかったかと思われる。

私たちはここでさまざまな形の攻撃を見たが、たまにはこんな珍妙な光景にも出合っている。その日も例によって、戦爆連合の敵大編隊が来襲した。爆撃機は空軍のB25、戦闘機は同じく空軍のP51である。B25は滑走路付近を重点的に爆撃して引き揚げていったが、P51は居残って、飛行場周辺の施設に攻撃をかけてきた。

そのうちに、彼らが妙な行動をとりだしたのに気がついた。滑走路内の一点に向けて、一機ずつが順ぐりに急降下してきては、急上昇をくりかえすのである。これはどうやら、ある種の訓練をしているようであった。つまり、戦場における実地訓練というわけだ。

私たちはなんともうらやましく、「持てる国」の余裕の前に、ただよだれを流すばかりであった。急降下で突っこんでくるP51が、超低空で機首を引き上げ、排気タービンをつかって急速に上昇していく。このときに、エンジンの後方から白い煙がポッポッポッ……と勢いよく吹き出し、見ていてもじつに面白い。

「あれはいいなあ！」

私たちは心低、口惜しい思いである。

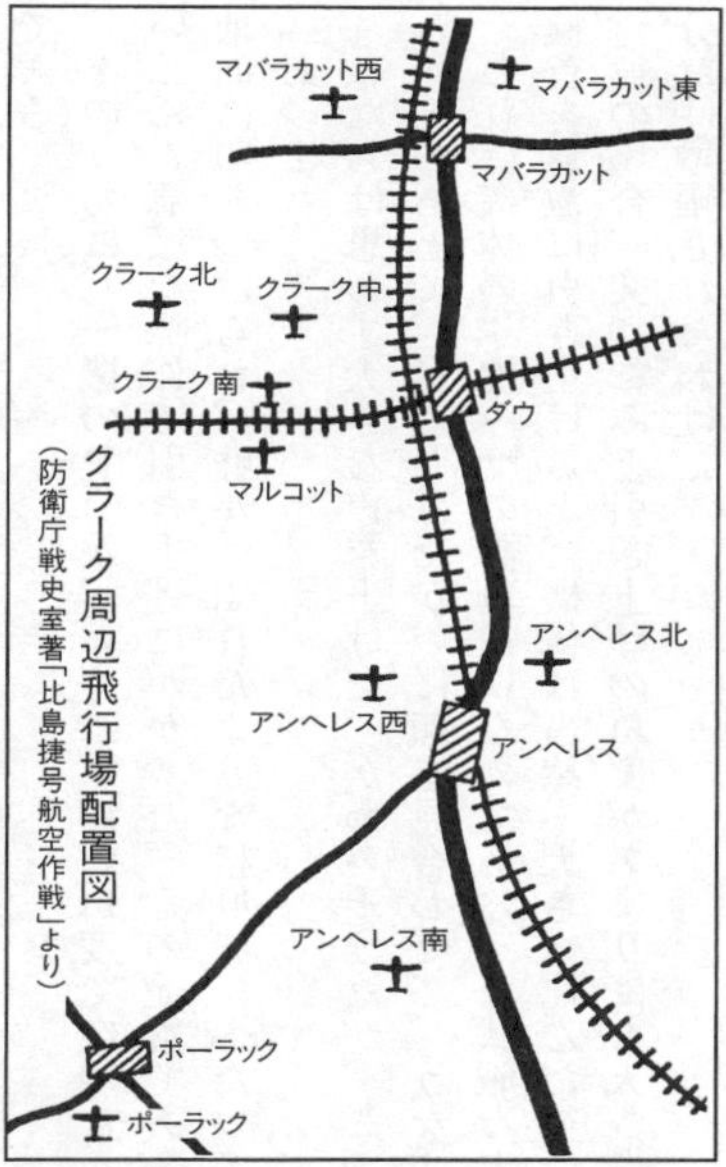

クラーク周辺飛行場配置図
（防衛庁戦史室著「比島捷号航空作戦」より）

一式戦などは軽戦なので、とてもこんな重量のある排気タービンなど取りつけられない。そのために、上昇限度も大幅な制約をうけてしまう。昇ってもせいぜい八千メートルが限度なのに、彼らは排気タービンのおかげで、一万も一万二千メートルまでも上昇できるのだ。そのうえ、こんな急上昇のさいにも、ずいぶんと加速されるから便利である。

そのうちに、一機のＰ51が、いくぶん深い角度で突っこんできたと思ったら、これまたずいぶんと急激な操作で引き上げにかかった。その途端である。このＰ51は、いやというほど地面に叩きつけられ、蛙がつぶれたような格好で、へたってしまった。

「あっ！」

私たちは思わず大きな声を上げた。かわいそうだが、このパイロットは呆気ない戦死である。そのあとで、私たちはたがいに顔を見合わせて、うなずき合ったものである。

これは機体の「沈み」の計算違いなのである。一式戦などと違って、Ｐ51は重量がある。機首を急激に引き上げると、機体は当然、大きく沈んだ後にはじめて上昇姿勢に移る。彼の場合、突っこみと引き上げの角度があまりにも大き過ぎたために、機体の沈みがその分だけ増幅されたわけだ。

指揮官機らしいのが、編隊をまとめて飛び去っていった後で、私たちはさっきの事故について話し合ったが、最後に出た結論はこういうことであった。

「敵サンには、オレたちよりももっとひどい操縦者が沢山いるというのに、オレたちは、乗る飛行機がないばっかりに、こうして地上をウロウロしていなければならない。早く飛行機の補充が来ないかなァ……」

必死の反撃

ようやく私たちを運んでくれる輸送機にありついたのは、それから間もなくのことであっ

米第38機動部隊の空母ホーネットの飛行甲板で発艦を待つ艦載機。レイテ上陸に先だち米軍は日本軍航空兵力への徹底攻撃を行なった。写真は昭和19年10月10日の南西諸島攻撃時のもの。

た。私たちは勇躍して乗りこみ、約二時間後には、夢にまで見た本隊に合流することができた。ところはクラーク基地内のアンヘレス西飛行場であった。

クラーク基地は首都マニラの北々西五十キロ（直距離）、名実ともにフィリピン最大の航空基地である。国道に沿って無数の滑走路が四方八方に延びており、地区によって飛行場名が幾つにも分かれていた。

　開戦当初、日本軍はハワイの真珠湾奇襲攻撃に成功するや、ついでこのクラーク航空基地攻撃が実施されたのである。海軍の一式陸攻と零戦による戦爆連合の大編隊が、台南から長駆してここに来襲し、多大の戦果を挙げた。その結果、陸軍のマニラ入城も無血の中で行なわれたほどである。

　私たちが到着したクラーク基地内には、三年前の偉容が各所に残っていた。そのころ、日本軍には考えられもしなかった、テニスコートやプールの跡などが随所に残っていたし、格納庫や修理工場の規模も、日本とはくらべものにならない大きさである。

　ところで、ほぼ四十五日ぶりに再会した戦隊の操縦者たちは、見る影もなく痩せ衰えて、元気がなかった。真っ黒に日焼けした顔の中で、眼ばかりがギロギロと異様に光っている。それでも私たちの追航には心から喜んでくれて、さっそくこれまでの苦労話に花が咲いた。

私たちからは話すことが少なかったが、彼らは話す材料をふんだんに持っていた。その中から、主なものだけを挙げてみることにする。

九月十四日、十三飛行団はアンヘレスに後退した。傷だらけの後退であった。セブとネグロスを叩いた米軍は、今度は足をのばしてマニラとクラークに奇襲攻撃をかけてきた。そのため、マニラ湾に停泊していた日本の艦船は、大きな損害を受けてしまったし、クラーク基地内の航空機は、またもやセブ、ネグロスの二の舞いを演じてしまったのである。この間、十三飛行団には、迎撃任務は付与されていない。飛行団は機数の増加に懸命になっていたのである。

十月十五日、「台湾沖航空戦」が実施された。この作戦は「呂号作戦」という名称で、かねてから現地で研究され、計画されていたものである。現地部隊――海軍の一航艦、陸軍の南方総軍、四航軍と飛行第二師団――は、大本営に対して再三にわたり早期決行を申し出ていたが、大本営は近く予定されている「捷号作戦」の戦力温存のために許可しなかった。

一方、米軍の三十八機動部隊は、レイテ島の上陸準備を進めるために、セブ、ネグロスの陸海航空戦力を叩き潰すや、ルソン島の近海にまで進出してマニラ、クラークを徹底的に攻撃してきた。

「このままでは自滅するしかない」

現地部隊の焦燥感は、沸点に達しようとしていた。ちょうどそのころ、敵は傍若無人にも台湾沖へと駒を進めてきたのである。もう待つことは許されない。現地部隊は大本営に無断で強行を決意した。

「その謝罪は戦果をもって応うべし」

悲痛きわまる独断専行であった。

十月十二日は準備が間に合わずに流れた。翌十三日は天候不良のため、全機が途中から引き返さざるを得なかった。十四日にも出撃したが、悪天候にはばまれて戦闘にいたらず、全機、焦燥のまま日没を迎えた。

ついに十五日がきた。天候は、やや回復の兆しを見せた。そのころ、マニラ基点六十六度、四百五十キロの洋上に、敵空母四隻をふくむ十七隻からなる機動部隊を発見、海軍の第一次攻撃隊が発進した。午前十一時、敵を捕捉して攻撃をかけた、ちょうどそのころ、マニラ地区は敵の別働隊から発した空襲にさらされ、やむなく陸軍の十六、二十二の両飛行団を中心とする戦闘隊がこれを迎撃、そのため、わが方の戦力は一時、二分されること

昭和19年10月25日、米機動部隊に向けてマバラカットを出撃する神風特攻隊敷島隊の零戦。彼らは護衛空母撃沈など大戦果をあげ、以後、陸海軍は次々に特攻隊を編成することになった。

になった。

同日午後、わが十三飛行団に出撃命令が下った。当日の可動機は三十戦隊八機、三十一戦隊九機、計十七機である（このとき渡部中尉は、僚機一機をともない、来比していた某侍従武官を護衛して台湾に行っていたため不在であった）。

このときの出撃の模様であるが、海軍では総帥たる有馬少将座乗の陸攻隊が九機、艦攻、艦爆を合わせて約四十機、その直掩に零戦が約五十機。これは海軍の全戦力が参加した大編隊であった。

一方、陸軍ではこの海軍戦力の間接掩護にあたった。十六飛行団の団長である新藤常右衛門中佐が陣頭指揮をとり、それにつづく十六飛行団の四式重戦、二十二飛行団の三式戦と、わが十三飛行団の一式戦、合わせて約七十機が大編隊を構成した。目標地点はクラーク基点九十度、約五百キロの洋上である。

このとき、わが十三飛行団が、クラークを発進したのが午後二時過ぎ、その後、故障機の続出で、戦場に到達した四時ごろには、藤本勝美中尉の率いる三十戦隊わずかに二機、同じく原正生大尉率いる三十一戦隊もまた、わずかに三機を数えるだけであった（この時期、原大尉は、三十戦隊在籍のまま三十一戦隊に勤務していた。三十一戦隊の中隊長クラスが、全員戦死してしまったからである）。

しかし、数は少ないとはいえ、立派にその任務を終えて、全機がぶじ帰還した。きかん気の原大尉などは、海軍の攻撃隊が引き揚げたあとまで残って索敵をつづけ、ついに敵グラマンの二機編隊をとらえて空戦に持ちこみ、その一機を撃墜し、他の一機にも損傷をあたえている。

この「台湾沖航空戦」が挙げた戦果は、大本営が華々しく発表したところによれば、

轟撃沈＝空母六隻（うち一隻ほぼ確実）、空母の算大なるもの四隻、戦艦一隻（うち一隻ほぼ確実）、巡洋艦三隻（うち二隻ほぼ確実）、巡洋艦または駆逐艦一隻、不詳一隻。

火災炎上＝空母六隻、戦艦一隻、巡洋艦五隻、不詳十一隻。

他に魚雷命中十本。

となっている。しかし現実には、その当日にもマニラ方面に空襲はあったし、十六日になって索敵機の電探によれば、台湾の東南東方面にかなりの機動部隊が行動中であることが判明し、大本営もその内容を、再検討せざるを得なくなったのである（台湾沖航空戦についての記述は原正生氏の手記による）。

戦後になって、米海軍省はこの日の損害をつぎのように発表したが、日米ともに、その真偽のほどは、なんとも言えない疑念を残したままになったのである。

破　損＝七隻

その他＝二隻

それから数日たった十九日、ついに「捷一号作戦」が発動された。

『陸海軍は互いに協力し合い、あらゆる方法をもってレイテの敵を粉砕すべし』

これはもう手段を選ばないから、何がなんでも敵を粉砕せよ、との大本営の決意である。

このときに当たって実行されたのが、「特攻」（特別攻撃）であった。その第一号は、海軍の一航艦によって実施された（この「第一号」については諸説の分かれるところである。私の畏

友幾瀬勝彬君の著書『神風特攻第一号』〔光風出版〕によれば、それは久納好孚中尉〔海軍予備学生十一期〕で、出撃の日は十月二十一日となっている。幾瀬君はそのほかにも海軍上飛曹、佐藤馨という人が、十月二十三日に出撃していると書いているし、私などに言わせてもらえば、九月十二日の深夜に飛んだ十三飛行団の一式戦四機〔カン作戦〈前出〉〕が、その意味ではいちばん早かったのではないかと考えているほどである）。

十月二十五日午前七時二十五分、一航艦配下の二〇一空、関行男大尉以下五機の零戦が、マバラカット飛行場を離陸した。これがわが国の「特攻第一号」として定着し、不滅の「神風特別攻撃隊敷島隊」の名を後世に残すこととなった。

それに遅れること十三日、陸軍の四航軍も第一撃を飛ばすことになった。十一月七日午前三時、四式重爆隊が、西尾常三郎少佐指揮の下にマルコット飛行場を発進した。これを「陸軍特別攻撃隊富嶽隊」と呼ぶ。

このようにして、陸海軍はその後、ぞくぞくと特攻機を飛ばせることになった。それら攻撃隊の名称だけを拾ってみても、海軍では「大和隊」「朝日隊」「山桜隊」などがあり、陸軍では「万朶隊」「鉄心隊」「八紘隊」「靖国隊」など、終戦のその日までに、どれほどの特攻隊が編成されたかはかり知れない。

私たちはこのような情勢のもとで、すでに覚悟はできていた。わが戦隊の高橋福雄大尉が私に向かって、「特攻隊下衆隊」というのも悪くない、と言って、しわがれた声で笑い、プイと部屋を出ていったのも、そのころのことであった。

不安といらだちの中で、ある日のこと、私の思いつきで軍歌演習をやることになった。少しでも下士官操縦者たちの気持を引き立てるのに役立てば、と思ったからである。

私がまず音頭をとり、ほかの者がいっせいにその後につづく。

〽エンジンの音　轟々と
　隼は征く　雲の果て……

これは言わずと知れた加藤隼戦闘隊（第六十四戦隊）の勇壮な戦隊歌である。これを毎日、夕刻になると歌いはじめるのである（敵の空襲も、この時間になると大体終わってしまう）。しかし、最後のころになると、その軍歌はかならず悲壮な曲目に変わっていった。

〽ベキラの淵に　波騒ぎ
　巫山の雲は　乱れ飛ぶ……

例の五・一五事件に散った、青年将校たちに献げる讃歌である。これは明らかに周囲の環境がそうさせるのであった。私たちの毎日の生活の中には、もはや何の希望も存在しなかった。一見華々しく見える特攻も、もうここまできてしまっては、もはや単なる犬死にに過ぎないのではなかろうか。私にはどうもそんなふうに思われた。

私たち少尉連中は、アンヘレスの居住区内の宿舎に寝泊まりしていた。ここには私たちのほかに、他の戦隊の少尉たちもまじっていた。私たちの兄弟である三十一戦隊や十六、二十二両飛行団配下の少尉たちもいっしょであった。

この連中は、全部が幹候や特操出身なので、なんとなく話が合うのである。夕食後のひとときなどは、とくによもやまの話に花が咲いた。そんなある晩のこと、一人の仲間がこんな話をしてくれたのである。

場所はここからそれほど遠くはない、ある飛行場でのことであった。連日のようにレイテ攻撃に出撃していた若い将校連中が、その晩も食堂に集まって、よもやまの話に花が咲いていた。と突然、師団参謀が数人の部下をつれて、この食堂に押し入ってきたうえ、一人の操縦将校をつかまえて激しく罵倒したそうである。

「キサマはそんなに命が惜しいのか、この卑怯者めがッ！　なぜ命令にそむいてまで、生きて帰ってくるのかッ！」

そしてさんざん殴りつけたうえで、こう言ったそうである。

「明日はかならず死ねッ！　いいか、これは命令だぞっ！」

彼らが引き揚げていった後では、大変なことが起こってしまった。

若い操縦将校たちにしてみれば、毎日が地獄のような生活である。一対十ないしは二十といった極端な戦力差の中で、なんとかして敵に一矢を報いたいと、彼らは眦を決して飛びまわっているのである。

「死ぬことだけが忠と言えるかッ！」

「そうだ！　一人でも長く生き残って、何度でも敵にぶつかってこそ、本当の忠義と言うものだ！」

「ヤツらは何も分かっていない！　われわれは抗命することによって、真の忠とは何かを全軍に知らせるべきだっ！」

「そうだっ！　ヤツらを叩き切って、われわれも死のう！」
酒の酔いも手伝ったのだろうが、若い将校操縦者たちはすっかり逆上してしまい、みんながそれぞれ軍刀を引き抜き、拳銃を手にして、参謀たちのいる宿舎になだれこんだというのだ。

この乱闘は、飛行場大隊の将校たちが止めに入って事なきを得たが、その翌日から特攻命令はぴたりとやみ、抗命を理由に処罰をうけた者も出なかったということである。

これは考えさせられる事件であった。

当時の高級参謀たちは、上からの命令になんとか帳尻を合わせることに必死であった。つまり、特攻を出すことによって、架空の戦果をつくり出すわけである。

しかも、いったん特攻に出した人間が生きていることは、彼らにとって、はなはだまずい。せっかくつくりあげた架空の戦果は台なしになるし、特進を申請したのも嘘になる。これは何がなんでも本人に死んでもらわねば面子が立たない。おのれの面子を立てるために、「命令」という、軍隊での至上の規律によって人を殺す。これはもう人間の所業ではない。

それに敢然と立ち向かった若い将校たちの行為は、一面では大喝采を博する性格を持っていても、反面では明らかな抗命であり、軍の規律をみだす反乱者として、軍法会議にかけられれば即座に銃殺である。彼らにしてみれば、特攻で死ぬのも、銃殺で殺されるのも、結果は同じことだから、それほど苦にもしていなかったかも知れない。

しかし、命令の中には正当な命令もあるのだから、抗命が公然とまかり通るようなことにでもなれば、軍隊という組織は崩壊する。大変にむずかしい問題だが、その当時の航空部隊が、すでに一種の末期的症状にあったことを思えば、これは戦国の時代に起こった下剋上にも似た、末法の世の思潮の流れだったと見るべきではないだろうか。

このように、クラーク基地内は物心ともに凋落していた。相当量の補充がつかない限り、在比の航空戦力はジリ貧はおろか壊滅寸前の情況である。

(やれやれ、これがわれわれの戦争なのか)

私がかつて抱いたこともある華やかな夢も希望も、いつのまにやら遠く彼方へ押しやられて、灰色でやり場のない不満と不安が、ムクムクと頭を持ち上げてきて、やり切れない思いだけが、いつまでも残って消えなかった。

第四章　故国の空に

戦力回復

屈辱の中で、やり場のない憤懣に堪えながら、さらに数日が過ぎたころ、私たちのところに夢のような情報が飛びこんできた。

『戦力回復の目的をもって内地帰還を命ず』

私はこのときはじめて「戦力回復」という言葉を聞いた。これは、航空隊独特の軍隊用語に相違ない。なぜならば、地上戦闘部隊なら、かりに武器弾薬食糧の補給が完全に途絶えたとしても、戦闘を継続する方法はなんとか見出せる。たとえば夜陰に乗じた切り込みなどが、その好例だ。

しかし、航空隊の場合、飛行機がなくては戦闘不能だ。しかもその飛行機が、ここにはないが内地にはあるというのだから、これは当然、それをとって来いという命令は可能になるわけだ。

それにしても、この命令が私にはじつに嬉しかった。ずいぶん久しい間ふれることのなかった、あの隼に、私はふたたび乗ることができるのだ。その上に、もうすっかりあきらめていた内地の土を、もう一度踏むことができるのである。私たちは、もう狂喜乱舞の態であった。

内地帰還を命じられたのは、私たち三十戦隊だけではなかった。三式戦や四式戦を持つ他の戦隊にも、同じ命令が下っていた。ただ、兄弟分の三十一戦隊だけは、なぜかその選から洩れていた。

私はこの戦争を通じて、たしかに幾度か生死の岐路に立たされたことがある。本当に不思議に思うのは、そのつどなぜか私は生き抜いてこられたということだ。運というのか、因縁というのか、これはもう人の力ではどうにもならない、つまりは神の意志と考えるより、理解のしようがないものである。

このたびの内地帰還も、その一例であった。あとの項でその詳細を述べたいと思うが、私たちが相模原（神奈川県）の航空廠から隼を受領し、太刀洗（福岡県）で編成をととのえた後、翌年（昭和二十年）の一月早々、ふたたびフィリピンに向けて太刀洗を飛び立ったころのこと、当時マバラカット東飛行場に駐留していた三十一戦隊には、特攻命令が下ったのであった。アンヘレスの宿舎で起居をともにしていた三十一戦隊の仲間たちは、全員がリンガエン湾の敵艦船に向かって突っこんでいったのだ。原正生氏によると、その概要はつぎの通りだ。

日　時　昭和二十年一月八日から十日まで
出撃地　マバラカット東飛行場

隊　　員　幹候九期出身の少尉　三名
特操一期出身の少尉　一名
少飛十三期出身の兵長　二名
攻撃目標　リンガエン湾の敵艦船
この中に、私と同期（幹候九期）が三名いる。あとで聞いたところによると、この中の某少尉などは飛び立って行くぎりぎりまで泣いていたという。よほどつらかったのだろうと、いまでも私の胸は痛む。
十一月十日ごろ、私たち操縦者だけが輸送機に乗り込んで、クラーク基地を離れた。だんだんと遠ざかっていく基地を振りかえりながら、私たちは久しぶりで味わう平和を満喫していた。この時期、北に向かって飛ぶことが、これほどまでに心に平安をあたえてくれるものとは知らなかった。
久方ぶり――それはもう半歳以上も前のことになる――に見た屏東（台湾南西部、高雄の近く）の航空基地は、以前と少しも変わっていなかったが、ここに働く軍人軍属の顔には、あのころには見られなかった厳しいものがただよっていた。それも無理はない。ほぼひと月前の十月十五日には、この付近で一大航空戦（台湾沖航空戦）が演じられたばかりなのである。あのときには、ここの基地からもかなりの戦闘機が出撃して行ったはずである。
フィリピンから北にはずれることおよそ八百キロ、時間にしておよそ三時間飛んできた、ここ屏東の風物に関するかぎり、あの地獄のようなクラークと大差はなかった。高くそびえ立つ椰子の林にしても、大きな葉を一杯に広げたバナナの群生にしても、それらはすべてクラークの景観とまったく同様である。それなのに、ここにはなんとも名状しがたい平安の気がみなぎっていた。クラークと同じように、ギラギラと照りつける南国の太陽なのに、ここではそれがなんともここちよく、ある種の懐かしささえも感じさせてくれた。

（ここは日本の国土だからだろうか？）

その日は台北泊まりとなった。休養のためである。私たちは三々五々つれだって、付近を散策に出かけた。土着の人々（それはすべて日本人である）が、屋台をひろげて果物をあきなっていた。黄色く色づいた台湾バナナが、十二、三房も入った一籠が、わずかに十三円ほどである（当時の私の俸給は、航空手当をふくめて月に百円ほどであった）。私はさっそくこの籠を買いとり、機内に持ち込んだ。

台北の基地から宿舎に通ずる道路の両側には、椰子林の中にうまく遮蔽された繁華街がある。そこにはあらゆる種類の商店が並んでいた。日用雑貨をあきなう店はもちろんのこと、土産物を売る店、簡易な飲食店から豪華な料亭にいたるまで、それらが軒をつらねて林立していた。これから南方に向かう人たちや、私たちのようにいま南方からもどってきた人たちで、どの店も混雑をきわめていた。その物量の豊富さは、たいへんなものである。

ここの宿舎で、私は偶然にも旧友とばったり出合った。宇都宮飛行学校でともに学んだ青木実少尉である。床を並べてよもやまの話に花が咲いたが、そのうちに私は、だんだんと無口になっていく自分を意識しだしていた。それは、こんな話がきっかけになったようである。

彼はジャワ島のバタビア近くの教育隊で、教官をやっていた。その彼が、その日常生活をこんなふうに披露したのである。

「あそこはなんといっても治安がいいんだ。島の人たちは総じて親日家が多いし、その上に親切な人たちがいっぱいいる。食べる物も飲み物も豊富なうえ、女には美人が多い。オレなど毎日が楽しくて仕方がない。很好の甲だよ」

「很好」は中国語の「最高」、「甲」は甲乙丙……の「甲」である。

彼の話を聞きながら、私は正直のところ、最初のうちは戦場配置の不平等さに腹を立てていた。彼の勤務するジャワが極楽なら、私の勤務するフィリピンなどは地獄の果てである。同じ飛行機乗りでありながら、この差別は一体どこからきているのだろう。

しかし、そんな不平や不満も、だんだんと一種の諦観に変わっていき、そのうちに私の方こそが、人間として得がたい貴重な体験をしていることに気づきはじめたのである。それはけっして負け惜しみではなかった。少なくとも私の方が、彼よりははるかに人間の「生」について深く考えている、と自覚したのである。そのことは人間を、ひとまわりもふたまわりも大きくする。人それぞれに考え方に違いはあろうが、私の場合はそのことに大きな満足感を抱いて、そのあとはぐっすりと熟睡した。

三日目の朝になって、台北飛行場を離れた。出立に先立って、全員に土産品がくばられたが、それは精白された砂糖一キログラムの包みであった。

私たちの体から、戦場の匂いが刻一刻と薄らいでいくのがよく分かった。それと並行して、緊張感がしだいに解けていくのである。私たちは機内で大声で雑談をかわし、持ちこんだバナナをたらふく食べ、そしてよく眠った。

帰還兵の孤独

本土の第一歩は福岡飛行場であった。空の色も、太陽の輝きも、雲の色さえもフィリピンとは全然異なっていた。樹木の形状もその葉の形も、それはまさしく日本本土のものである。（オレは思ってもみなかった日本内地の土を、ふたたび踏むことができた）

私は感動のあまり涙がこぼれそうになった。もういつ死んでも悔いはないとさえ思った。

ここでは戦隊長のはからいで自由解散になった。相模原の航空廠に集合するまでは、たっぷりと時間がある。私は東京の叔母の家に電報を打っておいて、夜行の寝台特急までの時間を街の見物に当てることにした。

日本瓦の美しさを、このとき私はあらためて知った。ニッパ椰子で葺いたあのフィリピンの家屋にくらべたら、日本の家屋は伝統の文化の香りを放って、整々とした家並みを見せていた。すれ違う人々は、男性はすべてカーキ色の国民服に戦闘帽、女性は黒っぽいモンペ姿に防空頭巾と、服装は統一されていたが、その点ではフィリピンの方がはるかに自由でカラフルである。

街の中央を流れる那珂川を境に、福岡が博多と呼び名が変わるというのも面白い。その付近には博多人形をあきなう店が軒を並べており、私も、叔母とその娘の土産にいくつか買いこんだ。中洲と呼ばれるあたりに、「ふぐ」と書かれた看板を掲げている料亭が望まれたが、いまでも本当にふぐを食わせるのだろうかなどと、愚にもつかない思いにひたりながら街をぶらつくのも、なんとも心はずむ楽しいものであった。

東京へ直行する夜汽車の中では、なんの不安を感ずることもなく、朝までぐっすりと眠れた。

　東京駅の中央口に、叔母とその娘とが出迎えてくれた。両方ともが黒っぽいモンペ姿である。叔母は私の顔を見るなり、無言で涙を流した。叔母は日ごろから静かで淑やかな人なのである。

　私が差し出した土産の白砂糖を、彼女は少し震える手でうけとりながら、こんなふうにつぶやいた。

「これは凄いおみやげね。いまでは大変な貴重品なのよ」

　夕餉の膳に向かっても、私はなぜか無口になっていた。内地帰還を知らされたクラーク基地での、踊り出したくなるようなあの感激も、途中の輸送機内で味わったあの平穏な安らぎも、ここではなぜかふたたびもどってはこなかったのである。

　叔母の気のきいたはからいで、翌日は札幌の叔父夫婦が上京してきた。幼いころに両親を亡くした私を、陰になり日向になりしながら、面倒を見てくれた彼らである。札幌市の郊外で農園を営んでいて、上京したのはこれが生まれてはじめてのことだった。

　その叔父夫婦が、私を見るなり子供のような大声で泣いた。人前も世間体も眼中にない、無垢な愛情の表現であった。そんなときでも、私は不思議にも、それほど感動しなかった。冷めきった冷静さの中で、じっと自分自身を見つめている私であった。

　数日間の余暇を利用して、型通りに皇居と靖国神社を訪れたときにも、また偕行社や神田の古本屋街をぶらついてみたときにも、私はやはり冷徹な眼でしか物を見ていない自分自身に気づいていた。この無感動は一体、何に起因しているのだろう。私は祈るような気持で自問自答をくり返した。

十一月中旬の東京の街は、穏やかな晩秋の日差しをいっぱいに浴びていた。行き交う人々の顔つきにも、それほどの厳しさは感じられなかった。街のいたるところで見られる立看板や横断幕には、このたびの戦争を正当化したスローガンや、国民の戦意を高揚する大きな文字があふれていた。

(国民には戦場の実態が何も知らされていないのだ)

私はそれを悲しんでいるのではなかろうか。国民を愛すれば愛するほど、その彼らの近くまで迫ってきた危機が、私には不安で不安でたまらない。戦場でのあの悲惨な一場面だけでも、だれかが国民に知らせてやらなければいけないのではなかろうか。東京の叔母親娘にしても、札幌の叔父夫婦にしても、さらには、この街に住むすべての人たちが、もしもあの惨状を知ったならば、一体、どのような反応を示すだろう。

私の心の中で、フィリピンのあの戦場を懐かしむ心情が芽生えてきていたのも確かであった。あの緊迫した毎日が、いまは妙に懐かしい。私の運命がいまさらどうにもならぬと知ってしまった現在、私は平穏よりもむしろ緊張の中に死ぬことを選んだようであった。あの緊迫の中から、私はいつも何かを会得してきたように思われる。それが過酷であればあるほど、私が会得したものは大きかった。

私はいつのまにやら、求道者の道に迷いこんでしまったようであった。私は叔母親娘と叔父夫婦に対して、心からすまぬと詫びたい思いに駆られた。

一式戦隼二型。太刀洗で搭乗したのは改良型だったが、粗製濫造で故障が多く、そのため試験飛行が絶えなかった。自機を持てなかった著者は、この機会を活用して夢中で飛びまわった。

試験飛行

相模原の航空廠は混雑していた。ぞくぞくと受領にくる各戦隊は、なんとか全機を獲得しようと必死であったが、その割り当ては希望の機数をはるかに下まわるものであった。わが三十戦隊も他の戦隊と同様、割り当てられた機数は全員に行きわたらなかった。そして私たち新参者は、またしても自分の飛行機を持つことができずに、汽車を利用することになった。目的地は太刀洗である。

太刀洗は福岡県朝倉郡、甘木の町に近いところにあった。その勇ましい地名は、いまを去る六百年の昔、南北朝の皇位争奪をめぐる戦いのなかで生まれたようである。そのころ南朝方の忠臣菊池武光が、この近くの大原合戦のさいに、血塗られた太刀を洗った故事にちなんでつけられた地名であるという。筑後次郎の異名をもつ筑後川が、その近くを流れていた。

わが三十戦隊がここに集結を完了したのは、昭和十九年も十一月の終わりである。目下の任務は北九州の防衛ということで、その間に受領してきた飛行機の試験飛行や実技の訓練がつづけられた。受領してきたのは一式戦二型改であった。

ここでは消耗した操縦者の補充もあった。陸航士五十七期の高橋吉三郎少尉や富沢大三少尉、私と同期では小山誉少尉が赴任してきたし、特操一期では奥山義雄、松村達夫、佐々木陽一、武本郁夫、松永三雄、加木義弘、前原稔らの少尉がやってきた。

これらの新しい補充者たちは、一様に自機で乗りこんできたものだから、最初からこの戦隊にいた私たち五名だけが、自機を持たないことになってしまった。内地へもどれば、かならず自機を持てるものと思いこんでいただけに、この差別はなんとも口惜しくてしかたがない。そんなことも手伝ってか、私たちは進んで試験飛行を申し込み、少々の怪我ぐらいは問題じゃないと、夢中になって飛びまわったものであった。

一式戦二型改は、見た目にはなかなかスマートであった。プロペラは三翅で、集合排気管は単排気管に変わった。照準器はＯＰＬ（反射光像式）を装備しており、機体には斑点模様の迷彩がほどこされていた。たしかに全体的にはずいぶんと改良されていたが、これがなんとも故障の多い飛行機であった。

その当時は生産が需要に追いつけず、中学生や女学生までも総動員して、昼夜を分かたず量産に励んだようだが、それでも粗製濫造の誹りはまぬがれることができなかった。試験飛行が絶えることがなかったのも、そんなことが原因していたのである。

しかし、そのお陰をこうむって、私などはここでずいぶんと飛行時間をかせがせてもらったし、技術的にも上達したつもりである。前に紹介したエピソードも、そんな中で起こった話である。その頃のことについて触れてみよう。

ボーイングB29重爆撃機。北九州偵察のため重慶からB29が飛来するたびに、数機の隼が太刀洗を出撃したが、高々度性能の格差のため、いつも見せかけだけの邀撃に終わってしまった。

＊

高度三千メートルあたりで特殊飛行を練習していた私は、どうせ着陸のために高度を下げるのだから、いっそ急降下して最高速度に挑戦してみようと思い立った。戦闘機の場合は、つねに自分一人の判断で行動することになるから、それが正しいことか正しくないことか、あるいはそれが危険なことか安全なことかの判定も、すべてその帰趨は自分一人にかかってくる。

私は高度三千メートルから、ほぼ垂直の姿勢で突っこんでいった。そのとき私の目は速度計の針だけを見つめていた。Gが猛烈にかかってきて、背中が背当板に食いこんでいく。

（くそっ！　まだ負けるもんか！）

速度計の斜め右下に見える高度計の針が、ぐんぐんと下がりはじめ、たちまち二千メートルを割りだした。そのとき私は、プツンというかすかな音を耳に感じ、何気なく音のした右翼へ目を移してみて驚いた。翼端部の「日の丸」の部分と、主翼の付け根のあたりに、何条もの皺が寄っているのである。これは空中分解の前兆である。

私はあわててレバーをもどし、同時に機首を引き上げた。そのときに記憶していた速度計の針は五百三十二キロである。あとになって要目を調べてみたら、この一式戦二型の最大速度は五百十五キロであった。プツンというあのかすかな音は、どうやらしめてあった鋲の一つが切れたときの音のようである。

＊

試験飛行をやりだした最初のころのことだ。私は高度三千五百メートルで特殊飛行をくりかえしていた。垂直旋回、宙がえり、八の字飛行、反転急降下、二分の一宙がえり反転、水平反転、上昇反転など、特殊飛行の正式種目に応用までをくわえると、その種目の数は無限である。それこそが三次元の世界で味わえる。最大の快感であった。

約三十分の後、私は降下姿勢に移りながら満足感にひたっていた。

(オヤ！　変だぞ)

私が気づいたときはもう接地寸前の状態で、エンジンはほとんど空まわりをつづけていた。つまり飛行機が失速して、ストンと地面に落ちる直前の状態なのである。それがいつまでたっても、ストンという手ごたえが感じられないので変に思ったのだ。

ひょいと前方を見ると、はるか下の方で一人の将校が必死に赤い小旗を振っている。そこではじめて気がついた私は、急いでスロットルレバーを入れなおし、その人の真上を通過した。

これは操縦初期のころにしばしば起こす、目の錯覚なのである。高々度に慣れてしまった目は、元にもどるまでに時間がかかる。つまり、自分では地上一メートルのつもりでいても、実際には十メートルだったりするのである。

　これを防ぐには、高度三百メートルあたりでゆっくりと場周を飛んで、目を元にもどさなければならない。

　慣れてくれば地上の目標物（たとえば樹木や電柱）と対比して、高度を判断できるようになる。着陸してから藤本勝美中尉（地上で赤い小旗を振っていたのはこの人だった）にこっぴどく叱られた。

若き伍長の面影

　前にも書いたが、太刀洗で訓練をしていた私たちの戦隊は、同時に北九州地区の防衛の任務も兼ねていた。その当時（昭和十九年十二月）は、中国の重慶を飛び立ったＢ29が、偵察のためにこの付近の上空に侵入してくることがたびたびあった。

　中国には、いたるところに日本軍が分屯していた関係もあって、Ｂ29が飛来してくるたびに、刻々と情報が入ってきた。たとえば、

「〇七〇〇、敵の大型機一機、東北東に向かって長沙上空を飛行中」

　といった具合である。これが刻々と入電するので、敵の動きが一目で分かる。

　そんなとき、私たちの戦隊は頃合いを見はからって、邀撃のため離陸した。いつも五、六機が一単位であったが、悲しいことに、これはあくまでも見せかけだけの邀撃なのである。

　Ｂ29はいつも高度を一万メートルから一万二千メートルで飛来してくる。わが隼の上昇限度

は、たかだか八千メートル（要目では一万一千メートルほどになっているが、そこまで上昇するにはずいぶんと時間がかかり、あまり実戦向きとはいえないのである）。これでは攻撃のかけようがない。はるかな上空に敵の機影を認めながら、すごすごと引きかえすのが通例であった。

その日もB29飛来の無線が入ってきた。古参の田沢農夫雄曹長が指揮をとり、五機の隼が太刀洗を離陸していった。小一時間ほどたったころ、この中隊はふたたび太刀洗の上空にもどってきたが、その数が一機不足していた。地上で見ていた私たちは、（おやッ！）と思った。これまでにそんなことは、一度もなかったからである。

やがて着陸してきた田沢曹長の報告によれば、彼の僚機としていっしょに飛んでいた田屋久夫伍長が、途中から姿を消してしまったというのである。

彼の話を敷衍してみると、つぎのようなことになる。

高度六千メートルあたりで、各機はめいめいに、酸素マスクを装着した。田沢曹長がマスクの装着を終わり、後ろを振り向いてみると、田屋伍長が下を向いたまま、なにかゴソゴソやっているのが見えた。その直後に雲海の中に突入し、それを脱出して、またもや振り返って見たら、もう田屋機が消えていた。

「私はてっきり田屋機が故障して、どこかの飛行場に不時着したものとばかり思っていました……」

田沢曹長は心配そうな顔でそう言った。私たちも多分そうだろうとたかをくくって、しばらく待ってみることにした。しかし、何時間たっても、どこからも何の連絡もない。私たちは不安を抱いたまま飛行訓練を終え、そのまま兵舎に引き揚げてきた。

＊

夕食を終えてくつろいでいた私は、突然、戦隊長からの呼び出しをうけた。行ってみると、そこには戦隊長のほかに、高橋大尉と原大尉も同席していたが、戦隊長は私の顔を見るなり、

「キサマ、ご苦労だが、田屋の遺体を収容してきてくれ」

と言う。私はびっくりしてしまった。その先のことは、高橋大尉と原大尉がこもごも説明してくれたが、それによると、田屋機は佐賀市の郊外の農村地帯に、墜落しているむね連絡が入ったというのだ。

「原因は酸素吸入器の故障による失神ではないかと思われる……」

昼間の田沢曹長の話と考え合わせると、確かにそのようにも思われた。私はようやく冷静にもどった頭で一瞬考えた後、戦隊長に質問してみた。

「分かりました。しかし戦隊長殿、田屋は戦死でありますか？」

「そうだ、戦死だ」

戦隊長の間髪をいれぬ素早い返事に、私は内心ほっとした。殉職と戦死では扱いがまるで違ってくる。戦死としての公報が遺族にとどけば、彼の町や村では当然、盛大な町葬や村葬が行なわれるはずである。階級も一階級上がるし、遺族にとっては名誉なことにもなる。これが殉職となると、そういうわけにはいかない場合もある。

その晩のうちに、私たち一行は太刀洗を出発した。飛行場大隊が準備してくれた一台のトラックには、数人の兵隊がすでに乗車していた。太刀洗から佐賀市に通ずる道路の両側は、すべて灯火管制がしかれていて真っ暗である。その上に、このトラックのライトも黒い布で

おおわれていて、二、三メートル先までしか視界がきかない。それでも真夜中になって、どうやら目ざす佐賀の憲兵隊に到着することができた。

「ご苦労様でした。この先は明朝、私どもの方でご案内しますから、今晩はごゆっくりお休みください」

あらかじめ連絡してあったらしく、ここの憲兵隊はじつに丁重に私たちを遇してくれた。私には小さな個室があてがわれ、真夜中だというのに酒肴までが提供されたのであった。

翌朝は憲兵の先導で出発した。天気は上々で、気持のいい冬の朝であった。佐賀市の郊外は一面の田圃であった。すでに刈り入れを終えた田圃には、稲の切り株が整然と並んでいる。どの農家の庭にも、刈り入れた稲束がうず高く積み上げられていた。そんな中をしばらく進むうちに、前方に見える一軒の農家の庭先に、大勢の人が集まっているのが目に入ってきた。

（あそこが現場だな！）

私は一瞬、緊張した。その途端に、マナプラにいたころにやった、遺体収容のことがちらっと頭をかすめた。あのときの緊張感にくらべれば、ここは日本内地なのだから、まだまだ楽なものである。それにしても、あの悲惨きわまる収容作業を、平穏な日本内地でまたもや手がけなければならないわが身の不運が情けなく思われた。

現場はマナプラのときとほとんど同じであった。エンジン部分が土の中にめりこんで、その上に提灯を折り畳んだように機体が積み重なっている。大勢の人々は、ほとんどがこの土地の青年団女子部の人たちであった。黒っぽいカスリのモンペ姿で、額には日の丸の鉢巻きをしていた。その人たちの中にまじって、背丈はそれほど高くはないが、骨組みのがっちりした、初老のこの家の主人がたたずんでいた。私はさっそくこの人の前にいって挨拶した。

「このたびは大変ご迷惑をおかけし、まことに申しわけございませんでした」

その人は恥ずかしそうにして深々と頭を下げた。見るからに純朴そうな農民であった。私はつづけた。

「どなたかお怪我をされた方はおられませんでしたでしょうか?」

その主人は訥々とつぎのように答えてくれた。

「はい、お陰様で怪我をした者はだれもおりませんです」

「それはありがたいことです。では被害の方はどうでしょうか。たとえば家をこわしたとか……」

「はい、家の方はお陰様で無事でございます。ただ稲苞を少々……」

見ると、庭の一角に積み上げられた稲苞の片側が、無残にも削ぎ取られていた。田屋機はここをかすめて、この農家の庭先につっこんだものと見える。

「それはどうも。そちらの補償は十分に致しますから、どうかご安心下さい」

私はあえて越権と思われる回答をした。こんな場合、軍の方ではどのような扱いをするのか私は知らない。しかし、私の良心は、この純朴な一人の農民に、けっして損をかけてはならないと、強く感じたのであった。

一応の調査が終わった後、私はここに集まっていた人たちを前にして、今回の事故の経緯を簡単に説明した。その内容はもちろんB29邀撃にさいし、田屋機が不運にも撃墜されたというものである。人々は感動し、涙さえ流してくれた。

時刻はそろそろ正午に近かった。私はみんなをうながして、早目の昼食を取るようにすすめた。それには私なりの配慮があったからである。

前にも記述したように、現実の遺体収容となれば、その酸鼻は目をおおうばかりである。そのうえ異様な臭気が鼻をつく。それを見た後で、飲食することなどとても望めない、と考えるのが常識である。私はそれに対して、あらかじめ手を打ったつもりであった。

作業は例によって尾部の取り除きからはじまった。今回は大勢の人がロープを引っ張ってくれるので、意外なほどの速さで終わってしまう。つぎは破片類の除去である。バケツリレーの要領で、一列に並んだ乙女たちの手に、つぎからつぎへといろいろな形をした破片や断片が渡されていく。例のとおり幾重にもからまりついた断片は、飛行場大隊から派遣された兵隊たちによって、手ぎわよく切断されていった。

マナプラのときにくらべたら、まるで嘘のように容易な作業であった。それよりも、なんといっても、ゲリラの襲撃など身辺の危険が全然ないのが嬉しかった。マナプラのときを想い浮かべ、私は感慨無量でそれらの作業を眺めていた。

断片の山が庭の一隅に積み上げられていくうちに、とうとう最大の山場がやってきた。これから先はどうしても私がやらなければならない。たとえ人に頼んでみても、おそらく承知する者はいないだろう。戦場に慣らされてきた人間と、そうでない人間とでは、人の死にたいする考え方や扱い方が違うのも、無理のないことなのである。

ガソリンと油のいりまじった、不快な臭いがあたり一面にただよっていた。その中に、私だけが感じることのできる動物質の臭いが、かすかだがふくまれていた。いまは作業の手を止めて、見まもっている人たちの視線の中央に、私は黙ったまま入っていった。軍服の上衣だけを脱いだ、普段の姿のままであった。

田屋の飛行服もやはり軽かった。中味のないただ一着の衣服であった。例によって頭部と手首が欠落していた。土の上に横たえた飛行服を切り裂きながら、わずかな肉塊や骨の断片を引き出しにかかった私は、無意識の中に、例のつぶやきをはじめていた。

「田屋、冷たかったろうなあ、もう大丈夫だよ、すぐにお袋さんに会えるからな。かわいそうに、お前もこんなバラバラになっちゃったのか……」

私の手は休みなく動いて、袖口や足首のあたりから、つぎつぎと骨のついた肉塊を取り出していった。

ふと気がついてみると、周囲は異様な静けさにつつまれていた。その中に、かすかなすすり泣きの声がしていた。

私は最後にもう一度、穴の中に引きかえし、彼の飛行帽と手套と飛行靴を探し出してきた。飛行帽は空っぽであったが、手套と飛行靴には肉塊が

熊谷飛行学校の少年飛行兵たち。少年飛行兵12期は戦死者が多かった。B29邀撃戦で不運にも戦死した田屋伍長も、11期生であった。少年の面影の残る彼の笑顔は、もうもどってこない。

充満していた。

遺体収容は終わった。肉塊をおさめた白い木箱を背に、私は最後の挨拶をした。

「ご協力をいただき、本当にありがとうございました。田屋伍長の遺体と遺品は、私が確かに預かりました。さっそく戦隊に持ち帰り、荼毘に付したうえでご遺族に引き渡します。田屋伍長はただいまをもって一階級進級し、田屋軍曹となったことをご報告申し上げます」

「おーっ」というどよめきが起こり、つぎには期せずして盛大な拍手の音が鳴りひびいた。

それが、この近くの丘に木霊してもどってきた。

＊

帰途のトラックの助手席におさまった私は、生きていたころの田屋のことを、さまざまに想いめぐらしていた。少年飛行兵十二期生は、田屋のほかにも何人かいたが、みんなそろって、まだういういしい少年の面影を残していた。飛行時間もやっと実戦に参加できる最低のあたりで、そのためか、ずいぶんと戦死者が出た期でもあった。

戦隊が太刀洗に集結して間もなく、私は下士官たちから推されて、自ら「夜の指揮官」になった。「夜の指揮官」とはこういうことなのである。軍隊では下士官以下の外出は、公用以外は認められていなかった。しかし、将校の場合はいつでも自由なのである。下士官たちはここに目をつけて、いつも彼らと親しい口をきいていた私をまつり上げたのである。つまり、将校の引率による夜間外出というわけである。

そこで私は、彼らの意をくんで一策を案じた。飛行場大隊と交渉し、運転手つきのトラックを一台借りることにしたのである。一日の訓練が終わり、入浴の後で夕食をとってしまえば、あとは自由時間である。

若い者はこの自由時間を持てあましてしまう。そこで、トラックの荷台に乗りこんだ彼らを、私が引率するかたちで外出するのである。

目標は甘木の町、車で三十分たらずの距離であった。町に入ると適当な場所に車を停め、時刻を指定して自由解散とする。そこで各自は、それぞれ好みの場所に消えていくという寸法であった。

定刻の十分前になると、私はもどってみんなの帰りを待った。田屋はいつも一番さきにもどってきて、私の顔を見ると、照れ臭そうに笑った。

少年のようにあどけない彼が、どこでなにをしてこようと、そんなことはだれも気にかけてはいない。ただ彼の場合は、正直で照れ屋なのである。北海道出身だったそんな彼を、私は弟を見るような目で眺めてきた。

その田屋久夫伍長が、いま一個の木箱の中で眠っている。もうあの照れ臭そうな笑いはもどってこない。飛行機乗りの宿命の中に、彼もまた木村竹次や郡山正月（いずれも少飛十二期・伍長）と同じように、消え去っていっただけなのである。一筋二筋、涙が私の頬をつたって落ちた。昭和十九年十二月十日の、夕暮れも迫ったころのことであった。

原鶴小唄

ひどい雨の日は、訓練ができない。そんなときは、全員で原鶴温泉に出かけていって、休養をとった。

この温泉場は筑後川の上流にあって、太刀洗からも近い。私たちの指定旅館は「小野屋」といい、そこの女将は美人の誉れが高かった。年のころは二十七、八、すらりと上背があり、その上にインテリである。東京の共立女子大出身ということであった。当時ご主人はすでに応召していて、目下のところは独り身である。

この旅館には、数多くの女中さんたちが住みこんでいた。十数人はいたようである。その当時、飛行機乗りは、どこへ行ってもモテたものだが、私たちも、ここでは大モテであった。とくにそのころは、特攻が盛んであったせいか、彼女たちの私たちを見る目にも、何やら異様な熱気が感じられた。

この温泉地には、古くから歌われていた「原鶴小唄」というのがあった。纏綿(てんめん)とした情緒をたたえ、人の心をひきつける旋律である。宴会のたびにこれが歌われたので、私たちもいつのまにやら、その節をすっかり覚えこんでしまった。

ある宴会の席で、それの替え歌が披露された。女中頭の説明によると、これはここの女将が、私たちのためにわざわざ作詞したものだというのであった。その歌が、その日も例によって十数人の女中さんたちの合唱ではじまったのである。

〽雄々し勇まし　若鷲様よ
　今宵ゆるりと　休ませ給え
　ホンポ　原鶴で
〽遙か南(みんなみ)の　空伏しおがみ
　君がいさおし　祈るかな

ホンポひと筋に

　じっと聞きほれていた私の胸は、すぐにジーンとしてきた。ここの女将の小野律子さんと私は、なにかと交渉を持っていた。客の席には滅多に顔を出さないこの人の部屋に、私はしばしば出入りしていた。それは会計という、きわめて事務的な仕事のためだったが、それでもいつか、心の通じ合う仲になっていた。

　二番目に歌われた歌詞などは、ひょっとすると彼女が私を意識してつくったものではなかろうか？

　私にはそれがどうも引っかかった。湯上がりのあとに飲んだ酒の酔いも手伝ってか、私の頭の中には平安のころの貴族たちの姿が浮かんできたのである。古典などをひもとくと、あのころの貴族の男女は、歌に寄せてお互いの恋心を伝え合ったという。彼女も私に、その想いを伝えてきたのではないだろうか。これから死地に赴く愛しい人に、これが精いっぱいの女の気持だと詠ってくれたのではないだろうか。

　センチメンタルになった私の胸の中で、しきりに返歌のことが気にかかりはじめた。平安の貴族たちはこういう場合、すぐに歌を返していたではないか。

（ようし、オレも返歌を考えよう）

　私は急にいそがしくなってきた。なんとか今夜中につくって、明朝の別れぎわに彼女に手渡そうと考えたからである。

　宴会の最中も、宴が終わった寝床の中でも、それはかりを考えていた。しかし、どうにもうまくまとまらない。途中までは、なんとか行くのだが、最後のところで行きづまってしまう。仕方がないので、その翌朝は気の重いままで帰ってしまったが、太刀洗では、夜になるとまたそのことを考えていた。

ふたたび雨の日がやってきて、私たちは例によって原鶴温泉にくりこんだ。その日は私に期するところがあったものだから、小野屋の玄関を入るなり、まっすぐ女将の部屋に向かった。その部屋の横には大きな黒板が置いてある。それは女将が、宴会の予定やら、女中さんたちへの伝言などを書きとめるためのものらしかった。その前で私はチョークを取るなり、余白のところに、つぎのような歌詞を書きつけてから、部屋に引き揚げた。

〽故国恋しや　原鶴恋し
　椰子の葉陰に　月見ては
ホンポ　遠い空

ひと風呂浴びて、浴衣に着がえた私たちは、宴会場に集まると、さっそくビールで乾杯した。今日も十数人の女中さんたちが、甲斐甲斐しく私たちの世話をしてくれる。もうそれぞれが好みの相手を決めていて、その連中はなにやらしんみりと顔を寄せ合ったりしていた。酒もほどよくまわり、座の空気もなごんできたころ、突然、女中さんたちが、いっせいに歌い出したのであった。

〽故国恋しや　原鶴恋し
……………………

一瞬、座の空気が緊張した。だれもがじっとその歌に聞き耳を立てていた。やがて歌い終わった女中さんたちの中には、そっと目頭を押さえている者さえあった。

「これはだれの歌だ！」

会場の空気がざわめいた。女中頭がそれに答えるように、小声で説明をはじめた。

「そこにおられる宮本少尉様がつくられたお歌です……」

いっせいに私に集中してきた視線の中で、私はまごついた。こんなはずではなかったと思った。あれはあくまでも、女将個人に返した歌のつもりなのだ。私は当座をごまかすため、女中さんたちに酌をしてまわるようにうながした。あとで私のところにまわってきた女中頭が、私の耳元でそっとささやいたのである。

「あのお歌をお読みになって、奥様が泣いておられました。いつまでも、いつまでも泣いておられましたよ……」

原鶴行きはこれが最後になった。昭和十九年も間もなく終わろうとしていた。フィリピンの戦局は最悪の状態をむかえ、われわれの救援を待つ声は、必死の叫びに変わっていたのである。

死生観確立す

太刀洗に駐留して以来、もうひと月になろうとしていた。私などは最初のころ二、三日もすればすぐに、フィリピンに引きかえすものとばかり思っていただけに、この思わぬ長滞在には少なからぬ奇異を感じていた。

それは私だけではなかったようである。上級の将校たちはさておき、少なくとも私たちのような下級将校たちは、みんな一様にそう思っていた。ことに戦地のことをよく知っている例の五人が、そのことを強く感じていた。

「どうして動かないんだろうな」

「いまじゃクラークは、もっとひどくやられているだろうにな」

私たち五人の者は、そんな話をときどき交わし合っていた。

そんなある晩のことであった。

夕食をすませた私たちは、下士官をまじえて談笑のひとときを過ごしていた。そろそろいつものように、将校引率による外出の時刻である。そこへ突然、戦隊長が入ってきた。あわてて敬礼しようとした私たちを軽く制した戦隊長は、中央の椅子にどっかと腰を下ろし、私たちの顔を一人ひとり眺めはじめた。

(これは何かあるな)

私だけではなく、全員がそう感じとった。ややあって、戦隊長はおもむろに口を開いた。

「みんなもすでに承知していると思うが、フィリピンにおける戦局は極度に緊迫しておる。われわれは間もなくここを発って、現地に向かうが、向こうに着けば間違いなく特攻をやらされることになるだろう」

戦隊長はここでいったん言葉を切り、ふたたび私たち一人ひとりの顔をじっと眺めまわした。そして、こう言ったのであった。

「いまからその準備をしておくように……」

(いよいよ来たな)

来るべきものがついに来たという感じであった。そのことは、とうに覚悟はしていたものの、こうはっきりと言われてみると、あまり気持のいいものではなかった。私はそれとなくみんなの顔を盗み見たが、みんなは深刻そうにうつむいたままである。

　戦隊長が去っていったあとは、この部屋の空気も一変していた。先刻までの明るい笑いなどはすっかり影をひそめ、重々しいまでに立ちこめた暗い空気の中では、息をするのさえ辛い気分なのであった。私は取りなすようにこう発言した。

「どうせ前々から分かっていたことじゃないか。いまさら何もあわてるほどのことでもないさ。今夜はもう遅いから、寝ることにしようや」

　そうして私は、真っ先に部屋を出た。他の者もそれにならって、それぞれの寝室に引き揚げていった。

　私たちは八名が一つの寝室を使っていた。中央に通路をはさみ、両側に四個の寝台が並んでいる。突き当たりが窓になっていて、営庭をはさんで表の道路に面していた。その夜は月の明るい晩であった。窓から差し込むその光の中に、部屋全体が蒼々と浮き上がって見えた。それぞれが自分の寝台にもぐり込んだが、全員、無言のままである。今夜はそれぞれが考えなければならぬことが、一杯あるように思われた。

　私は先刻の戦隊長の話を反芻してみた。戦隊長は、「いまから準備しておくように」と言っていたが、私には準備するものが何もないように思われる。幼いころに両親も祖母も失っていた私の、たった一人の弟も、いまでは兵隊にとられている。父が手広くやっていた商売の方も、私が入隊して間もなく、親族たちが集まって閉鎖したと聞いていた。遺書を書けと言われても、一体、だれにむかって書けばいいのか私には分からない。

（オレは天涯孤独なんだ）

本来さびしいはずのその孤独が、いまはむしろサバサバとした解放感に変わってくる。そんなことよりも、クラークはあれからどんなになっているんだろう。来る日も来る日も、敵機の跳梁の前に、屈辱の歯ぎしりをくりかえしていた毎日が想いかえされてくる。

わが方に、あの敵に匹敵するだけの飛行機があったならば、あんなみじめな思いをしなくてもすんだものを。

それにつけても、早く救援に行ってやらなければならない。わずか二、三十機の隼でも、いまのクラークではみんなが救いの神と思うに相違ないのだ。今度こそ、オレの出番がまわってくる。たとえそれが特攻であろうとも、オレはみごとに戦果を挙げてみせる。敵の航空母艦と心中するなら、それこそ男の本懐じゃないか。

私の夢は、はるかなフィリピンの空を飛びまわって、果てることを知らなかった。時間はもうずいぶんとたったようであった。私は眠ることに決めると、寝返りを一つ打って目を閉じた。

＊

虚ろになった私の頭の中に、幼かったころの場面が、ぼんやりと浮かんできた。私は母と銭湯にいた。私は母の背中を流している。石鹼の泡をいっぱいに立て、ヘチマを使って背中をこすっている。母の背中は痩せて小さかった。お湯をかけて石鹼の泡を洗い落とすと、今度は隣りにいる横山のおばさんの番だ。おばさんはびっくりして振り向く。母は笑って言っている。

「いいんですよ、この子が好きでやってるんですから……」

「すまないわねえ、郷ちゃん。だけど郷ちゃんて、本当によく気のつく子ねえ、奥さん」

　母が嬉しそうに笑っている。

　母が食パンを食べている。病後の母は元気がない。かたわらで見ている私は気が気でない。最低でも二枚は食べて欲しいのだ。母が二枚目にバターを塗っている。私は嬉しくなる。

「よく食べるね、母さん」

　しまった！　言葉がひとこと足りなかった。母が怒ったように私を見、やがて悲しそうに向こうを向いた。

　母が死んだ。白い布を顔にかけられて、その枕元に親戚の人や近所のおばさんたちが座っている。

「この女もずいぶん辛かったことだろうよ。子供たちはまだ小さいし、その上にお正月だしねえ。それにしても、三ヵ日をよく持ちこたえたもんだよ」

　私は墓石の上に腰をかけている。墓石の台が高いので、足をブラブラさせている。中学の入試をひかえて、夜遅くまで勉強していたのだが、急にさみしくなってここにやってきたのだ。真夜中の墓地は静かだが、ちっとも怖いとは思わない。ここには母や姉がいる。まわりの墓の人たちも、私にやさしくしてくれる。だいぶ元気が出てきたようだ。

「さあ、帰ってまたはじめるか！」

　私は勢いよく墓石からピョンと飛び下りる。

　私は寝台に寝ている。私は兵隊だ。遠くからだれかが近づいてくる。だいぶ近くなった。

重なって焦点が合った。二つの顔が

「あっ！　皇后様だ」

「あっ！　母さんだ」

私は起き上がろうとするが、体が動かない。もう一人、そばにだれかがいる。

私は、ハッと目を覚ました。その瞬間、なんとも形容しがたい安らぎが、体全体をつつみこんでいるのが分かった。このとき、私の死生観が確立したと、いまでも信じている。人それぞれに、さまざまな確立の動機もあろうが、私の場合は、母の懐にかえることの安心立命感が、その動機となったようだ。しかも、母と皇后様が一つに重なったことが、「国に殉ずる」ことの意義にもつながった。その当時の皇后様を、国民は、ひとしく「国母陛下」とあがめていたからである。

第五章　戦火のなかへ

雄大なりユーラシア

昭和十九年十二月三十日から翌年正月にかけて、わが戦隊もようやく活発な動きに転じはじめた。戦隊は、いったん鹿児島飛行場に移動した後、沖縄をへて台湾(屛東)に集結することが決定されたのである。

そんな中を、原中隊は先遣隊となって、太刀洗から直接、沖縄に向かって飛び立っていった。この中隊に所属していた小川武少尉も、これに加わって飛び立っていったが、中には片山弘二少尉のように、離陸に失敗したために居残ってしまった者も出た。そのころの隼は粗製濫造が原因で、不良機が続出していたのである。

私の場合は、特異な立場に立たされてしまった。戦隊の残務整理をまかされたのである。つぎつぎと発進していく隼を眺めながら、私は焦りに焦ったが、戦隊長の命令には抗しきれなかった。その晩から、私は夢中になって仕事に精を出した。早くやってしまわないと、本隊とはなればなれになってしまう危険性がある。

戦隊が飛び去ったあとの飛行場は、急に閑散となって、気が抜けたように活気が失せた。私の仕事は思うようにはかどらなかった。淋しさをまぎらわすために、甘木の町へくり出し、馴染みの女と飲んだり寝たりしてみても、その淋しさはいっこうに消えなかった。そんなときは、飛行場大隊の少尉たちも付き合ってくれるのだが、彼らとは、話のどこかが食い違ってしまって、やはり慰めにはほど遠いものになった。戦場で血の臭いを嗅いできた者と、そうでない者とでは、物の考え方が、本質的に違うようなのである。

ようやく仕事を終えた私を迎えにきたのは、この近くの飛行場から飛んできた軍偵であった。それも鹿児島飛行場へは直行せず、新田原に途中下車である。その日は宮崎市内に一泊させられ、翌日になってようやく鹿児島に着いてみると、戦隊はすでに全機が出発したあとで、わずかに神田正斉、片山弘二、秋元利世の三名の少尉たちが居残っているだけだった。

彼らは私を迎えると、さっそくこもごもに話し出した。

「いやー、ひどいもんですよ。故障機が続出で、私たちはとうとう残されてしまいました。中には、いったん飛び出したのはいいが、すぐに油が洩れだして、風防を真っ黒にしたまま危うく着陸してきたのもいましたよ。加木義弘（特操一期）などは、石垣島に不時着したまま動けないでいるそうです」

中学生や女学生まで動員した徹夜の量産も、しょせんは粗製濫造のそしりをまぬがれるものではなかったのである。もちろん私の乗る飛行機など、あるわけがなかった。このとき居残った私たち四名の者が、このあと本隊合流をめざして行動する中で起こった数々の事件など、この時点では夢想だにしなかった。

私たち四名の輸送は、民間機をチャーターしたMCであった。操縦者は、これも民間から徴用された軍属である。MCは専門の旅客機なので、乗り心地は上々なのだが、なぜか進路を真っすぐ西の方にとって飛びだした。これには私たちも驚いてしまった。沖縄をへて台湾に向かうものとばかり思っていたのに、これは一体、どうしたことだ。

しかし、その当時は、機長に文句を言うことなど許されていない。私はすっかりふて腐って、座席の上にひっくり返った。先行した戦隊は、もう沖縄どころか、屏東に集合しているのではないだろうか。われわれが到着するまで、待っていてくれるだろうか。私の不安は、つぎからつぎへと湧いてくる。じつはこの時期、輸送機の航路というのは、大陸（中国）を経由してから台湾に向かうことになっていたことを、だいぶあとになってはじめて知らされたのであった。

眼下には、東シナ海の荒波がほえたてていた。右を向いても左を向いても、見えるのは海ばかりでなんの興味も湧いてこない。シュルルン、シュルルンと聞こえてくる、両翼のエンジン音は快調のようであった。私はタバコの煙をゆっくりと吐き出しながら、ふたたびクークのことを想っていた。連日の空爆にさらされながら、その合間を縫ってはレイテに進攻していた戦友たちは、いまごろどうしているだろう。同じ宿舎に寝起きしていた三十一戦隊の同僚たちは、いまでも元気でいるのだろうか。早く救援に駆けつけてやりたい思いが、胸いっぱいにひろがってくる。

どのくらいの時間がたったのだろう。

「陸地が見えてきたぞ！」という声を耳にして、座席からむっくりと起き上がり、窓から外

に目をやった私は、

「ワーッ！」

思わず感嘆の声を発してしまった。

高度を三千メートルほどに保って西進していた輸送機の前面には、これまでに見たこともない、雄大な景観がひろがっていた。北に南に、果てしもなくつづく海岸線の長大さはみごとである。目で追ってみれば、北にソ連領のウラジオストックやハバロフスクまでが見えてしまうほどに果てしない。南に目を転じてみれば、これも仏印やシンガポールまでもとどくほどに長い。

そのうえに、奥行きの深さがこれまた驚きであった。チベット高原を越え、コンロン山脈をまたぎ、はるかに中近東の彼方、ヨーロッパまで達しそうに奥深い。実際には、そのあたりは棚引く雲海の中に深く没して、大ユーラシア大陸は堂々の姿を横たえていたのである。

私はすっかり感動してしまった。人間が死んで行くことさえも、この雄大さにくらべたら物の数ではなかった。フィリピンでの戦争など、この大自然の前では些細なことのように思われた。地球をふくむ大宇宙の自転の中で、時は確実に刻まれながら、歴史は自然と創り上げられていくのである。塵にもひとしい人間たちの愛憎や葛藤など、それがどれほどの意味を、この大宇宙の中に刻みつけることができるというのだ。

輸送機は、徐々に高度を下げはじめていた。東シナ海の大海原に接する水辺の陸地には、無数に掘りめぐらされたクリークの水面が、にぶい鉛色の光を放っていた。その背後には、黄土色をした広大な大地がつらなっている。機の真下には揚子江の流れが、あたかも一本の紐を無造作に放り出したようにうねりながら、その先の方は、はるかな雲の中に、かすみながら消えていた。

私たちが降り立ったところは、大場鎮飛行場（上海市郊外）であった。折りしも真っ赤な太陽が西の地平線に接し、物の影が長くのびて、滑走路の中にまで達していた。

この飛行場を囲む畑の真ん中に、二つの人影をみとめた。粗末な身なりをした、中国人農夫の親子である。親はゆっくりとした動作で鍬をふるい、子は立ったままでこちらを眺めていた。見わたしてみても、この近くには家らしいものは見当たらない。

（この親子は一体、どこから来て、どこに帰るのだろう）

すべてが茫漠とした中国大陸の田園風景なのであった。まだ学生だったころに読んだ、パール・バックの『大地』のことが、しきりに頭をかすめては消えていく。彼女も、この漠然とした大陸の魅力にとりつかれた、一人の人間だったのに相違ない。

民間で使われていた三菱MC20旅客輸送機。残務整理を終えた著者はMCに乗って本隊を追った。東シナ海を飛行中、頭に浮かぶのは比島で戦っている隼戦隊の同僚のことばかりだった。

気がついてみると、その場に立ちつくしていたのは、私だけであった。仲間たちの姿は、もうはるかな遠くに望まれ、そのさらに先の方に、軍の施設らしい建物が見えていた。いつの間にか、太陽はもう地平線に没しようとしていて、急に冷えこんできた。私は急いで仲間たちを追って歩きだした。薄暗くなってきた畑の中には、いつのまにやら親子の姿も消えていた。

ここでも戦争は確実に行なわれていた。九九軽爆を持つ爆撃戦隊が、その夜も重慶に向けて飛び立っていった。私も地上から見送ったが、翼灯を点滅させながら、しだいに視界から消え去ってゆく彼らのうちで、今夜も何機かが確実に未帰還になるのだと聞かされた。それがどの機になるのか、しょせんは神様だけしか知らないのである。私はふたたび、厳しい現実の中に引きもどされ、太平洋戦争の真っ只中に立たされている自分自身を見出したのであった。

決死の夜間着陸

大場鎮の兵舎に一泊した私たち一行は、翌日、ようやく台湾（屏東）に向かって出発した。屏東に着いてみると、嬉しいことには、わが三十戦隊の面々がまだいたのである。しかしなぜか、それも同僚の少尉たちと下士官たちの一部だけである。

小川少尉が私たちに話してくれたところによると、昨年（昭和十九年）大晦日に太刀洗を出発した第二中隊（原中隊＝先遣隊）は、途中で故障機が続出したために、屏東に到着したのはわずか数機に過ぎなかった。昭和二十年の元旦をここで迎えた小川少尉らは、食卓に並べられたアイスクリームや西瓜を見て、奇妙な元旦だと思ったという。

翌二日に初飛行をやり、対地攻撃訓練や在地防空隊との連合演習をやった。三日にはさっそくグラマンの初来襲があり、その邀撃戦で原中隊長は被弾し、台東付近の畑の中に不時着、そのまま陸軍病院にはこばれた。また村上隆雄少尉（陸士五十七期）も空戦中に被弾し、エンジントラブルに陥って落下傘離脱をこころみたが、高度が高すぎたために、落下途中に敵の連射を浴び、地上についたときには体中が蜂の巣の状態であったという。

このあと一、二日遅れて、戦隊長をはじめとする本隊がようやく追航してきたのである。こうしてみると、第二中隊はいかにも不運な先遣隊ではあった。

私たちが到着した八日には、戦隊長以下ほとんどが、すでにフィリピンに進攻していて、ここに残留していたのは、故障機の修理待ちの隊員たちだけであった。そのあと、小川少尉は、私にこのように進言してくれたのである。

「いまここには隼が一杯ありますよ。なにも輸送機で行くことはないでしょう」

しかし、私はその進言を無視した。

「修理がすむまで待ってはおれないよ。戦隊長たちはすでに現地に飛んでいるんだし、それにオレたちは輸送機でくるよう命じられてもいるんだからな」

現在の私だったら、小川少尉の進言を受け入れていたかもしれない。しかし、その当時は、命令の重さが現在とは格段に違っていた。それに加えて、私には早く本隊に合流し、つぎの指示を受けたいという焦りもあった。その日は屏東に一泊し、つぎの日の夕刻になって出発した。その時間帯でなければ、途中で敵機と遭遇する危険性が濃厚だったからである。

ルソン島の上空に進入したころは、日もとっぷりと暮れていた。機内に入りこんでくる空気の甘さは、私にはむしろ懐かしくさえ感じられる戦場の匂いをふくんでいた。私は例によって後部の座席にひっくり返り、のんびりとタバコを吹かしていた。すべては機長まかせ、その点では気楽なものである。聞こえてくる音といえば、シュルルン、シュルルンと唸りつづけている快調なエンジン音だけ、機内灯は消されて、わずかに操縦席の計器板だけが青白い蛍光を放っていた。

そのうちに、地上と交信する機長の声が聞こえてきた。感度はあまりよくないらしく、何度も同じことをくりかえしていたが、やがて機長がだれに言うともなくつぶやいた。

「クラーク地区は滑走路が全部使えないそうだ。仕方がないからマニラに行く」

私はどこでもいいから、早く着陸してくれと願った。地上に降りないことには、私たちの出番はまわってこないのである。クラークの滑走路が使えないということは、相変わらず連日のように敵の空爆がつづいている、なによりの証拠なのだ。

マニラの街は真っ暗闇であった。どうやら、全市が灯火管制をしいているようである。それにしても、この機長は腕がいい。海と陸との位置関係から、じきに飛行場を探し出したらしい。またしても地上との交信がはじまる。当時、マニラ近辺には八つばかりの飛行場があった。カローカン、ケソンなどは比較的クラークに近いところにあるが、ここはどうやら駄目らしい。そのつぎはサブラン、ウゴン、マンダリヤン、ちょっと東にそれるマリキナ・バシッグがあるが、どうやら交信できたのは、いちばん南にあるニルソン飛行場のようであった。

「着陸灯の点灯たのむ、着陸灯の点灯たのむ」

機長が一生懸命に頼んでいるのに、地上ではいっこうに点灯しない。私は座席から起き上がって、何気なく夜空に目をやった。そのときである。私の視界を横切って、なにやら黒い大きな影が飛び去っていった。

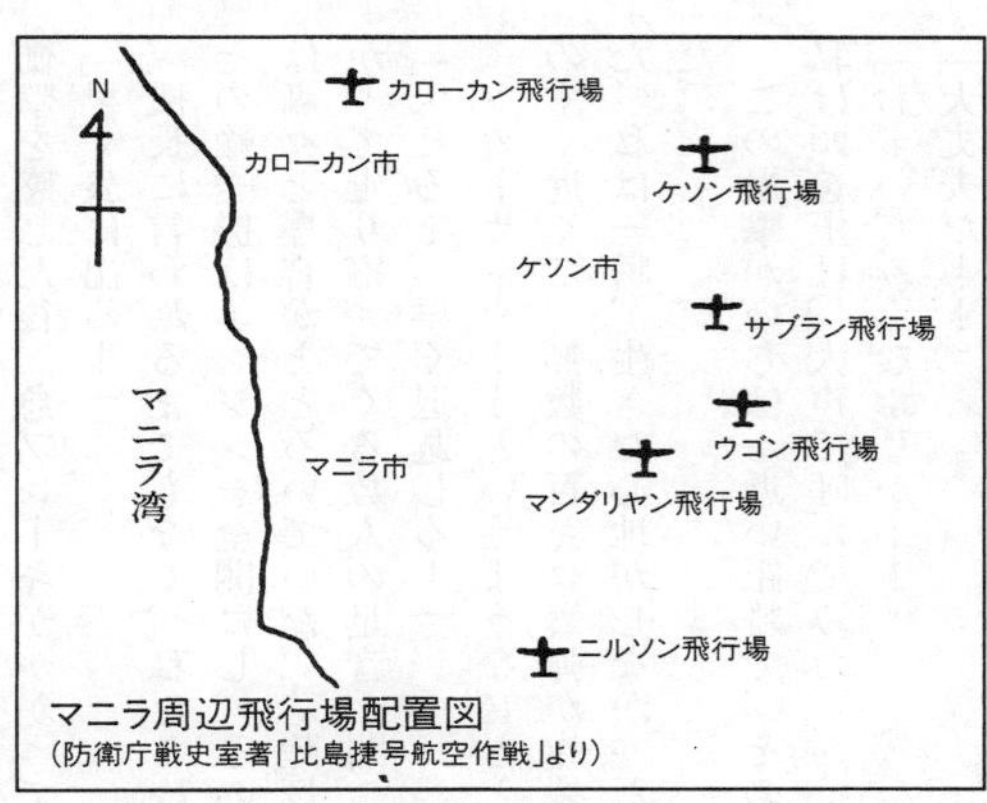

マニラ周辺飛行場配置図
(防衛庁戦史室著「比島捷号航空作戦」より)

(あれェ！　何だろう)

つぎの瞬間、私は機長に向かって大声で叫んでいた。

「機長！　別の飛行機が、すぐ近くを飛んでいますよ！」

とたんに機が大きくゆれ、荒い操作で急角度に降下をはじめた機内では、機長が大声で怒鳴りつけている声がしていた。

「バカヤロー！　早くあかりをつけろ！」

風防ガラスのはるか前方に、パッと着陸灯が点灯されたのが見えた。機はそれをめがけて、しゃにむに突っこんでいく。私の目の前の小窓からは、大きな椰子の葉が、束になって後方に飛び去っていくのが見えた。ドスンと大きな衝撃があって、機はふたたび空中に舞いあがる。ドスンと今度はやや小さな衝撃を感じた後、急ブレーキがかかって機が停止した。

「早く表に出ろ！」

機長に言われるまでもなく、私たちは転がるように機上から地面に飛び降りた。そのあと、その輸送機はエンジンを全開にし、その場から真っすぐに離陸していったのである。頭上には轟々と爆音がとどろいていた。着陸灯はいつのまにか消されていて、闇の中をこちらに向かって走り寄ってくる数人の足音が聞こえ、そこから大きな声が飛んできた。

「伏せろ！　早く退避しろ！」

ドカドカドカ……というような音とともに地面がゆれた。無意識のうちに地面に伏せた私のすぐ近くで、無数の百キロ爆弾が炸裂し、土砂が雨霰となって私の背中に降りかかってきた。私は一瞬、生きた心地がしなかったが、炸裂した爆弾の死角に入っていたことが幸いした。

この爆撃がいちばん近い距離で、そのあとはだんだんと、私の位置から遠ざかっていった。私は頭を上げ、大声で呼んでみた。

「おーい、みんなぶじかー！」

「大丈夫だー！」

あちこちから元気な声が返ってきた。

その後、私たちは飛行場大隊の事務室で、祝福とも驚愕とも受けとれる言葉に、つつみこまれてしまったのである。

「本当にびっくりしましたよ。あの大空襲の真っただ中を、一機だけがボーボー火を吐きながら飛んでいるんですからなあ……」

これは、少し説明を要するようだ。飛行機の排気管には、集合排気と単排気というのがある。当時の飛行機のエンジンは通常、星形複列だが、集合排気の場合は前列と後列ごとに排気管をまとめてしまう。したがって、一本の排気管には、八個ないし十個の気筒からの排気が集まるので、火勢が強くて炎を吹き出してしまうのである。

これが単排気だと、それぞれの気筒から単独に排気されるから、そんなことは起こらない。この方がスピードをアップできるので、新型の軍用機はほとんどが単排気であった。私たちが搭乗したのは輸送機だったため、集合排気管からボーボーと炎を吐き出しながら飛んでいたわけである。

ところで、飛大（飛行場大隊）の将校たちの話はまだまだつづく。

「よく敵サンが撃たなかったものだと不思議ですよ。あんまり向こう見ずなので、敵サンの方が呆れ返ったってわけですかね」

「あなた方は、なにか特別なお守りでも持っているんじゃないですか……」

いやはや、話を聞けば聞くほど身の毛がよだつ思いである。ちょうどこの日（一月九日）、敵はリンガエンに上陸を開始し、そのために、マニラの街はB24やB25による大規模な夜間爆撃にさらされていたのである。なにも知らない私たち（機長ふくむ）は、敵のB24やB25にまじって、マニラの上空を飛びまわっていたということになる。

私の目の前をかすめるように飛び去っていったあの黒い大きな影も、いまになって考えてみると、敵サンがなにやら面食らった挙句に、ようすを見に近づいてきたのかも知れないののである。

だ。しかし、このときも、私たちがいかに強運の持ち主であるかを知らされたことになった
私個人の場合を振り返ってみても、昨年（昭和十九年）九月の大奇襲を食らったときとい
い、今度といい、確かに強運の星の下に生まれたと考えるのが正しいようなのである（この
先もまだ何度かそれが実証されるのであるが……）。

マニラ死守部隊

飛大の将校たちの話はまだ先があった。いちいち面倒なので、その概要を列記すると、
一、本日、敵は優勢な機動部隊（第三十八機動部隊）に護られてリンガエンに上陸を開始
した。
二、当面のわが軍は必死に防戦中であるが、敵は逐次これを圧迫し、マニラの包囲網を形
成せんとする意図は明らかである。
三、現在マニラ死守防衛部隊（陸海軍混交）は、全軍一丸となってこの敵を粉砕すること
を期している。
四、当飛行場（ニルソン飛行場）には、飛行可能な航空機はすでに一機もなく、燃料油脂
類もすでに処分を完了し、飛行場はいつでも爆破可能の体勢におかれている。
五、諸官はただいまから当飛大の一員に加わり、マニラ死守の重責をまっとうしていただ
きたい。
と、ざっとこんな具合なのである。

（冗談じゃないよ）

話を聞き終わった私は、すぐにそう思った。

（われわれは一体、何のためにフィリピンに舞いもどってきたというんだ）

私の憤懣は高まるばかりであったが、しかし、いまそれを口にすることはできない。マニラの死守防衛に任じている彼らの前で、かりそめにもそんな態度をとることは非礼千万である。彼らも私たちと同様、一死をもって国に殉ずる覚悟を決めている人たちばかりなのだ。

リンガエンに上陸を開始した米軍。敵上陸のその日に著者はマニラに着いたものの、四航軍はすでに脱出した後で、残っていたのは異様に殺気だつマニラ死守防衛部隊の将兵だけだった。

私はいちおう彼らの話を了解したような顔をして、つぎのように質問してみた。

「ところで四航軍は、いまどこにいるんですか」

「エチアゲのはずです」

答えはすぐに返ってきた。彼らも飛大の将校なのだから、四航軍の動きに対しては敏感なのであろう。しかし、私にはエチアゲという地名は初耳だった。そこでさらに質問した。

「その、エチアゲというのはどのあたりですか」

「あれは中部ルソンあたりのはずです。マニラから北へ三百キロほど行ったところですよ」

これを聞いた私は、内心、がっかりしてしまった。先ほどからの話の中に、マニラを脱出する部隊は、とうの昔に脱出を終えてしまい、いまでは死守部隊しかここには残っていないということである。

私たちがかりにここから抜け出して、四航軍を追航するにしても、三百キロの徒歩行軍では、いつそこに到着できるものやら分かったものではない。しかもリンガエン方面から、マニラに向かって進撃してくる米軍と、途中どこかで遭遇でもしようものなら、もう完全なお手上げである。ここは一応おとなしくして、しばらくようすを見るより方法がなさそうだと、腹の中で考えた。

私たちにあてがわれた宿舎というのが、近くのビルの大部屋を改造したもので、そこには、すでに多数の将校たちが集まっていた。全部がマニラ死守部隊の人たちなのだろう。私たちには、粗末だったが遅い夕食が供与され、少しは腹ごしらえができ、さて落ちついてみて驚いた。ここに集まっている人たちが、異常なほどに殺気だっているのである。

彼らは目ばかりをギラギラさせ、たがいに口角泡を飛ばして論じ合っていた。それはこの日にリンガエンに上陸した、敵の動きについての議論のようであった。ある将校などは、恐怖におののきながら、敵がマニラに進撃してくる時期は数日中だろう、などとわめき散らしていた。比較的落ちついている人でも、今月末ごろだろうと予測していた。私たちは、これらの人たちを横目で見ながら、沈黙を守り通していた。

私はこのとき、こんなことを考えていたのである。私たちは幸い（？）にも、すでに昨年九月には敵と接触し、多くの戦死者を見たり、悲惨な体験をへたりしている。しかし、いまここに集まっている人たちは、かならずしも全部の人が、米軍との戦闘体験を持っているとはかぎらない（あったとしても、それは多分、大陸でのことで、その相手は中国軍で、米軍ではないはずだ）。

制空権も制海権も、ほぼ完全に敵に握られた中での地上戦闘など、どう考えてみても、勝ち目がない。敵がマニラに突入してくれば、全軍が玉砕して果てるよりほかに、道は残されていないはずだ。

私たちが太刀洗で死生観を確立してきたように、この人たちにも、早急に死生観を確立する必要が迫っている。気の毒だが、いまはそれしか残されているものはないのではなかろうか。

重苦しい空気から逃れたくて、隣りに座っていた神田少尉に小声で話しかけてみた。

「オイ神田、明日の朝ここを逃げ出そうぜ」

「当たり前だ」

怒ったように神田が答えた。彼もこの場の雰囲気には、まいっていたようであった。

私はこの機会に、マニラ攻防戦の顚末を書きしるしておこうと思う。実際に、それから間もなくして、敵はマニラ市南方七十キロのナスグブに一隊を上陸させ、マニラを南北から挟撃する形をとったのである。

マニラ攻防戦は、二月三日からはじまって、約二十日間つづいた後に終焉した。結果は、いうまでもなく日本軍の大敗北であった。マッカーサー元帥がマニラに入城したのは、二月二十七日のことである。あのとき私たちと一夜同宿した将校たちや、私たちに夕食を供してくれたニルソンの飛大の将兵たちは、どんな戦いをし、どんな死に方をしたのだろう。それを思うと、いまでも胸が痛む。

翌朝、食事をすませた私たちは、こっそりと、この宿舎から抜け出した。長居をしていては面倒なことになりかねないからだ(正式に飛大配属となりかねない)。まず落ち着く場所をさがすことが先決である。

マニラ市内をあちこちと歩きまわってみたが、街中が閑散としていて、まるでゴーストタウンさながらである。いたるところに爆撃による破壊の跡が残っていたし、ときたま出合う人間といえば、それはみんな武装した軍人ばかりであった。昨夜の話は本当のようで、マニラを脱出する部隊はもう全部出払って、残っているのは死守部隊だけのようであった。

私たちが見つけた一軒の家は、リサール公園の近くにある民家であった。家の周囲には椰子やバナナ、それにパパイヤの木などが植わっていて、天然の遮蔽になっている。そのうえ、この家は間数が多く、家具類もそっくりそのまま残っていた。私たちなど、いままでに使ったこともない電気冷蔵庫までがそろっているという豪華さなのである。これで住まいはいちおう確保された。

つぎは食糧の収集であるが、これはそれほど困らないでもすんだ。私たちは少人数だし、それに飛行機乗りだと名乗れば、どこの部隊でも気の毒がって、少しの米や塩なら分けてくれたからである。庭先に横たわっている椰子、バナナ、パパイヤ(いずれも未熟)の実を採ってきて塩揉みすれば、けっこう惣菜として通用もした。

一応、住と食を確保した私たちは、いよいよ本題である脱出計画を練ることになった。そのためにはまず足をさがすことである。エチアゲまでの三百キロを、徒歩で行くのは容易なことではないし、途中の危険を考えればなおさらである。そこで片山と秋元に車をさがしてくるよう頼んだが、彼らがあちこちの残置部隊から得てきた情報によれば、

「いまごろ車を持っている部隊など、一つもありませんでした。なんでもリサール公園の一角が車両の捨て場になっているそうですから、そこをさがしてみろと言ってましたよ」

そこでさっそく出かけていった。確かに、捨て場には車両が山と積まれていたが、ろくな車両が見当たらない。これは断念せざるを得ないようだ。それでは動いているのをつかまえようということになり、さらに情報を集めてみたところ、

「いまではもうマニラから出て行く車はないと思うが、もしあるとすればリサール公園で待つのが賢明だということでした」

これはどうやら北に通ずる道路が、リサール公園を通過しているか、またはここを起点にしていると考えられそうである（私たちはマニラ市内の地理にはまったくうとかった）。それからというもの、もっぱらリサール公園で、車の見張りをつづける仕事に専念することになったのである。

軍神は生きていた

一月九日夜にマニラに着陸し、その晩は飛大からあてがわれた宿舎に一泊し、翌日、新しい住まいに移っていろいろと準備をしたのだから、あれは少なくとも十一日以降になるはず

である。

その日も私たちは、公園の芝生の上に座りこみ、マニラを出ていく車は来ないものかと、四方八方に目をくばっていた。この日は天気が上々で、南国の明るい太陽が、公園の隅々までくまなく照らし出していた。紺碧の空の下には、緑の絨毯を敷きつめたような芝生が一面にひろがり、それを取り巻く木立の中からは、小鳥たちのかしましい囀りが聞こえてくる。

公園の中央には、天を仰いで屹立するホセ・リサール（スペイン戦争のころのフィリピンの英雄）の立派な銅像がまばゆいばかり。いまここにいるのは私たち四人だけ、遠くで聞こえる不気味な爆音さえしなければ、ここはまるで天国のような別天地であった。

突如、前方に一つの人影があらわれた。それが静かに私たちの方へ近づいてくるのである。

（いまどき一体、だれなのだろう⁉）

私たちは一様に奇異を感じて、その人影を凝視していた。

近くまで歩み寄ってきたその人は、長身でととのった顔をしていた。私たちがこれまで見慣れていた海軍の飛行服を着用し、飛行帽までかぶっている。しかし、どこを探してみても、階級章もなければ軍刀も帯びていないのである。私ははじめ軍属の人かと思ったが、その人が私に向かって、

「オレは関だよ」

と名乗ったのである。

「関⁉」

私はそういう名前の人を知らなかった。しかし、一瞬後にハッと思い当たることがあった

ので、

「関大尉殿ですか？　あの神風特攻隊の……」

彼は一瞬、嬉しそうな顔をして、

「そうだ」

と答えたのである。私は驚いてしまった。

それは昨年の十月のことであった。ニミッツ提督率いる第三十八機動部隊が、空母六隻を基幹とする大艦隊をもってレイテ島に押し寄せてきた。忘れもしない九月十二日以降の、ネグロス（陸軍航空基地）、セブ（海軍航空基地）の、敵艦載機群による一大奇襲も、じつはこのニミッツの空母から発進したものなのであった。

「レイテを死守せよ。レイテを見殺しにするな」

関行男大尉。敗色せまるマニラ市内で、戦死したはずの軍神に出会った。と著者は証言する。

それが当時の大本営の決断であった。十月十九日、捷一号作戦が発動された。

「陸海軍は互いに協力しあい、いかなる方法をもってしても、レイテの敵を粉砕すべし」

この作戦の主旨である。十月二十五日、かねてから大西瀧治郎中将（海軍一航艦司令長官）が想を練っていた特攻が実行に移された。

実施部隊は二〇一空、出撃地点はマバラカット、関行男大尉の率いる零戦五機がえらばれて「神風特攻隊・敷島隊」と命名された。これがわが陸海軍を通じての特攻第一号であり、世界の歴史の中に不滅の名を残すことになったのである。このとき、いっしょに飛んだ直掩機の報告によれば、

『――一〇四〇（午前十時四十分）タクロバン九〇カイリの海上に、敵空母四隻を中心とした機動部隊を発見し、これに攻撃を開始した。関大尉は見事に敵空母に体当たりして大穴をあけた（後略）』

となっている。大本営はこの報告にもとづき、海軍報道として大々的に発表し、関大尉を二階級特進させたうえ、軍神として扱った。

その関大尉が、いま私の目の前に立っているのだ。私はしばらくの間、口がきけなかった。それと察した彼が、ぽつぽつと話してくれた内容というのは、つぎのようなことであった。

「オレは確かに攻撃目標を発見して、急降下した。そして、無意識のうちに（爆弾の）投下ボタンを押した。その後は目標すれすれに離脱したが、機関をやられていたので、近くの島に不時着した」

そのあと彼は、こうも言ったのである。

「そのうちに戦果がデカデカと発表になるし、いまさら原隊（二〇一空）にはかえるわけにもいかないし……。いまのオレは所属部隊もないし、階級もない。いうなれば幽霊だよな……」

そしてハハハ……と淋しそうに笑うのであった。

私はそのとき（これは本物の関大尉に間違いない）と確信した。話の内容につじつまは合う

し、第一、こんな時期に、なにもわざわざ嘘を言いに人前に出てくる人間などいるわけがない。多分、彼は淋しかったのだろうと思う。

ふと見ると、陸軍の飛行服を着た人間が四人、なにやら所在なさそうに座ってぼんやりしている（私たちは決してぼんやりしていたわけではないのだが）。ひょっとすると、あいつらもオレと同じような経歴の持ち主なのではなかろうか。彼はきっとそんなふうに考えて、私たちのところに近寄ってきたのではないかと思う。その証拠に、

「陸軍の佐々木伍長も生きているよ」

と彼はつけ足している。このとき私は佐々木伍長の名を知らなかった。このあと、私たちが苦心の末に四航軍にたどりつき、ツゲガラオに駐留していたころ（二月中旬）に、はじめてその名を知ったのである。彼は初期のころの陸軍特別攻撃隊万朶隊の一員で、四度の生還をくりかえしたことで有名になっていた。関大尉は、そのことをすでに知っていたのだと思われる。

私たちも特攻を予定されている人間である。自分が実際に特攻に出されたとき、果たして間違いなく目標に体当たりすることができるだろうか。私は正直のところ自信がなかった。それはあくまでもケース・バイ・ケースなのではなかろうかと思う。

関大尉の場合、練度の高い彼が無意識のうちに投下ボタンを押したのは、それはむしろ当然の操作だったのではないだろうか。そのあと、超低空で離脱したというが、それも練度の高い操縦者でなければできない操作である。私たちのように練度の低い人間ならば、かりに投下ボタンを押したあとでも、うまく離脱できずに目標に体当たりしてしまうかもしれない。

つぎに直掩機のことだが、これは四機いったということだが、現実に敵空母の上空がガラ空きだったとはとうてい考えられない。あのころ（十月二十五日ごろ）は、とうぜん、グラマンF6Fがわが物顔に飛びまわっていた時期でもあるし、機動部隊の上空には、とうぜん、哨戒機が待機していたと考えられる。直掩機は特攻隊の攻撃を成功させるのが任務だから、この敵哨戒機とはとうぜん空戦があったはずである。問題はこのあたりに集中してくるが、わが方四機に対して、相手は十数機ないしは二十数機という戦力差が当然ながら考えられる。

実際に、私たちがネグロス島のマナプラ上空で行なわれた空戦を見た場合もそうであった。相手は数を頼んで、わが方を引き離しにかかる。つまり四機や五機の零戦など、たちまちのうちにバラバラに分離されてしまう。そんな場合、直掩機の操縦者たちが、はたして特攻隊の成果を完全に見とどけることができるものだろうか。彼らは自分たちの空戦が精いっぱいのはずである。

戦場には誤謬と偏見がついてまわるのがつねである。そうかといって、彼ら直掩機の報告が虚報だったと断ずるのは酷である。彼らも精いっぱい真実を報告しようと努力したのである。

私は関大尉が、なにやらかわいそうに思えてきた。彼はこの先どうしようと考えているのだろう。私は思い切って、そのことを口にしてみた。彼はこう言うのである。

「そうさなあ。まさかこのまま生きているわけにもいくまいし……。そのうちどこか死に場所を求めて、そこで死ぬよ」

このあとしばらくしてから彼と別れたが、彼は多分、マニラ攻防戦を死に場所に選んだのではないかと推測される。彼こそどんな死に方をしたものか、ぜひとも知りたいものだと思う。結局、彼は今度の大戦の中で、二度死んだのであった。

間一髪のマニラ脱出

私たちはようやく一台のトラックをつかまえることができた。このトラックは、突如として私たちの目の前に飛び出してきたのである。私たち四人は、大手をひろげてこのトラックの前に立ちはだかり、車が急停車するやいなや、私が助手台に飛びついた。助手席に乗っていた指揮官が、びっくりして私の顔を見つめた。

彼は少尉であった。便乗を頼んだ私に向かって、彼は強硬につっぱねてきたのである。

「冗談じゃありませんよ。あなた方を乗せる余裕など、もうどこにもありませんよ。それに私たちは急いでいるんですから、早くそこをどいて下さい」

確かにこのトラックには、余裕などなさそうであった。なにやら木箱をぎっしりと積みこみ、その上に警備の兵隊が四、五名乗っていた。しかし、そんなことでひるんではいられない。私が大声で、この指揮官を怒鳴りつけた。

「貴様は何を言うか。現在の戦況をよく考えてみろ。制空権を敵に奪われたばっかりに、地上軍はいたるところで苦戦を強いられているんだぞ。せめてわれわれが、一機でも二機でも飛ばして、リンガエンの敵艦隊に体当たりでも食わせなければ、わが陸軍の面目は丸つぶれになることぐらい分からんのか。それに、われわれは四航軍の冨永司令官から、早く追航するよう強い要請を受けているんだ。なんとかしろ！」

この一喝はさすがにきいたようであった。それ以上に、この指揮官もまた、いまや飛行機がもっとも有効な反撃の方法であることを、よく知っていたようであった。なかでも特攻に対しては、地上の部隊は一言の言葉もないほどに、畏敬の念を抱いていたようなのである。そんなことから、彼は渋々ながらも、最後には私たちの便乗を認めてくれた。

「しかし、エチアゲまでは、とてもお送りできませんよ」

「分かっている。行けるところまで行ってくれ、あとは何とかする」

こうして私たちは、ようやく荷台の上に乗りこむことに成功したのであった。

この指揮官の説明によれば、このトラックは、なんとかいう兵団の経理部のもので、積んでいる木箱は全部、軍票(軍で発行した金券)だと言うのである。しかも、これがマニラから脱出する最後のトラックだそうだ。

「ふーん」

私はさり気ない風をよそおって聞いていたが、内心では胸をなで下ろしていた。われわれは、よくよく強運に恵まれていたようだ。もしもこのトラックに出合わなかったら、私たちはマニラ攻防戦に巻きこまれていたかもしれないし、かりに徒歩行軍をはじめたとしても、途中でヨサッペか米比軍の餌食になっていた可能性も強い。

それにしても、いまどき危険を冒してまで、こんなに沢山の軍票を運び出すというのは、私にはじつに馬鹿げたことのように思われてならない。私たちがマナプラに駐留していた昨年の九月から十月にかけて、軍票の価値はすでに大暴落していたのである。

華僑たちが道端に屋台を並べて売っていた椰子菓子一つの値段をとってみても、あの九月十二日の敵襲を境にして、一気に上昇したのであって、最後のころには軍票では売ってくれなくなり、やむを得ず、軍用タバコで物々交換していたほどである。このルソン島でも、いまにきっと同じ憂き目を見ることは、私にはすでに見えていた。

（バカバカしいことに精を出すものだ）

しかし、考えようでは、こんな気楽な荷物はなかった。いざとなれば、放り出そうが捨ててしまおうが、わが軍にとって、さほどの影響をあたえるものではないからである。

ルソン島要図

荷台の上には警備の兵隊が数人、すでに軽機関銃や小銃を持って乗りこんでいたが、私たちは強引にその中に割りこんだのである。北進するトラックの荷台に揺られながら、私はひさしぶりに、うまい煙草の味を満喫していた。

私たちがいま、最重要と考えなければならないこと――それは、一刻も早く本隊に合流し、懐かしいあの戦友たちといっしょに、愛機〝隼〟を駆って、リンガエンの敵艦に突っこむことである。そのためには、多少の嘘やごまかしも許されてよいはずだ。現に、第四航空軍司令官の冨永中将が、私たちの追航を心待ちしていたかどうかなど、疑問の余地がある。大体、私など冨永中将を一度も見たことがない、人の話によれば、あまりパッとしない小男だと聞いていたくらいのものである。

トラックは北に通ずる国道を猛烈なスピードでつっ走る。

（このくらいのスピードで走ってくれれば、マニラからの脱出が早まるし、おまけにエチアゲまでの距離も、ずいぶんと短縮されるというものだ）

私は荷台の上でほくそえんでいた。このトラックから降ろされたあとは、出たとこ勝負だと腹をくっている。空からの攻撃なら、もうすっかり慣れっこになっているから心配ないが、地上軍と遭遇した場合が問題だ。場合によっては、死んだ真似でもして、敵をやり過ごすしか方法はなさそうである。

（まるで熊に出合ったときみたいだ）

私は考えながらおかしくなってきた。

そのあたりは遮蔽物がまるでなく、だだっ広い草原であった。ひた走るトラックの荷台では、警備の兵隊たちがきき耳を立て、目を一杯に見開いて四方に気をくばっていた。そのうえ、とるにたらぬ爆音を聞きつけては、運転席の屋根を叩いて大騒ぎする。そんなときはたまったものではない。

大慌てにあわてた運転手が、ところかまわず車を走らせ、少しの遮蔽物でも見つけようものなら、すぐにその下にもぐりこんでしまうのであるが、荷台に乗っているわれわれは、振り落とされないようロープにしがみついて、必死である。そんなことが二、三度くりかえされたあと、私はたまりかねて兵隊たちを怒鳴りつけてしまった。

「貴様ら、そのざまは何だ！　あんな爆音など、このトラックには関係ない！　これからはオレの指示があるまで、絶対に屋根を叩いてはいかん！　分かったか！」

兵隊たちはびっくりしたように私を見たが、考えてみれば、相手は航空隊の将校だ。これはむこうの言うことの方が正解だと判断したらしく、それからはずいぶんとおとなしくなってしまった。

その当時、日本の兵隊の耳ほど、鋭敏なものはなかった。それこそ、蚊のなくようなかすかな音でも、彼らはすぐに捕らえることができた。それが嵩じてくると、いわゆる「爆音恐怖症」と呼ばれる一種の狂人になってしまうのである。そうなると、もう手のつけようがなくなる。

彼は寝ても覚めても、耳の奥で爆音を感じ、そのために、いても立ってもいられず、ついには大騒ぎをするようになる。気の小さい者に多い病気で、そのために部隊行動が極端に制約されるなど、それは他人にとっては、迷惑千万な病人なのである。

これは私が実際に目撃したことなのだが、だいぶあとになって、私は一コ小隊をつれて、ある集落に一時駐屯していたことがあった。そこでは連日のように空襲があり、その日もB25が二、三機やってきて、さんざんに爆撃したあと、さらに機銃を撃ちまくってきたのである。それが数十分後に立ち去っていったあと、私はそこの集落の警備隊の近くで、隊長が全員を集めてなにやら訓示をしている場面にぶつかった。

その様子が、私にはなにやら引っかかるものがあったので、部隊が解散するのを待って、そこの古参らしい下士官をつかまえて聞いてみたのである。そのとき、彼はこんな話をしてくれた。

「〇〇一等兵は極度の爆音恐怖症でありました。以前はおとなしくて、真面目な兵隊だったのでありますが……。さっきの空襲のさいに、隊長殿は彼をともなって同じ壕に退避されました。私たちは自分のことが精一杯で、外のようすなどかまっておられませんでしたが、空襲が終わったあと、隊長殿が集合を命じられ、先ほど〇〇一等兵の戦死のことが告げられたのであります。しかしみんなは、大体のいきさつを承知しておりますので、なにか割り切れないような、それでも、その方がよかったかもしれないと、複雑な気持なのであります」

これは何を言いたかったのか、私にはすぐに理解できた。つまり、〇〇一等兵はあの空襲にまぎれて、隊長から射殺されてしまったのである。この隊長は、部隊全体のために、泣いて馬謖の首を刎ねたわけである。

今次の大戦の中で、このようにして死んでいった将兵の数は、けっして少なくなかったと、私は確信している。これも戦争の裏面にひそむ一断面なのだと、理解し納得するより仕方がないのである。

本当に危険な爆音を聞きつけ、私の指示によって退避したことが、何度かあったものの、それでもどうやらぶじに、マニラから北へ約百キロ離れたカバナッツアンの町に到着したのは、その日の夕刻前であった。

彼らはここから西に向かう脇道に入るのである。わずか数時間のこととはいえ、この間、運命を共有していた彼らと別れることは、それなりに名残惜しいものであった。たがいの健闘を祈りつつ、握手を交わして左右に離れていった。

この先はいよいよ徒歩の旅である。どんな危険が待ち受けているやら、いまの私にはなにも分かっていなかった。

第六章　最後の飛翔

本隊を追って

私たちは国道五号線をひたすら北進した。目ざすエチアゲまであと二百キロ、徒歩でも一週間以内には到着できそうである。

意外だったのは、道中いたるところで、私たちと同じように北進をつづけている、いろいろな日本軍の部隊と出合ったことであった。これらの部隊は、おそらく徒歩でマニラを脱出してきたか、さもなくばクラークの航空基地から、エチアゲに向けて四航軍を追航中の諸部隊のようである。私たちはこれらの部隊を見て、まずはひと安心といったところであった。

「遅れているのは、オレたちだけではなさそうだな」

私は明るい声で、隣りの神田少尉に話しかけた。

「うん、そうらしい。この分ならエチアゲで、本隊と合流できるかもしれないな」

彼もそれがいちばん気がかりだったようだ。

道中、なによりも厄介だったのは、いつも国道に沿って哨戒飛行をしているP51であった。

これは日本兵を見つけると、たとえそれが一人でも、すぐに攻撃をしかけてきた。そのために部隊の行動は極端に制約され、ほとんどが夜間に行なわれるのである。

しかし、それとても安全とはいえない。例のヨサッペが途中で攻撃をかけてくるし、日本軍の動静は逐一、米軍に無線で連絡されているから、翌朝にはP51が重点的にそのあたりを襲ってくる。

その点、私たちは少人数なので、小まわりがきいた。日中でも平気で歩きつづけ、P51を見ると、近くの林に逃げこむのである。敵は一応攻撃をかけるが、そう簡単にやられる私たちではなかった。

食糧に関しては、途中の町や村に駐屯していた警備隊の世話になるのである。事情を話しさえすれば、彼らは気持よく待遇してくれた。この時期、飛行機の操縦者、とくに特攻要員に対しては、彼らはじつに親切であった。しかし、これにもおのずから限界があり、ほとんど丸一日、食糧にありつけない日もあった。そんなとき、私たちは無人の集落に入りこみ、野性化した豚や鶏を追いかけまわした。私たちはいつのまにやら、そんな動物の屠殺と解体に熟練してしまったのであった。

このあたりには、カガヤン河に流れこむ支流がやたらに多い。しかも橋は全部爆破されていて、わずかに、板でつくった仮橋が水面に浮かんでいるだけである。これは日本軍の撤退作戦に備えて、日本の工兵隊によって爆破されたもののようであった。ルソン島における戦局も、これを見る限りでは敗色が濃厚という感じである。

五号国道は、いつしか私たちを間道へと誘導していった。森林の中に急造された小径である。これもおそらく、日本の工兵隊によって造られた道路なのであろう。かつて私も、工兵将校としての教育を受けていた時期がある。あの仲間たちのだれかが、きっとこのあたりにも来ているに相違ない。歩兵や砲兵や戦車隊のかげで、地味な仕事を黙々とやるのが工兵隊なのだ。彼らの健闘をひたすら祈る気持が、胸一杯にひろがってくる。

この小径をしばらく進むうちに、突然、目の前がひらけて、そこはどうやら峠の頂きのようであった。私たちは道路脇の草むらに腰を下ろして、一服することにした。ここは明らかに一つの陣地を構成していた。

前方に見える林の中には、野砲が西に向かって砲列をしいているのが見える。またその近くを、何台もの戦車が動きまわっているのも見える。私たちの目の前を、完全軍装した歩兵部隊が通り過ぎていく。そのどれもこれもが、私がフィリピンに出て以来、はじめて目にする陸軍の偉容であった。私は胸が高鳴るのをおぼえた。

(この分では久々に、わが軍が米軍に一矢を報いることになりそうだぞ)

聞くところでは、これは鉄兵団の一部だということであった。この峠をバレテ峠といい、リンガエンからマニラに向けて南下する米比軍をここで迎え撃ち、同時に北部ルソンに通ずる国道五号線を確保するのが、この兵団に課せられた任務だそうである。

バレテ峠のこの鉄兵団について、もう少しその顚末をたどってみることにする。私たちがここを通過した一月中旬から、ほぼひと月半たった三月初めには、もうバレテ戦は開始されていた。四月、五月と粘りに粘った鉄兵団も、制空権はまったくなく、物量の補給もつづかないままついに全滅、生き残ったわずかな将兵たちも、散り散りになって近くの山中に逃げのびたのである。

私たちがフィリピン戦線で、はじめてお目にかかった陸軍の精鋭部隊の、これが終焉の姿であったことはいかにも口惜しい。原因は何度もくり返すが、それは物量の差なのである。制空権も制海権も、しょせんは物量の前ではまるで歯が立たなかった。これを言い換えれば日米の国力の格差なのである。

悲運の将軍との出合い

私たちはバレテ峠をあとにして、ふたたび北にのびる間道に沿って歩きだした。この自然道は、ゆるやかな登り勾配のまま森林の中へと導かれていた。途中では何人もの兵隊とすれ違ったが、この兵たちはどこの戦線から移動してきたのか、何分にもずいぶんと疲労しているようである。ひょろひょろと前のめりに歩きながら、すぐに倒れこむように座ってしまう。

フィリピン方面軍最高司令官山下奉文大将。ルソン島の森で著者は思いがけない対面をした。

私たちはなにやら複雑な気持で、彼らを横目で眺めながら歩を進めていった。彼らはおそらくバレテ峠の陣地に向かう兵隊なのだろうが、これでは使いものにならないのではなかろうか。と突然、前方からなにやら大声で叱咤している声が聞こえてきた。

「こんなところでへばってはいかん！　立って歩くんだ！　オイ貴様、立つんだ！」

この声の主は、多分この兵隊たちの部隊長なのだろうと思った。部隊長も必死のようである。私たちは狭い道路の片側に立ち停まって、この部隊長の通過を待つ体勢をとっていた。その脇を、相も変わらずひょろひょろした兵たちが、あえぎあえぎ通過していった。

やがて前方に、かの部隊長の一行があらわれた。数人からなる一団である。先頭に立っておりてきた将校の顔を見た瞬間、私たちは思わず不動の姿勢をとってしまった。太った体軀で鋭い目つきをしたその将校は、かつて新聞などでよく見知っていた山下将軍ではないか。衿元の階級章は、私などはじめて目にするベタ金に金星三つ、つまり大将の階級章なのだ。

＊

山下大将は悲運の将軍であった。卓絶した見識や絶妙の作戦指導も、むしろ中央からは警戒されていたようである。聞くところでは、とくに総理大臣の東條英機大将が、山下大将を最大のライバルと考えていたようであった。皇族将軍をふくむエリート軍官僚が中央の座をしめれば、野戦に強い実力派の将軍たちは、とかくの理由をつけられて派外に押しやられてしまう。あたかもかつての公家衆と武士たちの関係である。

昭和十七年のはじめ、つまり緒戦のころ、山下将軍はマレー作戦の軍司令官として名をあげた。人跡未踏のジャングルの中をしゃにむに前進し、あっという間もあたえずにシンガポールの要塞を占拠し、英国軍を全面降伏に持ちこんでしまったのである。敵将パーシバル将軍に無条件降伏を迫るその姿が、当時の新聞の第一面を飾って、「マレーの虎」の異名をあたえられた山下将軍は、米英をはじめ連合国の首脳たちから、鬼神のように恐れられた。

日本の国民も、山下将軍を英雄として称え、その人気は上昇の一途をたどったのであった。東條総理はそんな山下将軍を極度に警戒し、マレー戦線が一応の決着をみたのを機会に、彼は満州の牡丹江へと飛ばされてしまう。その時期、満州がどれほどの価値を持っていたのか私は知らない。しかし、少なくとも、最前線とか第一線とか、そういう意味を持つ戦線ではなかったはずである。

しかも、そのとき中央から放った電文には、

「……東京に立ち寄る必要なし」

とあったと聞いている。山下将軍は先祖の墓参りさえできずに、荒涼とした満州の地へと旅立って行ったのである。

フィリピン戦線が風雲急を告げた昭和十九年十月、前任者黒田中将に代わって、山下将軍は急遽、この地に赴任を命じられた。苦しいときの神頼みとでも言うべきか。しかし、時すでにおそく、フィリピンでは苦しい戦いの毎日がつづいていた。このたびのバレテ峠の鉄兵団配備も、山下将軍の練り上げた苦肉の作戦計画の一つだったのである。山下将軍はみずからその配備の情況を視察するため、わざわざここに出向いてきたものと思われる。

*

山下軍司令官の随員には、参謀肩章をつけた高級参謀が数人したがっていた。私たちの挙手の敬礼に、閣下は持っていた杖（太い木の枝）に身をもたせるようにして立ち止まり、鋭い目で私たちをじろじろとにらみつけながら口を開いた。

「お前たちはどこの部隊の者か？」

私は身を固くしながら答えた。

「はい！　私たちは第四航空軍配下、飛行第三十戦隊の者であります！　ただいま、エチアゲの軍に合流すべく、マニラからやってきたところであります！」

閣下はしばらく何も言わずに、さらに厳しい顔で私たちを眺めていたが、やがて、

「お前たちは操縦者か？」

と、今度は幾分やさしい声でたずねてきた。

「ハイ！　そうであります！」

私はふたたび固い表情のまま答えた。そのとき閣下の表情に、一瞬、慈父にも似た温か味を見たのはなぜだろう。そのあと、

「ご苦労。しっかりやれ」

閣下は私たちの脇をすり抜けるようにして、バレテの方向に下っていった。あとにつづく高級参謀たちも、心なしか柔和な目礼を返しながら、私たちの前を通り過ぎていったのである。

私は今次の大戦を通じて、フィリピン方面軍最高司令官（第十四方面軍司令官）である山下大将と対面し、直接言葉をかわしたのは、あとにも先にもこのときだけであった。つぎに見たのは、終戦後の昭和二十一年二月のはじめ、カランバン捕虜収容所の中である。そのころの閣下は、米軍軍事裁判による死刑が確定していて、刑の執行を待つ身を、独房の中で淋しく過ごされていた時期であった。

エチアゲ到着

間道はいつか尽きて、ふたたび舗装された国道五号線があらわれてきた。この道路は、ほぼカガヤン河の東岸に沿って、アパリ港まで通じている幹線である。

沿道にある大きな町には、かならず、少数ながら警備隊が駐屯していた。私たちはこれらの点と点を上手につないで歩くのが賢明だと悟り、そのためにこの徒歩行軍も意外に気楽なものに変わっていった。

昼間は国道上に哨戒している敵機の襲撃に気をくばり、夜間はカガヤン河の対岸に配置されているヨサッペの襲撃に気をつけなければならなかったが、それでも慣れてしまえば、なんとなく要領のいい動きができるようになってきた。だからといって、いつもいつも平穏無事であったとは言い切れない。

あるときは夜間に銃声がひびき渡り、泊まっていたバハイ（現地人の住まい）から転がるように逃げ出したこともあったし、無人の村だと思ってひと休みしていたところ、なんとなく人の気配がするのであちこち調べてみると、この村のはずれにあった古井戸の中に、半死半生の村民が大勢投げこまれていて、そのうめき声だったと分かり、青くなって逃げ出したこともあった（これはヨサッペ探索の犠牲になった村民たちだったのだろうと思われるが、どう見てもそれは残虐行為であったと思う）。

またある町では、そこの警備隊長と一晩中、バシ（砂糖黍で造った酒）をくみかわしながら、いろいろと語り合ったこともあった。夜空には満天の星屑が散らばり、殺伐とした戦場にも、ひとときの静寂が保たれていた。緊迫の中で味わう得がたい一刻の平安が、そこにはただよっていたのであった。

私たちが、ようやくエチアゲにたどりついたのは、一月もそろそろ終わりに近づいたころであった。探しあてた第四航空軍というのは、どこにでも建っている一軒のバハイであった（あとになって考えてみると、ここは第四航空軍ではなく、第四飛行師団だったのではないかと思われるフシがある。その理由はあとで詳しく述べるが、このとき第四航空軍は、冨永軍司令官をはじめとする軍首脳部が、すでに台湾に逃避していて、実質的には解散同様の姿だった。そしてそのあとを引き受けたのが四飛師なのであった）。そこでは久しぶりに操縦者としての扱いを受けることができたのである。それと言うのも、私たちの到着申告を受けてくれた佐官級の参謀が、「よく来てくれた。ご苦労だった、さぞ疲れたことだろう。ここではしばらく休んでくれ……」

などと、じつに喜んで私たちを迎えてくれたからである。私たちはようやくのことで、親の元に帰りついたような安心感を覚えた。そのあと、私たちの官姓名は、さっそく先方の名簿の中に記載された。晴れて最前線の操縦者の一員に加えられた嬉しさと、同時に、いついかなる命令が下されるか分からぬ緊張感で、私の精神は高揚した。

ここで、そのころの三十戦隊がどんな行動をとっていたのかを振り返ってみたいと思う。前にも書いたが、私たちが屏東に到着した一月八日現在、戦隊の主力は、すでにフィリピンに進出していた。このとき主力が集結していたのは、ツゲガラオ（北部ルソン。エチアゲから直線距離で北へ百キロあまり）であった。翌九日が敵のリンガエン上陸の日である（私たちはその夜、マニラに夜間着陸を強行した）。

この日、第三中隊長渡部久一大尉の率いる四機が、ツゲガラオからマニラに進出し、そこからリンガエン湾に攻撃をかけていたのである。払暁攻撃であった。その渡部大尉が戦記の中で、そのときのようすをつぎのように記述している。

「──ほどなくして海面が見える。リンガエン湾である。敵艦艇がいるはずなのになぜか全然撃ってこない。こうなると余裕がある。湾内を旋回しながら目標をさがした。黒々と艦艇が浮かんでいる。暗くて真下しか見えないから、全容はつかめない。敵艦艇はいるが、はじめて見る私には、どれが戦艦で、どれが輸送船でなどという区別はつかない。比較的大きい船をめがけて急降下にはいった。投弾。機体をひねりながら下を見た。爆発光は見えない。海中で爆発したのであろう。真っ暗な中で急降下したのであるから、僚機はバラバラになったらしい。だれもついてきていない。下からは不思議と撃ってこないので、損害はないはずである。このまま帰るのも業腹である。高度を下げながら岸へ向かった。いるいる、上陸用舟艇であろう。海岸へ向けて走っている。銃撃をくわえた。今度は撃ってきた。曳光弾が飛行機の前後を走り抜けていく。しかし、上陸用舟艇であるからたいしたことはない。二、三回銃撃した。ツゲガラオ近くになってようやく夜が明けた。着陸したら戦隊長はピストにおった。（後略）」──

彼は、つぎの日にもリンガエン攻撃に出かけていった。

そんなとき、四航軍の軍司令官冨永恭次中将が、台湾への脱出をはかったのであった。一月十六日は悪天候のため、ひとまずツゲガラオに引きかえしたが、その乗機（九九式襲撃機）を護衛して飛んだのも、渡部大尉と藤栄伍長（少飛十二期）であった。翌十七日未明、今度は渡部大尉に代わって、藤本勝美中尉と小長野昭教曹長（少飛六期）、北川幸男軍曹（少飛七期）、千葉富治軍曹（予備下士）の四機が、その護衛にあたった。

この軍司令官機護衛は、わが三十戦隊にとって、まことに不本意な任務であった。ガソリンの無駄な消費もさることながら、この時期、リンガエンの敵に対する有効な攻撃こそが、もっとも大切な任務のはずなのである。それを、軍の上級者から耳打ちされ、これにしたがわざるを得なかった、わが佐藤戦隊長の胸中こそ、察するにあまりあるように思われる（私たちがエチアゲに到着し、四航軍と思って申告したのは、じつは四飛師であった理由もこのあたりにある）。

四航軍司令官の逃亡

私たちが到着したエチアゲには、わが戦隊の一部も駐留していたのである。私たちはここで、ついに戦隊合流の夢を果たすことができたのであった。彼らの話によれば、戦隊はおおむね三ヵ所に分屯していた。大部は台湾（屏東）に、一部はツゲガラオに、そしてさらに一部がエチアゲに駐屯していたのである。

私たちはまもなくツゲガラオに移動したが、そこには渡部大尉の率いる第三中隊が、まだ残っていた。渡部大尉は私たちの追航を大変に喜んでくれ、さっそく住居や衣服の世話をやいてくれたので、私たちはたちまち見違えるようにハンサムな青年将校に変身できたのであった。

ここでは、第三中隊に所属する懐かしい顔ぶれにも会うことができたが、とくに太刀洗で補充された高橋吉三郎少尉に会えたのは嬉しかった。彼とは太刀洗時代にいろいろなエピソードがあり、ことに彼との編隊離陸のさいに、私が起こしてしまった地上事故のことなどは、忘れられない思い出になっていたのである。

特攻隊員に最後の訓示を行なう第四航空軍司令官・冨永恭次中将。精神主義を振りかざした指揮の下で、多くの命が散っていった。その司令官の脱出に対し、激しい非難の声がおこった。

夕食後のひととき、渡部大尉や高橋少尉がこもごも話してくれた実戦談は、私たちをすっかり興奮させてしまった。その大要というのは、つぎのようなものであった。

まず、敵がリンガエンに上陸した一月九日直後の攻撃については、前述したとおり渡部大尉の率いる四機が払暁攻撃を実施していた。そのあとで、例の冨永軍司令官逃亡事件が起こった。最初の日のエスコートは、渡部、藤のほかに、高橋少尉も参加していたことが、そのとき分かった。

「あの朝は霧が濃くて、とても飛行できる状態ではなかったよ」

彼は、当日のことをそんなふうに説明してくれた。また渡部大尉は、それに関して、つぎのような興味ある話をしたのであった。

「オレは（四航軍の高級参謀に）飛行中止を進言

したんだ。それからしばらくしたら、今度は何がなんでも飛ぶと言うんだ。たとえ、途中で不時着してもかまわないから飛ぶと言うんだ。オレはおかしいなと思った。軍司令官はだいぶあせっているなと感じた。案の定、あとであれは脱走だと分かったんだが、それにしても、じつにふざけた話ではないか」

彼が憤慨するのも当然で、このとき四航軍は、すでに山下将軍（第十四方面軍（フィリピン方面軍）司令官）の隷下にはいっており、将軍の許可なしには、勝手な行動は許されない時期なのであった。

ここで、われわれ飛行戦隊と、もっとも密着していた第四航空軍について、少々、私見を述べてみたいと思う。

昨年（昭和十九年）七月、当時、満州に配備されていたわが三十戦隊をふくむ第十三飛行団は、ニューギニア方面で壊滅した第四航空軍を立てなおす目的で、第二飛行師団と称する強力な戦闘師団に配属されて、フィリピンに飛来してきたのである。その当時、ほとんど無傷なこの飛行師団の来援は、第四航空軍にとっては、天与のチャンスと考えなければならなかったはずである。

時を同じくして、第四航空軍の人事にも大きな変化が見られた。前任の軍司令官寺本熊一中将に代わって、東條前総理の側近であった冨永恭次中将が赴任してきたのである。なんとも不思議なことは、彼は航空に関してはズブの素人なのであった。しかも、もっと悪いことに彼はたいへんなワンマンで、航空に明るい参謀長以下の進言をしばしば無視したうえ、もっぱら精神主義だけを振りかざしたのである。

精鋭第二飛行師団、とくにネグロス島に展開した第十三飛行団が、南方総軍（総司令官寺内寿一元帥）を頂点とする四航軍などの無為無策がもとで、初戦において無残な敗北を喫したことは前にも述べたとおりである。それからひと月あまりたって、捷号作戦が発動されるや、わが国初の特攻作戦が実施されることになった。

冨永中将は特攻隊が発進するたびに、その飛行場をこまめに走りまわり、最後の訓示と激励をあたえるとともに、軍刀を振りかざしては彼らの壮途を見送っていた。その勇姿（？）はしばしば新聞の第一面を飾ったが、その激励の言葉の中で、彼はつねづね、つぎのように発言していたのである。

「決して諸君だけをやるのではない。この冨永も、時期が到来すればかならず諸君のあとを追う」

こうして、つぎつぎと若い命が散っていった。その冨永軍司令官が、フィリピン最後の隼戦闘隊であるわが三十戦隊を強引に護衛機につかい、しかも、山下大将には無断で台湾へ逃亡したのである。これは明らかに戦場逃避であり、軍法会議にかけられれば即座に銃殺である。それがどうしたわけか、彼はその後まもなく満州へ渡り、終戦になってふたたび日本の土を踏むのである。

一方、同じ時期に海軍の一航艦司令長官として、多くの神風特攻隊を飛ばした大西瀧治郎中将は、終戦直後に日本内地において、腹をかき切って自決している。

あの当時、最前線における最高指揮官に課せられた責務は、あまりにも過酷であった。いまになれば、なんとでもそれを非難することはできても、その当時は、この残酷な手段（特攻）に頼らないかぎり、わずかの戦果も期待できない時期でもあった。私はそのことを責める気持にはなれない。

問題は、そのことの本質に対して、最高指揮官の良心が、どのように反応したかである。冨永中将も、つねづね約束していたように、みずから最後の特攻を敢行すべきであった。もしもわが三十戦隊が、その乗機の直掩を指名されたのなら、全隊員きそってその危険な直掩を申し出たことであろう。技量の優劣などにかかわることなく、私だったら他人を押しのけてでも、その栄誉をになったのに相違ない。

一撃に賭けて

冨永軍司令官の逃亡によって、第四航空軍は自動的に消滅してしまった。そのあとを引き受けるかたちで、第四飛行師団（長、三上喜三中将）が在比の航空戦力をまとめることになった。そのころ在比の航空戦力としては、隼戦闘機を持ったわが三十戦隊と、九九式軍偵を持った独立飛行第五十二中隊があっただけである。

渡部大尉などが、よく口にしていたように、わが飛行第三十戦隊は、フィリピン最後の隼戦闘隊だったのである。その後、この二つを合併して、「翼集成飛行隊」が編成され、第四飛行師団に隷属されることになっていく。

二月にはいって間もなく、高橋少尉と藤伍長は、リンガエンの敵飛行場攻撃を命じられた。以下はふたたび渡部大尉の戦記の中から抜粋することとする。

「――最初の任務は、リンガエン飛行場の攻撃であった。敵飛行場への殴り込みである。もちろん昼間堂々の強襲はできない。かといって、夜間では飛行場位置が分からない。照明弾があるわけではないのである。暗くならないうちに第一撃をかける。第二撃は暗くなっているが、炎上しているであろう。その炎を目標に進入する手筈にした。

第一撃は高橋少尉に藤伍長をつけてやった。彼らの攻撃はラッキーであった。敵は友軍機の着陸と間違えて、着陸灯をつけてくれたのである。着陸をよそおって低空で進入、並んでいる敵機の頭上に『タ弾』（拡散する小型爆弾）をばらまいたのである。そこいら中炎上。敵はあわてて灯火を消して射撃をはじめたがもう遅い。二人は離脱してしまっていたのである――」

なんとも胸のすく思いである。こんな話を、当のご本人たちからじかに聞かされるのだから、私たちはすっかり興奮してしまうのである。

「まるで、アイスキャンデーが何本も飛んでくるようだったよ」

高橋少尉は、射撃をうけたときのようすをこのように表現し、細い目を円くしながら語ってくれたのであった。このあと、今度は渡部大尉が第二撃をかけに出かけていく。

「――第二撃は私（渡部）と谷村軍曹（昭十七、予備下士）が行った。山を越えたらリンガエン一帯の灯火はいっせいに消えた。敵は準備警戒していたのだ。炎上している飛行場をさがしたが見当たらない。もう早くも火を消し止めたのであろう。

旋回しながら探しているうちに探照灯を浴びせられた。急旋回して光芒から離脱。またつかまる。また急旋回。こんなことをくりかえしたところで、飛行場が見つかるわけではない。飛行場攻撃をあきらめて海上へ出た。海岸の近いところに浮かんでいる船をめがけて急降下する。投弾してふりかえってみたら、なんと船どころか、海岸で爆発している。かなり大きい爆発光であり、何かが燃えている――」

この爆発光は、じつは物資集積場が燃えている炎であった。翌朝、司令部からの電話で、それが分かった。米軍の放送をキャッチしたのである。それにしてもわが三十戦隊は、ほんのわずかの飛行機で、よくそこまでやっているものだと、つくづく感心させられてしまう。

私たちは、ここでしばらく渡部中隊（第三中隊）に所属することになった。

「台湾に帰る便がくるまで、お前たちはオレの中隊にいろよ」

ということで、私は本当にひさしぶりで隼を駆って、ツゲガラオの上空を飛びまわることができたのである。渡部中隊長はその一機を、私の専用機にしてくれた。私はさっそく方向舵に「宮本」と白ペンキで記入した。

ツゲガラオは美しい町であった。町中が椰子の林でおおわれていて、その中に白亜の教会堂をはじめ、点々と瀟洒な住宅が建ち並んでいた。緑の絨毯を敷きつめたような公園や、甘い香りを運んでくる自然の果樹園など、戦争さえなければ、ここは別天地のように楽しいはずであった。

公園から少しいった椰子林の中に、第四飛行師団の連絡所があって、渡部大尉の同期生がそこに勤務していた。そんなことから、私たちもときどきここを訪れては、なにかとご馳走になったりしていたが、ここはいつも混雑していた。どこかの部隊の高級将校とか、報道関係の人たちが台湾行きの便を求めてやってくるのである。彼らにしてみれば、フィリピンの戦況はもはや最悪の状態であり、早いとこ台湾へでも引き揚げたかったのが本心であろう。

二月上旬を迎えたころ、マニラの攻防戦は激しさを増してきた。そんなとき、渡部中隊にまたもや出撃命令が下った。

『マニラ市周辺の、敵地上軍を攻撃すべし』

実際には夜間爆撃である。このときは渡部大尉と山中堅曹長（昭和十五、予備下士）が飛んだ。マニラ市の中央を流れるパシッグ川の北岸に、爆弾二発を投下して帰還してきた。中部ルソン以南は、完全に敵の勢力下にある危険な空域を、彼らはよくも往復して帰ってきたものである。

敵機の来襲もだんだんと頻度を増してきた。エチアゲとツゲガラオが、いまや最後の日本軍の航空基地であることを彼らは知ったためである。わが方は、虎の子のように大切にしている飛行機を、隠蔽するのに必死であったが、敵は量にまかせてやみくもに投弾してくるのだから、その飛行機も徐々に減少していくばかりであった。

そのころになると、集成飛行隊では、廃機の部品を集めてきては一機を組み立てる作業がはじまっていた。組み上がると、即座にリンガエンに向けて特攻を放つのである。そのときになって、はじめて知ったことは、集成飛行隊手持ちの操縦者名簿に、特攻の順番が記されていたことであった。おそらく私たちも、その何番目かに記載されていたはずである。

順位の若い方には、かつて特攻に出されたが、幸か不幸か帰還して、現在生存している操縦者の名前が載っていた。佐々木伍長や津田少尉のことを知ったのもそのころであった。しかし、なんとも不思議なことに、彼らはここでもいつもぶじに還ってくるのであった。そのころ、こんな話を聞いたことがある。四飛師の某参謀が、特攻を予定されていたある操縦者

を前にして、

「もしリンガエンまで行きつけないのなら、途中の山の中にでも突っこんでこい。どうせことリンガエンとは、陸続きなのだから……」

なんとも恐るべき発言である。操縦者という一人の人間と、唯一の攻撃兵器である飛行機を、なんと心得ての発言なのだろう。じつは、これにはそれなりの理由もあったのである。

たとえば佐々木伍長や津田少尉などは、とうの昔に特攻で戦死したことになっており、軍の上層部に対してはすでに論功行賞が申請されていて、在籍名簿からも抹消されている。それがいつまでも生きていられては、当事者としては、はなはだまずいことになる。そこで、何がなんでも死んでもらわねば困るというわけなのである。廃機の部品を寄せ集め、苦労して一機を組み上げるのも、じつはその目的のためなのであった。

途絶えた輸送便

そうこうしているうちに、渡部大尉と私たち四名を残したまま、三十戦隊の残留操縦者たちは全部、輸送機で台湾へ引き揚げていった。つぎの便で、今度は私たちも引き揚げることになり、それからというもの、毎晩ツゲガラオの飛行場に集合して、便を待つことになった。

ところが、いつのまに集まってきたのか、この便を待つ者が、いつか長蛇の列をなすようになってきた。その優先順位をだれが決めるのか知らないが、この分では当分われわれまでまわってきそうもない。それでも毎晩、集合だけは命じられる。たいしてあてにもしないで並んでいると、ようやくやってきた一機の輸送機に、どこのだれが乗ったものか、たちまち打ち切りになってしまう。

「やれやれ、今夜もはずれか……」

私たちは落下傘バックをブラブラさせながら、こうしてふたたび宿舎にもどってくるのであった。

そんなある晩のこと、私たちが並んで待っていた上空を、奇妙な格好をした飛行機が一機、盛んに旋回をくりかえしていた。闇にすかして観察してみると、色は闇夜にまぎれて真っ黒で、どうやら双胴でP38によく似ている。これは敵機に相違ないのだが、地上にいるわれわれにはいっこうに攻撃をかけてこない。

（変な飛行機だな）と思って見ているうちに、北の空から別の爆音が聞こえてきて、それはまぎれもないわが方の輸送機が一機、例によってエンジン後方から炎を吹きながら近づいてきたのである。もうこのときには、私たちにも敵の意図が分かっていた。

「危ない！　逃げろ！」

地上からは盛んに声がかかるのだが、もちろん

ノースロップP61ブラックウイドウ。日本軍輸送機は、この夜間戦闘機に次々と撃墜されていった。台湾からの輸送便は遂に途絶え、空路でのフィリピン脱出は不可能となってしまった。

輸送機に達するはずはない。飛行場でも着陸灯を盛んに点滅して危険を知らせようとするのだが、かの輸送機はいっこうに平気で、ますます近づいてくる。下で見ていた私たちは気が気ではない。

「はやく逃げろ！　超低空で逃げろ！」

そのうちに真っ黒い双胴機が、この輸送機の方へすうっと近寄っていった。その途端、ドドドド……。

機銃の音だ。その瞬間、パアッと夜空に火の粉が散った。私たちはガックリと肩を落としてしまった。

これは全天候型の夜間戦闘機であった。その名を「ブラック・ウイドウ」（南米産の毒蜘蛛の名）というのだそうだが、私たちの間では、だれ言うとなく「ミドナイト・ウイドウ」（真夜中の寡婦）と呼ぶようになっていた。その名のとおり、なんとも薄気味の悪い、嫌な感じのする夜間戦闘機である。

その「ミドナイト・ウイドウ」による「死の誘惑」が、二晩つづいて起こったあと、台湾からの輸送便は、バッタリと途絶えてしまった。私たちは以前から、この便をさほどあてにしていなかったので、それほどのショックは受けなかったが、人によっては、これが大きなショックになった者も確かにいたようだ。その腹いせのせいか、ここでまたあらためて、冨永軍司令官の逃亡のことが話題にのぼり、口をきわめて軍司令官を非難する声が轟々と渦を巻いたのである。

病院船で脱出せよ

そのころ、台湾に集結していたわが三十戦隊は戦隊主力（約二十機）がタイのロップリー飛行場に移され、第五飛行師団、第四飛行団の隷下に入っていた。主要な任務はビルマ撤退作戦の支援であり、同地にあった飛行第五十戦隊や、加藤隼戦闘隊で名高い飛行第六十四戦隊とともに、たびたび出撃しては、激しい空戦をくりかえしていた。

一方、飛行機数の不足や、練度の点で未熟だった操縦者たちは、台北にあった飛行第二十戦隊に転属になり、四月からはじまった沖縄戦の特攻要員として、待機の姿勢をとりつづけていたのであった。

私たち四名を、なんとかして台湾まで送り返し、せめて沖縄戦に参加させたいと願う四飛師では、ついに、つぎのような指令を出すにいたった。

『近くアパリに寄港する病院船に便乗し、すみやかに台湾へ帰投せよ』

聞くところによれば、私たちは元来が本土決戦要員として、ゆくゆくは内地へ送られることになっていたのだそうだ。本土決戦要員——私たちはこの言葉にすっかり興奮し、勇躍してツゲガラオを出発したのである。

ツゲガラオからアパリまでは、直線にして八十キロ足らずの道程だが、飛行機のない今回は、徒歩行軍と決まった。カガヤン河の右岸に沿った国道五号線上を北上すれば、その区間距離は優に百二十キロを越す。これはおそらく四、五日を要するものと考えなければならないだろう。私たちは幸いにも徒歩行軍には慣れている。マニラを脱出して以来、すでに十五日以上の行軍経験を持っていた。

国道上は、相も変わらずＰ51が哨戒をつづけていた。カガヤン河の対岸は、いたるところヨサッペの巣である。しかし、不思議にも、私たちの徒歩行軍は、いつもツキに恵まれていたようだ。例のマニラ脱出のさいにもそうだったが、今回のアパリ行きも、敵の接近の合間を縫うかたちで行なわれたのである。

このときは五月上旬であったが、北部ルソンの入口を扼するバレテ峠での死闘が、まだ盛んに継続されていたころなので、国道上は一応、まだ安泰であった。沿道の要所要所には警備隊が駐屯していたし、北部ルソン一帯は、まだ血生臭い戦場からは、遠く離れていた。ただ途中一ヵ所だけ「七曲がり」と呼ばれていた危険な場所があった。

ここは国道の右手に山裾が迫っており、左手のカガヤン河は極端に河幅が狭くなっている。その対岸には、いつもヨサッペの監視兵がこちらをうかがっているので、ここの通過がきわめて危険視されていた。ときどきは、わが方の軽戦車などが出動してきて砲撃を加えるのだが、その戦果のほどは不明であった。

私たちは、この場所を通過する時期を夜間と定め、その手前の椰子林の中で仮眠した。その晩はよく晴れて、月光がカガヤン河の水面を金波銀波に彩っていた。都合のよいことに、月の位置が右手の山の頂きから、やや東に寄っていたため、国道上は完全な影の部分に入っており、反対に対岸はあかあかと照らし出されて、ヨサッペの動きが手に取るように分かった。

私たちは靴をぬぎ、一人ひとりの距離を十分にとったうえで、中腰になってそろそろと渡っていった。私の目の下にはカガヤン河の急流が激しい水音をたて、向こう岸に数人の話し声が聞こえた。タガログ語である。ときには大声で笑う声が聞こえ、またどこかへ移動する人影が動いたが、先頭をいく私は、どうやらぶじにこの難所を渡りきることができた。あとの三人も、時間をおいてつぎつぎに到着してきたが、四人が全員ぶじで再開できたときは、本当に嬉しい思いをしたものであった。

それから先はさほどのこともなく、五月十二日には目的地のサンタマリア（アパリの手前）に到着することができた。

＊

サンタマリアの警備隊は、のんびりしているように私には思えた。ここでは大きな爆撃などもなかったようで、施設や備品などもなかなか立派なものを使っていた。私たちは久しぶりに、分厚いマットレスの寝台で眠ることができたし、食事なども野戦食としては一級品を食することができたのである。

ここには一人の古参の中尉がいて、彼は私たちをつかまえて、いろいろと昔話をしてくれたのであるが、以下は彼が語ってくれた、古いころのマニラの街のようすである。

「私たちがマニラに入城したときは、そりゃあもう、たいしたもんだった。あんなぜいたくは、一生かかっても、もう二度とできるもんじゃない」

昭和十六年十二月八日、ハワイ奇襲に成功した日本海軍は、ついで鉾先をフィリピンに向けたのである。クラークの航空要塞襲撃である。ここでもまた大戦果を挙げ、在比の米空軍は、ほとんど壊滅してしまった。

翌年の正月早々、陸軍はマニラに無血入城したのであるが、日本軍の迅速果敢な進撃を前にして、マニラの市民は取るものも取りあえず四散したのであった。そのために街中の商店もビルも民家も、商品や什器家財がそのままの状態で放置されてしまった。宝石店には高価な宝石や高級時計が、車のショールームには新品のフォードやシボレーが、そしてガソリンスタンドのタンクには燃料が満タンであった。

兵隊たちは宝石類を片っ端からポケットにねじこみ、指輪を十本の指全部にはめた。高級腕時計なども両腕にできる限りはめたし、どこへ行くにもフォードやシボレーを乗りまわし、必要がなくなればその場に乗り捨てた。ベルモットは飲み放題だし、レストランでは分厚いビーフステーキが食べ放題だった。

しかし、間もなくあとを追って入城してきた憲兵隊が、取り締まりを強化したので、これらの掠奪もにわかに減少したが、引きつづき行なわれた検問や捜査の段階では、ちょっと考えられないようなことが起きている。

この中尉も数人の部下とともに、バシッグ川の沿岸に建ち並ぶ倉庫のなかを捜査してまわった。一つ一つ丹念に調べていくうちに、ある棟にたくさんのドラム缶が並んでいるのを見つけた。これはどうもガソリンではなさそうである。

彼は部下に命じて、一本のドラム缶の横っ腹に穴をあけさせた。なにやら得体のしれぬ液体がこぼれ出し、妙に鼻をつく濃厚な匂いが、あたり一面にただよいはじめた。何かよく分からぬが、捨ててしまうに越したことはないと判断した彼は、片っ端から横っ腹に穴をあけると、それをバシッグ川に叩きこませたのである。

「これがなんと、香水の原液だったんだよなァ」

昭和17年1月の日本軍のマニラ入城。爆撃もなく物資も豊富なサンタマリアの警備隊はいまだ勝利にひたっているようだったが、すでに敵は間近に迫り、北部ルソンは危機に瀕していた。

彼はそう言って笑った。お陰でパシッグ川が突然、香水の流れに変わり、マニラの街中がしばらくの間、甘く馥郁とした香りにつつまれていたと言うのである。話半分に聞いても、なにやら愉快な気分にさせられてしまう懐旧談ではあった。

しかし、じつはいつまでもそんな昔の夢を追っていられる時期ではなかったのである。

北部ルソン島の入口を扼する要衝、バレテ峠での死闘は、いまや終焉を迎えつつあり、第二の要衝と目されていたオリオン峠の駿兵団も、はや敗退を余儀なくされたという情報が頻繁に流されていた。ここが破られれば、敵は一気に国道五号線を北上し、たちまちアパリ港に達するのは目に見えている。源平合戦のさいの平知盛ではないが、ここの警備隊に対しても、

「ただいま、めずらしい東男（あずま）を御覧になりましょうよ」

と言ってやりたい思いであった。

＊

病院船を利用しての偽装脱出作戦というのは、おおむねつぎのような内容のものであった。

一、台湾からアパリに向かう病院船××丸は、五月××日×××時、アパリの沖合に停泊する予定である（接岸しないのは、浮遊機雷を警戒したためと思われる）。
二、この病院船に収容するのは、現在集結中の傷病兵はもちろんのことであるが、本土決戦に備える要員もあわてて収容しようとするものである。
三、米軍は国際約定にしたがい、病院船に対する攻撃はしないものと考えられるが、そこに到達するまでの過程に関しては予測できない。
四、よって、この病院船に便乗を予定された者は、あらゆる方法を講じ、万難を排して船に到達でき得るよう、万端の準備をすべし。
この段階で、すでに不確かな点が多く見受けられた。私たちはもっとすんなりと乗船できるものと考えていたが、それは大きな誤算のようである。

私たちに命じられた準備というのは、孟宗竹の節を残して短い竹筒をたくさんつくり、それを紐でつらねて「浮き」をつくることであった。

「一本は節を抜いた長いのを準備するように……」

これは海中に投げ出されたさいに、それを使って呼吸するためなのだそうである。なにやら昔読んだ講談本の、忍者の姿が彷彿としてきた。

具体的な行動内容も明らかになってきたが、それによると当日の夕刻、私たちはカガヤン河の支流の一ヵ所に集合することになっていた。そこには大発が数隻待機していて、それに乗りこむためだそうである。アパリ港の沖合に病院船が停泊すると、狼火を上げて出発を合図する。そこで大発は、全速でカガヤン本流にすべり出し、そのまま北進してアパリ湾内に突入、でき得るかぎり病院船に接近するというのである。

「カガヤン河の対岸には、ヨサッペが監視をつづけているので、とうぜん撃ってくるものと考えなければならない。また米軍も、ヨサッペからの連絡をうけて、夜間襲撃にくるだろう。アパリ湾内はとうぜん混乱が予想されるが、みんなは何とかして船までたどり着いてもらいたい。船に乗ってしまえば、あとはもう心配はないはずである」

聞いているうちに、自然と身内が引き締まってきた。これはたいへんな作戦である。総員特攻といってもよいほどの作戦だ。

幸か不幸か、この作戦は不発に終わった。聞くところによれば、高雄港外で爆撃をうけたこの病院船が、修理のために港に引きかえしたということであった。

かくて私たちは、ふたたびフィリピン残留が決まった。本土決戦要員も、足の便がないことには動きがとれない。焦燥に身をこがす毎日であったが、あとになって考えてみると、これがぎりぎり最後のフィリピン脱出作戦だったことになる。

第七章　翼なき航空部隊

「翼兵団」編成さる

もう本土決戦要員などと言ってはおられなくなってきた。飛べる飛行機は一機もなく、バレテ、オリオンの両陣地もいまや危殆に瀕していた。

昭和二十年六月はじめのことである。突如、四飛師から命令がきて、私たちは地上部隊を編成することになった。「翼兵団」と称したこれらの地上部隊は、構成する将兵のすべてが航空関係の部隊からきていた。一単位は大隊の兵力に近いものだったから、山中明少佐が長になった私たちの部隊は、通称を「山中大隊」と呼ばれた。

この部隊編成にあたって、わたしと神田が一コ小隊をあずかることになったのは、かつて工兵学校で教育を受けていた経歴を買われたためではないかと思う。山中大隊（山中明少佐）、宗中隊（宗盛一中尉）、宮本小隊（第二小隊）、神田小隊（第三小隊）というのが私たち関係の部隊編成であった。なお、特操出身の片山少尉は私の小隊に、秋元少尉は神田の小隊に、それぞれ配属されることになった。

私の小隊に配属された隊員の、階級別と所属部隊名をあげると、つぎのように雑多な寄せ集めであることがよく分かる。

小隊長（少尉）　一（三十戦隊）
少尉　一（三十戦隊）
見習士官　一（三十一戦隊）
准尉　一（三十一戦隊）
曹長　四（十一・十八・三十三戦隊）
軍曹　八（二・十八・十九・五十一戦隊）
伍長　三（十八・五十一戦隊）
兵長　九（十八・三十三・五十一戦隊、十六飛行団）
上等兵　四（五十一戦隊、十六飛行団）
計　三十二名

なお、この時期における全般の戦局を展望してみると、
三月一日　硫黄島玉砕
四月一日　沖縄に米軍上陸
四月五日　ソ連が「日ソ中立条約」不延長を通告
であり、一方、このルソン島では、
五月下旬　バレテ峠苦戦中
六月中旬　オリオン峠でも、苦戦の情報しきりに流れる

私たちと米軍との接触は、もう時間の問題となっていた。

山中大隊の当面の任務というのは、国道五号線を大きく迂回する間道を通り、エチアゲに向けて軍需物資を搬送する仕事であった。私たちは木の枝と蔓を使って背負子をつくった。こんな場合、農村出身の兵隊たちが大いに役に立ってくれた。

つぎは全行程をいくつかの区間に割り、それぞれの区間は小隊単位で責任を持つことになった。したがって、一コ小隊がおなじ区間を、何度も何度も往復することになる。

ルソン島は雨季に入っていた。くる日もくる日も、びしょびしょと雨がふった。疲れた体に雨は毒である。どこの小隊でも、毎日一人、二人と、マラリアにかかって倒れてゆく者が出た。その病人をろくに看てやれないもどかしさをこらえながら、私たちはただ黙々と荷を運んだ。そのころのようすは、戦後の作品のなかにもつぎのように描かれている。

「――しかし翼兵団は別の意味で尚武集団（山下将軍の直轄部隊）に大きい貢献をした。バレテ・サラクサク戦線強化のため、河谷（カガヤン河谷）にいた各部隊で編成された多くの臨時大隊が前線に送られたが、その中の非常に多くが四航軍の地上部隊であった。それは訓練の上でも装備の上でも、戦闘隊と呼ばれるには余りにも弱体だったが、しかしこの増援があればこそ、両峠の持久が可能になった――」（高木俊朗著『陸軍特別攻撃隊』文藝春秋社刊）

山間部に設けられたこの間道を通って、バレテの方向に下ってゆく完全軍装の歩兵部隊に何度も出合ったが、そのつど私たちはたがいに声をかけては励まし合ったものだ。しかし一方で、この間道を逆方向に登ってくる一団があった。それは、老人と女子供だけの集団であった。彼らはマニラを脱出してきた在留邦人なのである。背には大きなリュックを背負い、両手には持てるかぎりの荷物をぶらさげ、垢と泥に汚れた顔や衣服は、もう敗残者の集団そのものであった。

そのうえ、隈をつくって大きく見ひらかれた目には、恐怖と疲労と絶望とがいりまじり、それが憎悪をこめて私たちに向けられてきた。この憎悪はあえて甘受しなければならないものと私は考えた。この人たちは、かつてはマニラで中流以上の生活をしていた人たちである。私がフィリピンに渡った初めのころ、マニラの邦人の家で一夜パーティーに呼ばれたことがあったが、あのころの彼女たちは華やかな衣服をこらし、頬もつやつやと輝いていた。美しい女たちだと見とれていたものであった。あれから二年、いまは、まるで乞食のようにみすぼらしい。

私は胸が痛んだ。なんとかして少しでも慰め、励ましてあげたい。そんな気持が、この人たちに声をかける行動となって現われたのであった。

「もうしばらく頑張っていてくださいよ。いまにかならず増援部隊が到着しますし、飛行機もたくさん来ますからネ。そうなれば今度こそいっぺんに逆転しますよ。それまで、もう少しの辛抱ですからね。頑張ってくださいよ」

私の饒舌は完全に空を切ったようであった。その言葉は私自身の願望であり、その空々しさは私自身が一番よく知っていた。果たせるかな、彼女らは不思議そうに私の顔を眺め、つぎには黙ったまま下を向いて歩きつづけた。彼女たちの胸の中で煮えたぎる軍部不信の怨念は、もはや拭い去るすべはないのだろうか。

マラリアと大根おろし

このあたり一帯は、マラリアの猖獗地として有名であった。このあたりでは、マラリアとは言わずに熱帯熱と呼ぶ。ひとたび発熱すれば、四十度以上の高熱が何日も続くのである。食欲は減退する一方なのに、猛烈な下痢が間断なく襲ってくる。そのために体は痩せ細り、ついには高熱のために脳がおかされ、発狂状態になってそのまま息絶えてしまう。

こんなふうにして死んでいった兵隊たちを、私はこれまでに何人も見てきた。極度の栄養失調と、過労と、その上に治療薬もないのが、この病気の感染に拍車をかけるのである。

私はある朝、突然、寒気に襲われた。とうとう発熱してしまったのだ。

(しまった! やられたか!)

私は無念の臍を噛んだ。二人の当番兵がなにかと世話をしてくれたが、このあたりには野戦病院もなければキニーネの持ち合わせもない。当番兵は飯盒の底についた木炭(すみ)を粉にして、私に飲ませてくれた。これは野戦の知恵の一つなのだ。木炭は炭素なので、水分を吸収するから下痢にきくと考えられていたのである。

その黒い水が、数分おきに排泄された。私はよつんばいになり、一日に何十回も、近くのブッシュの中へ往復した。意識がまだ混濁してはいない私の耳に、当番兵たちのひそひそ話が伝わってきたのも、そのころのことである。

「小隊長殿はもう長くないと思うよ……」

私はこのとき、ひそかに自決を考えた。まったく不思議なことが、その直後におこった。その日も当番兵が、私のために重湯をつくって持ってきてくれた。

「小隊長殿、この先の山で、大根を見つけましたので、おろしてきました。塩で味をつけてありますから、どうか召しあがってみてください」

フィリピンの山の中に、大根が自生しているものかどうか、素人の私には、見当もつかない。しかし、せっかく当番兵たちが見つけてきてくれた珍しい野菜物である。それまでの副食は、せいぜい未熟のパパイヤの実を、薄切りにしたものを塩味で煮込むていどのものであったから、この大根おろしは、当時たしかに珍しい副食品なのであった。

私は恐るおそる重湯を一口と、大根おろしを一口のみこんでみた。いつもならば、その直後に猛烈な下痢が襲ってくるはずなのに、このたびはそれがこなかった。

（おかしいなあ!?）

私は二口目をのみこんでみた。今度も大丈夫のようだ。このとき私はにわかに自信が湧いてきた。三口、四口と食が進み、とうとうあてがわれた全量を平らげてしまったとき、私の体の奥の方に、思ってもみなかった力がみなぎってきたのである。

こうして私は死期を脱した。それはなにか不可思議な力が私に作用したとしか考えられない現象であった。戦後になって、このときの不可思議な力が、なにやら分かったように思われる事件（?）にぶつかったのである。

昭和二十一年の六月、私は生きて三たび日本の土を踏むことができた。その第一歩は、佐世保であった。以後、東京、新潟、青森と、私は親戚や戦友の家々を歴訪し、札幌の弟の家に腰を落ちつけたのは、七月も半ばを過ぎたころのことであった。弟は満州の部隊から早々に復員していて、すでに昔なじみの女性と結婚していたが、久しぶりの兄弟対面に、話は尽きることがなかった。

その話の中で、彼はこんなことを言い出したのである。

「ぼくが盲腸炎で陸軍病院に入院していたころ、ある晩、死んだ親父がぼくの枕元に立って、兄貴を連れて行くってきかないんだよ。ぼくは待ってくれって、夢中で親父にしがみついたんだが、そこで目が覚めた。汗びっしょりさ。変なことがあるもんだと、その後も気にかかっていたんだよ」

私はなにやら引っかかるものを感じた。

「おい、それはいつごろのことだった？」

彼は指を折りながら、しばらく考えていたが、やがて、

「あれは確か終戦の年の、六月二十日前後だったと思うなァ……」

「あっ！」――私は思わず声をあげるところだった。あのときのことだ。そうか、死んだ親父がオレを助けてくれたのか。私はこのときすべてを了解したのである。

不思議といえば、これにからんでもう一つあったのである。それは、あのとき私の当番兵をやってくれた角田春雄上等兵（十六飛行団、神奈川県出身）が、偶然にも、私の親父がはじめて奉公に出された東京神田の立花商店の後輩店員だったことである。これは彼の方からなにかの折りに聞かされた話であったが、そのときは、（不思議な縁だ！）と思っただけで、さほど気にも止めていなかった。弟から親父の話を持ち出されたあとでは、これも浅からぬ因縁だったのかと、改めて霊界の妙を考えさせられた次第である。私は現在でも、大根おろしには、ある種の畏敬の念を持ちつづけている。

た方が、正しいかもしれない。バレテ峠もサラクサク峠も、もはや、戦闘能力を完全に喪失したのである。完敗であった。私たちは今度こそ、自分たちの身の振り方を、真剣に考えなければならなくなってきたのである。

苦難の夜間行軍

軍需物資の搬送作業も、その後まもなく終了してしまった。その必要がなくなったと言っ

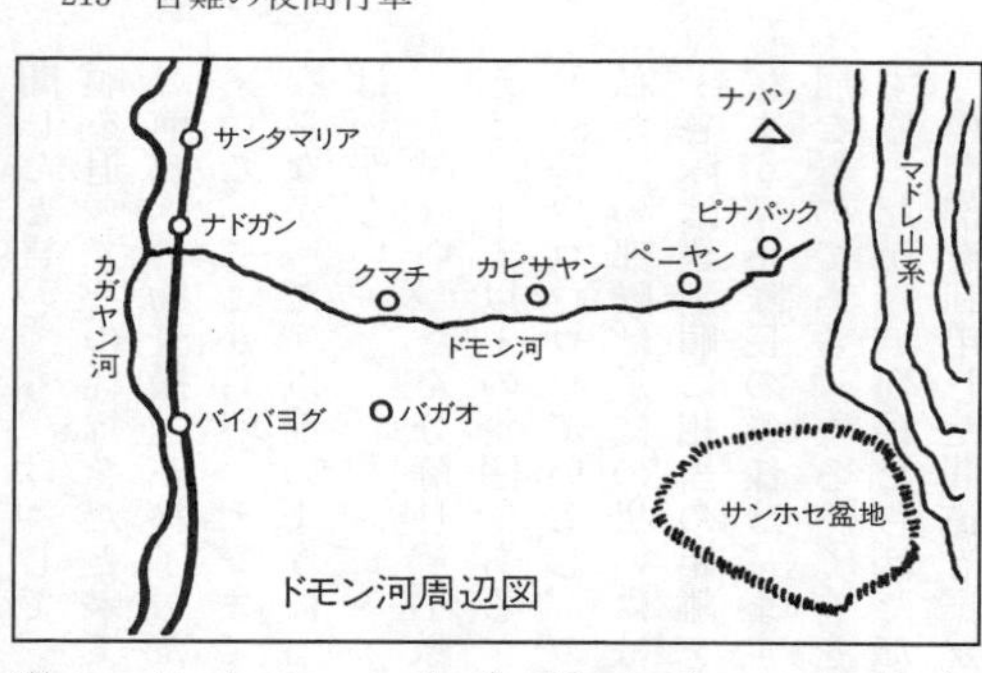

ドモン河周辺図

山下将軍は、かねてから「長期持久」を全軍に布告していた。できるかぎり敵をフィリピンに引きつけておき、日本本土への上陸時期を引き延ばすというのがその狙いなのである。長期持久といっても、いまでは武器弾薬はおろか、食糧すらも補給は皆無なのである。各兵団はそれぞれが自活の道を考えなければならないのであった。

山中大隊はとりあえずペニヤンを本拠地とすることに決めた。ペニヤンは、ツゲガラオとアパリのほぼ中間地点にあるナドガンの町から、カガヤン河に流れこむドモン河に沿って、およそ二、三十キロ東にはいった、小さな山村であった。

私たちはそのあたりを中心に、終戦までの七十日あまりを過ごすことになったわけだが、そこはまさに、生き地獄を見

聞したと言っても、けっして、過言ではないほどの惨状をきわめたところなのである。以下、順を追ってその経緯をたどってみることにする。

前線への物資搬送が終了した六月下旬には、私たちはエチアゲにほど近い山間部に集結していた。ここからペニヤンまでは、間道と五号線を併用しても、百二、三十キロは歩かねばならなかった。以前のように、四人組の行軍ならどうにでもなるのだが、今度の場合はそうはいかない。

大隊はいったん分解し、小隊ごとに単一行動をとるよう指示が出されたのだが、小隊といえば三十人以上の集団である。当然、行軍は夜間だけに限られてしまう。国道上にはいつもP51がウロウロしているし、カガヤン河対岸にはヨサッペがいつもこちらを監視している。私たちの部隊は敵機の扱いには多少慣れてはいたが、地上の敵には不慣れだった。

各隊は建制順に相当の距離をおいて出発を開始した。こうなると、小隊は完全に孤立してしまう。小隊長の責任は、ますます重くなってきた。それにしても、夜間行軍というのは退屈なものである。なるべく音を立てないように、なるべく遮蔽物を利用するようにして行軍するのだから、列兵たちはただ黙々と前について歩きつづけるだけである。

山間部を利用した間道も、ツゲガラオあたりまでくるともう尽きてしまって、それから先は国道になる。国道の周辺にはいたるところ砂糖黍畑がつづいていた。兵隊たちはその中から、うまそうなのを数本切ってきては、それを食べながら歩くのである。

プッ、プッ、プッ……。

彼らが吐きすてる砂糖黍のカスが、私たちの通過した航跡となって国道上を蜿蜒とのびていった。これが大失敗だったと分かったのは、それから間もなくのことであった。夜が明けてきて、国道に近い椰子林のなかで仮眠していたわれわれは、突然、P51の機銃掃射をまともに受けてしまったのである。びっくり仰天、あわてて退避したが、そのさい負傷者が出たほどの奇襲であった。

P51ムスタング。国道上を哨戒していた米機に発見されないよう、移動は夜間に限っていたが、それでも隠れて仮眠しているところを不意に機銃掃射を受け、肝をつぶしたこともあった。

最初はその原因がよく分からなかった。私たちがここに隠れたのを、ヨサッペにさとられた覚えなどまったくない。

「変だなあ。こんなところが上空から見えるはずはないのになあ」

一、二度そんなことがあってから、ようやく気がついたのは、「これはどうやら、私たちが吐きすてて歩いた、例の砂糖黍のカスのせいではなかろうかということであった。それからは、明け方近くなると砂糖黍を嚙むのをやめ、そのまましばらく行軍をつづけたあとで休息に入ることにしたが、案の定、P51は今度ははるか彼方の椰子林に向かって機銃を撃ちこむようになった。

バイバヨグあたりを通過していたころのことである。例によって、その朝も近くの椰子林の中で休息をとっていた。雨季の中休みとでもいうのか、空はよく晴れわたって、南国の太陽がひさしぶりに燦々と輝いていた。この椰子林を出はずれたあたりは小さな盆地になっていて、一面、緑の絨毯をしきつめたように青々と遠くの方までひろがっていた。あまりののどかさに、私は盆地を見下ろす丘の上に腰をおろし、なんとはなしにそのあたりを眺めていた。

ところで私は、どんなときでも外套を手放したことがない。それは、防蚊用なのである。野宿にしろ、バハイの中で寝るにしろ、頭からすっぽりと外套をかぶって寝るのである。それでもこのあたりの蚊は、その上から強引に刺してくる。このときも外套を着ていた。

どのくらい時間がたったのだろう。やかましいエンジンの音でふと目を覚ました私は、上を見上げて肝をつぶしてしまった。P51が一機、私の頭上を超低空で旋回しているではないか。しかも、私が現在寝ている位置というのが、さきほどの丘の上とはほど遠い、十メートルほど下った盆地の中なのである。これはどうやら、私がうっかり眠ってしまったあとで、重力の関係で自然とここまでずり落ちてきたものと推測された。

（これはえらいことになったぞ）

P51は相変わらず私の頭上を旋回しつづけ、翼を傾けては私のようすをうかがっている。このとき私がとっさに思いついたのは、子供のころに聞いた「熊に出合ったときには死んだふりをする」あの話であった。

相手は熊ではないが、似たようなものだ。私はじっと身動きをせず、薄目を明けたまま敵のようすをうかがっていた。相手もさかんに下のようすをうかがっていたが、そのうちに、なにを思ったのか急に翼を水平にもどし、超低空のまま飛び去っていったのである。そのあと私は夢中で丘の上まで駆け登り、そのまま椰子林の中に飛びこんでしまった。

それからまもなく、おなじP51がまた引きかえしてきて、さきほどのところでふたたび旋回をはじめた。彼は（あれェ！）と思ったに相違ない。さっきは妙なところに、日本兵が一人倒れていたが、ちょっと目を離したすきに、もういなくなってしまった。てっきり死んでるとばかり思っていたのに、ヤツは生きていたのか。

（くそ！　業腹なヤツだ。こうなったらあたりかまわず……）とでも思ったらしく、彼は近くの椰子林に向かって、目茶苦茶に機銃をぶちかまして引き上げていった。よほど頭にきたらしいのである。

ナドガンに近いあたりで、大雨に降られてしまった。幸い近くに洞窟があったので、その中で雨宿りすることにした。洞窟の中は意外に広く、どこかの部隊が一足先に入って雨宿りしていた。私たちも適当に分散し、私は小さな平たい石に腰をかけて一服していた。

洞窟の外では、地面を叩く雨の音がますます激しさを増していた。私は少しウトウトしたらしい。突然、バーンという拳銃の発射音で夢が破られ、しかも、その弾丸がピュッと私の左の耳をかすめ、目の前の岩肌に当たってカチンと音を立てて転がったのである。

私は驚いてふり返った。するとそこには、一人の将校がうつ伏せになって倒れている。急いで駆け寄ってみた私は、一目で事情をのみこんだ。彼は自決していたのである。彼のコメカミを貫通した弾丸が、危うく私を道連れにするところだったが……。

こんな例は、そのころ、いくらでもあった。その原因のほとんどはマラリアのせいなのである。部隊が行動する場合、マラリア患者が一人でも出ると、部隊全体に迷惑がかかる。その当時、野戦病院などどこにあるのか、だれも知っている者はいなかったし、キニーネなどの治療薬など見たこともない。発熱したからといって、なんの手のほどこしようもないのが実情であった。

病気が進行してくれば、とうぜん独歩は無理になる。戦友たちの肩にかつがれていても、猛烈な下痢が襲ってくれば、そのたびに下ろしてもらわなければならない。それがだんだんと嵩じてくれば、戦友たちもいい顔ばかりは見せてくれなくなる。そんなときに、兵隊は銃の先を口をくわえるのである。これが部隊をとりまとめる将校の場合だと、その心労は兵の何倍にも達してしまう。洞窟の中で自決した将校も、そんな気の毒な将校の一人だったのに違いない。

哀しき幻影

ナドガンの町に入ったとき、私は小隊をここでしばらく休ませることにした。この先はもう国道をはずれ、ドモン河に沿って山の中へ入ることになるし、それよりも、私はひそかに考えていたことがあったからなのである。エチアゲを発ってからもう七日あまりがたっていたころのことだ。

ビショビショと毎日雨がふり、衣服の乾くひまもないほどである。そのうえに食べ物が少ない。各自が持っているわずかな玄米を、鉄帽の中に入れ、細いすりこぎ状の棒で搗いて精白する。近くからパパイヤの青いのとか、バナナの青いのを採ってきて、ごたまぜにして塩汁にする。それが三度三度の食事なのだ。蛋白質や脂肪分などは、ときおり幸運にもつかまえた、野性化した鶏や豚でまかなったが、それも行軍中はなかなか手に入る代物ではなかった。

そんなこんなで、私の小隊にもマラリア患者が続出し、中には何人かの重患もいたのである。私がひそかに考えていたのは、ここで小隊に十分の休養をあたえることで、豚でも鶏でもたっぷり食わせ、患者たちもゆっくり寝かせてやりたいと思ったからにほかならない。

そのほかに、じつはもう一つあった。それは重患の一人が、おそらくもう長くはないと思われたことなのだ。私は彼をここで見とってやろうと考えたのである。

前線基地から出撃するノースアメリカンB25ミッチェル。ナドガンはしばしば激しい空襲にさらされた。B25が投下する100キロ爆弾と、旋回機銃による銃撃で、地上は修羅場と化した。

私たちは適当な家々に分散して荷をといた。久しぶりの解放感に、元気な兵たちはさっそく食糧探しに出かけていった。患者たちはなるべく涼しそうな木陰をえらんで、そこに寝かされた。冷たい水を汲んできて頭を冷やしてやる者、雨除け日除けの屋根をつくってやる者、柔らかなハンモックをつくってやる者など、この小隊の兵たちはじつに親切で、そのうえ器用である。食糧さがしに出かけていった連中も、なにやら木の実や鶏などをぶら下げて帰ってきた。今夜は久しぶりにうまい食事にありつけそうであった。

ナドガンの町には、B25がしばしばやってきては爆撃と銃撃をくわえた。敵はどうやら、ここが日本軍の一つの拠点になっていると知っていたようである。そういえば、この町にはわれわれのほかにも、いくつかの小部隊が駐留していた。ドモン河に沿って、東の山中に逃れる部隊は、私たちだけではなかったようである。

B25がやってきたある日のことだった。私たちはいつものように、大きな木の下や凹みの中に身を隠して、敵が引き揚げるのをひたすら待っていた。敵はまず、百キロ爆弾を無数に投下する。弾倉の底がパックリと開くと、そこから黒い鮪のような爆弾がバラバラと地上めがけて落ちてくる。あちらこちらで炸裂音が響きわたり、地上は一瞬にして修羅場と化してしまう。

そのあとは機銃掃射である。機首、尾部、胴体下の各機銃がいっせいに地上に向けられ、めちゃめちゃにあたりかまわず撃ちまくってくる。私など、これがいちばん苦手だった。戦闘機の場合なら、機銃が一定の方向に固定されているから、その軸線さえはずしてしまえば回避することはたやすい。しかし、爆撃機の機銃は旋回銃だ。これはどんな方向にでも撃ってくる。これでは事実上、回避のしようもないのである。

そのときだった。凹地の中に退避させておいた重患の疋田定治兵長（五十一戦隊、静岡県出身）が、突然、広場の方向へ飛び出して行ったのである。私はハッとした。敵機は一兵といえども容赦なく襲ってくるからだ。幸いにも、その近くにいた別の兵が、急いで彼を抱きとめて引きかえしてきたので、事なきを得たが、もう少し遅れていたら危ないところであった。

あとになって聞いてみると、あのとき彼は、こんなことを口走っていたというのである。

「酒を買いにいくんだ。酒屋に行くんだ」

この話を聞いたとき、私はふっと思い当たったことがある。それはこんなことであった。彼はすでに、高熱におかされて錯乱状態であった。その彼が、さっきの爆撃と銃撃とをどのように感じとっていたのか。彼の故郷、静岡県の田舎では祭りもさかんに行なわれたことだろう。村の若い衆が打ち鳴らす太鼓の勇壮な響きは、さきほどの爆弾の炸裂音に類似してはいなかったろうか。夜空に打ち上げる無数の花火の音は、さっきの機銃掃射の音とよく似てはいなかっただろうか。

彼の混濁した意識のなかに、懐かしい故郷の祭り風景が浮かび上がってきたとて、だれが否定できるだろう。彼を酒屋に走らせたその動機も、こう考えてくると理解できるような気がした。彼の心情こそ哀れである。

故郷から離れること数千キロの異国の土地で、彼の肉体はまもなく亡びようとしている。その肉体から遊離した魂が、もっとも楽しかった故郷の祭りに彼を誘ったのであろう。そんなことを考えていたころ、彼は母の名を呼びつづけながら、淋しく死んでいったのである。

野戦病院逃走

ナドガンから先は、ドモン河に沿ってどこまでも東進することになる。この河の水は、これからのわれわれにとって、絶対的に必要な生活用水になるので、それから離れることは許されない。その河が、ときにはジャングルの中を縦走していたり、ときには広々とした平野を横切ったりしていた。

その途中で、私たちははじめてお目にかかる野戦病院の逃走跡を発見したのであった。なるほど、こんな山の中に、野戦病院というのはあるものなのか。それは一軒の大きな掘っ立て小屋で、人影はまったく見当たらず、ただいろいろな薬品やら布類だけが散乱していた。私たちは持てるかぎりのキニーネの瓶を拾い集めたが、当時、これは大変な貴重品であった。こんな貴重品が、こんなに大量に入手できたのは、よほどの幸運である。

このときに拾い集めたキニーネは、黄色い錠剤の方には「アクリナミン」、白い錠剤の方には「ヒノラミン」というラベルが張りつけてあった。「アクリナミン」はマラリアの治療薬で、「ヒノラミン」はその予防薬で、その両方を手に入れた私たちは、もう有頂天であった。

この野戦病院跡を通過して間もなくのこと、私たちの前方をいく、白衣の患者たちの姿がかいま見えてきた。三々五々とグループをつくり、杖にすがってトボトボと歩く姿は、なんとも痛々しい限りである。この分では、あの野戦病院が逃走したのは、私たちがそこを通過する直前のことだったのではないかと想像された。道理であれだけ大量の薬品が、他の部隊に荒らされもせずに入手できたわけだ。

ところで、野戦病院がこんなにあわてて逃げたのには、それなりの理由があるはずだった。私たちがこれまでに得ていた情報によれば、北部ルソンに通ずる最後の砦であるオリオン峠は、この時期、まだ突破されていないはずであったが、この分では、それもどうやら怪しくなってきた。

ここが破られれば、敵は五号線上を猛スピードで北上していると考えて間違いなさそうである。そのため、五号線上にあったすべての部隊に、撤収命令が出されたのではなかろうか。野戦病院が急遽逃走したのも、おそらくそれが原因のように思われる。いよいよ敵との接触は近い。

それにしても、野戦病院を追い出された患者たちほど哀れな者はいなかった。彼らは三々五々とグループをつくり、木の枝を杖にしてあえぎあえぎ歩いていた。三歩いっては休み、五歩いっては止まるのである。彼らと並行するかたちになってしまった私たちは、そこで彼らから思ってもみなかった話を聞かされてしまったのである。

野戦病院が逃走するにあたり、重患は薬物注射により殺されて埋められた。独歩患者たちは、それぞれ数人からなる班に編入され、その長には一個あての手榴弾が手渡された……。

「どうにも動けなくなったら、班長を中心に円陣をつくり、班長が手榴弾を爆発させて全員が死ぬことを命じられたのです」

彼らは涙も見せずにそんなことを語ってくれたが、反対に私は大きな衝撃をうけてしまった。

現に、それから先、私たちが通過していった途中のどのバハイの中にも、白衣の兵隊たちが数人ひとかたまりになって寝ていたし、中にはすでに死んでいるグループさえあった。ペニヤンに通ずる道路の入口で、早くも地獄の臭いがただよいはじめてきたのであった。

サンホセ盆地の争奪

ペニヤンに集結を完了したのは、七月はじめである。山中大隊は、大隊本部、第一、第二、第三中隊ごとに地域を定め、それぞれの中隊は、小隊を一単位としてバハイを確保させた。この地区の北方に、通称を「ナバソの山」と呼ばれていた高さが数百メートル級の小山があり、頂上付近には米の備蓄倉庫が建っていた。私たちの部隊は、その倉庫に米を運びこむのが当面の任務である。

運びこむとはいっても、肝心の米を収集するには、人里を襲って、強奪してくるしか方法がなかった。私たちは生命を維持するためとはいえ、強盗に早替わりしたわけで、長期持久策の前では、これも止むを得ない行動なのであった。

私たちはさっそく新しい背負子とわらじをつくることにした。また別働隊は水牛をとらえに出かけていった。そのころ住民たちはカガヤン河の対岸とか、どこかの山の奥などに隠れ住んでいたため、置き去りにされた鶏や豚や水牛がすっかり野性にもどり、それぞれが集団をつくり、適当な場所を定めて、そこに住みついていたのである。

私たちが米の収集に出向いた先は、主としてカピサヤン方面である。この町の近郊一帯は豊富な米所(こめどころ)として知られていた。大体が、カガヤン河にそった河谷と呼ばれる北部ルソン一帯は、昔から米の宝庫としてその名が知れ渡っていたのである。日本軍が最後の拠点をこの方面に決定したのも、多分そんな理由からなのであろう。

最初のころは、意外にたやすく食糧を入手することができた。農家の庭先に積まれた稲穂とか、物置小屋の中のトウモロコシなどが狙われ、それらを背負子や水牛の背中にくくりつけてはもどってきていた。

そのうちに、農民の側にも自警団が組織されるようになってきた。彼らはヨサッペを通じて米軍の武器を手に入れ、新式の自動小銃をはじめ、手榴弾や照明弾までが使われはじめたし、そのあたり一帯に張りめぐらされた鉄条網には、缶詰の空缶をぶらさげて鳴子代わりにしていた。それでも私たちは夜陰に乗じて、そこを襲った。

そのために、ときには激しい銃撃戦も展開されたのである。神田少尉の受け持った区域などは、連夜おこなわれた銃撃戦の結果、多数の死傷者が出たほどであった。食糧の収集がなかなか思うように進まなくなってきたころ、私の小隊に命令が下り、サンホセ盆地の偵察に出かけることになった。七月二十八日のことであった。

サンホセ盆地は米の集積地であって、ペニヤンから南、ドモン河を越えて二十キロほど行ったところにある。私はさっそく小隊を引きつれて、一路、南下した。驚いたのは、途中、通過した小集落には、どこでもかならず日本軍の小部隊が入りこんでいたことだった。それがサンホセ盆地に近づくにつれ、ますますその数が増えてくる。このことは、このあたりの日本軍にとって、この盆地がいかに重要であるかを示している証拠であった。

しかし、米軍もそのことをよく知っていたようである。私たちが盆地の入口で得た情報によれば、この盆地の向こう正面に見える山の陰には、キャタピラつきの山砲隊が布陣していて、それが盆地に向かって移動をはじめているということだった。私はとりあえず小隊をその場にとどめ、部下三名をえらんで、まず斥候に出かけることにした。

さて、盆地の中に踏みこんでみると、そこには通称「赤米」と呼ばれる稲穂が、私の背丈ほどに延びて一面に繁っている。これは身を隠すには好都合かもしれないが、反面、どこから何が飛び出してくるやら、分かったものではない。私たちは注意ぶかく四方に気をくばりながら、それでも盆地の中ほどまで進んできた。

ふと見ると、三百メートルほど前方に、一本の枯木が立っている。おかしいぞ、と直感したのは、この盆地には、いままで一本の立木も見当たらず、みごとに切り開かれた平地になっていたからである。なおよく注意して見ると、それがなんと米軍の将校ではないか。

彼はカーキ色の戦闘服をまとい、ひょろりとした背格好で、右手を目の上にかざしてあたりのようすをうかがっていたのである。これは将校斥候に違いないと考えた。まだほかに数人の兵隊が、多分草の中に隠れて見えないのだ。少々大袈裟にいえば、ここではからずも、日米の将校斥候同士が、サンホセ盆地の争奪をめぐって鉢合わせしたわけである。

正直いって、私が米軍の正規の陸兵を見たのはこれがはじめてであった。源平合戦のさい、平知盛が女房たちに向かって言ったという「珍しい東男(あずまおとこ)」とは、これだったわけだ。

私は先制攻撃に出ることにした。先手必勝という言葉があるが、先手に出た方がなにかと優位に立てるものだ。そこで私は、部下たちにこうささやいた。

「いいか、オレの号令で一斉に撃つんだぞ。けっしてバラバラに撃つなよ」

こちらは単発式の「三八式歩兵銃」が三梃である。せめて三発まとめてお見舞いしたいものだと考えるのは、諸事劣勢をかこつ日本軍将校のせめてもの見栄である。部下たちにも私の気持が通じたようで、彼らは力強くうなずいた。

十分に狙う時間をあたえたあと、

「撃て！」

パンパンパン。

「撃て！」

パンパンパン。

勝負はそこまでであった。さっき枯木のように見えた敵の将校は姿を消したが、そのあと猛烈な銃撃が私たちを襲ってきた。地面にぴったりと体を伏せている私たちの目の前に、無数の銃弾が飛び散ってきて、地面にピシピシピシ……とつき刺さるのがよく見える。敵は自動小銃を腰だめにし、ホースで水をまくように左右に振りながら撃ちまくってくるのだ。

銃撃戦は私たちも何度か経験していたが、そのときの相手は、農民の自警団か、せいぜいヨサッペで、米軍の正規の兵隊ではなかったから、それほど撃ちまくってはこなかった。このたびはさすがに米軍正規兵である。弾丸は瞬時も絶えることなく飛んでくる（これは二名ずつが交替しながら撃っていたことをあとで知った）。

このままでは危険だと感じた私は、部下たちに大声で命令した。

「場所を移動するぞ！　オレが先に行くから、オレの真似をしてあとにつづけ！」

それから急に立ち上がり、背を丸めて低い姿勢のまま、右手に向かって十五、六メートルほど突っ走った。部下たちも私のあとを追って走りこんできた。

「間隔をたっぷりとれ！　なるべくバラバラになるんだ！」

私は矢つぎばやに命令を下した。このときの私の処置は適正であったと自負している。それは、敵の銃撃は相変わらず間断なくつづけられていたが、弾着点が、だいぶ私たちからずれてきたからである。敵には私たちの姿がまだよく見えていないのだ。

ひと息ついた私は、つぎはどうすればいいかを考えた。じりじりと後退するか、さもなければ側面から接近して、ふたたび狙い撃ちに出るか、二つに一つの選択を迫られていた。ちょうどそのときである。私たちの右手前方、つまり、敵の左側面の林の一角から、突然、軽機関銃の発射音が聞こえてきたのである。

タタタタ、タタタタ……。

じつに軽快な響きであった。とたんに敵の銃撃がピタリと停まった。

軽機はまだ撃ちつづけている。私たちは今度こそはっきりと立ち上がり、右手前方に見える林に向かって一散に駆け出した。

これは日本の正規の歩兵部隊であった。たまたまこの近くを通過していたさいに、私たちの銃撃音を聞きつけ、応援に駆けつけてくれたのである。

このあと、私たちは敵のいたあたりをさがしてみたが、そこには血糊のついた衣服や、携帯品の一部などが散乱していたが、一つの死体も一人の負傷者も残ってはいなかった。このことについては、終戦後に捕虜収容所の中で、ある米軍将校が私に語ってくれたつぎのような指摘が、その解明に役立つものと思われる。

「私は日本軍がかならず負けると信じていた。なぜならば、あなた方は戦友たちをあまりにも粗末に扱いすぎるからだ。このような民族を、神が許すはずがないのである」

ところで、サンホセ盆地での戦いは、これで終わったわけではなかった。銃撃戦が終わって十分もたったろうか。今度は丘の向こうから観測機が一機、超低空でやってきた。この観測機というのは、いろいろな目的で使用されているが、本来は砲兵隊に所属する軽飛行機である。高翼単葉の二人乗りで、胴体の下部が分厚い鉄板でおおわれ、地上からの銃撃などはじきかえしてしまうほど堅固にできている。

この飛行機の任務は、目標の探索と砲弾の弾着点を修正することにある。つまり、砲撃の目標をさがし出すと、そこから砲までの距離と方向を無線で即座に連絡し、さらに砲弾の弾着点を確認し、それを詳細に報告して修正させるのである。そのため、米砲兵隊の正確度は抜群であった。

その観測機が地上すれすれまで下りてきて、あちらこちらと目標（日本軍部隊）をさがしまわりはじめたのである。私たちは大急ぎで木陰に身を隠し、事の成り行きを見まもっていたが、まもなく山の反対側から、ドーン、ドーンと、まるで太鼓をたたくような砲声が聞こえてきた。

一、二、三……と、無意識のうちに秒を数えていると、六、七秒目あたりで突然、耳元をシュル、シュル、シュルと弾丸がかすめ、目の前十メートルのあたりで轟音とともに炸裂した。このときは肝を冷やしてしまった。私にとって、砲撃を食らったのはこのときがはじめてであった。

飛行機による爆撃や銃撃の場合なら、相手が見えているのでまだ方策の立てようもある。しかし、砲撃となると、相手が全然見えないだけに、まことに始末が悪い。弾丸がどこに飛んでくるのか、ともかく、あのシュル、シュル、シュルという不気味な音を聞くまでは、皆目見当がつかないのであるから、本当に参ってしまう。

ここでは、この砲撃を三十分近くもくらい、ヘトヘトに疲れてようやく解放されたのであった。私にしてみれば、不慣れな地上戦闘よりは、勝負の早い空戦の方が、よほど性に合っている。いまさらのように、失った翼が恋しくてならない。

突然、この年の正月、太刀洗を発つときに燃えていた、あの熱血がよみがえってきて、つぎのような歌が自然と口の端にのぼってきた。

リンガエンに　いざ死に場所を求めんと
勇みし時は　去年(こぞ)の雪空

死臭ただよう山

八月二日、山中大隊はペニヤンを放棄して、さらに奥まったピナパックまで撤退することになった。国道五号線はいたるところで分断され、米比混成軍は日本軍のあとを追って、五号線から東方の山間部にまで分け入ってきたからである。いたるところで砲声が殷々と鳴りひびき、ときにはM4戦車の走りまわる、不気味なキャタピラの音までが伝わってくるようになった。

この時期、もう米の収集などは不可能で、各小隊は自活の道を講じなければならなくなっていた。私たちが隠れ住んだ山間のこの集落にも、毎日きまってB24やB25が来襲してきては絨毯爆撃をくり返した。

ルソン島を進撃する米軍M４戦車。北上する米比軍によって、北部ルソンの山奥に追いつめられた翼兵団の将兵は、食料不足から極度の栄養失調に陥り、次々と熱帯熱にたおれていった。

その間隙を縫って食糧さがしに奔走するのだが、いかんせん、食糧になるようなものは何ひとつ手に入らないのである。椰子の木やバナナの茎などは、切り倒してその芯までも採取したし、柔らかそうな草は、たとえそれが毒草であっても摘み取ってくる。

せっかく備蓄された米も、いまでは逆に放出された。それも、なるたけ食い延ばさねばならないから、一日の量はいきおい限られたものになった。使役のために飼育していた水牛も、今日は一頭、明日は二頭と屠殺されるようになってきた。そのころ山中大隊では、潮汲みのために、マドレ山系を越えて東岸の太平洋岸へ一隊を派遣した。

極度の食糧不足と栄養失調のため、熱帯熱患者は急増の一途をたどった。私たちのように、部隊を組んでいる者ならまだしも、あちらこちらの戦線から、辛うじて逃げのびてきた遊兵（所属する部隊がなくなった兵）たちは悲惨であった。彼らは一度発熱したら、もう終わりで、面倒を見てくれる者はだれもいない。野戦病院から追い出されてきた患者たちも同様であった。

私たちがここへ来るまでに、途中で拾ってきた例のキニーネの瓶が、最高の貴重品となり、それが部外秘扱いにされたのも、このころのことである。他人は死んでも、自分だけは生き残りたいと考えたところで、それをエゴと断ずるには、環境があまりにも過酷すぎる。

私たちは連日、方々を歩きまわった。なにか食べられるものはないか。その連中のいたるところに、将兵の死体がゴロゴロと転がっていた。人が死ぬときは水を求めると聞いていたが、確かにドモン河の河岸には、折り重なるように死体があふれていた。それは古い死体と真新しい死体との混交であった。

バハイというバハイには、かならず数個の死体が横たわっていたが、私たちは、その死体をまさぐり、少しの食糧でも発見されれば、それを持ち帰った。兵たちは長い行軍のあとなので、軍靴が痛んでいた。病院を追われた患者たちは、意外に真新しい軍靴を履いていた。それがすぐに狙われて、死体から、腐敗した足首がもぎ取られた。中味は河のほとりで掻い出され、ついでに軍靴も水洗いされた。

死体は、日がたつにつれてその様相がどんどんと変化していく。はじめのころは、南方特有の高温と多湿のために、まず内臓が腐敗をはじめ、そのさいに発生するガスで、腹が太鼓のように膨れあがる。それに、日本内地では見たこともない狂暴な蝿と蟻が、真っ黒になるほどたかって、柔らかいところから食いちぎりにかかる。

さらに夜は夜で、夜行性の大トカゲ（体長一、二メートルほど）がどこからともなくむらがってきて、腐敗した内臓から食いにかかるのである。そのために、たちまちのうちに死体の腹部にポッカリと空洞ができてしまう。腐敗の度合はさらに進行し、今度は筋肉部分が食い荒らされて骨が見えてくる。中にはもう白骨だけになり、大きな眼窩とむき出しの歯を見せて横たわっているのもある。

このような死体にはさまれて、屠殺された水牛の大きな肋骨が、天に向かって突き出していたり、死臭と腐臭が山全体に重苦しくただよう中を、これもどこから飛んでくるのか黄色い小型の蝶が、死体から死体へと戯れるように飛びかっていた。一本の木にも一葉の草にも、私たちの体にまでも死臭や腐臭が染みこんで、それが、ときには何かの拍子で、洋皿に盛られた血もしたたるビーフステーキを連想させてしまうことさえあったのである。

ここではもう倫理も道徳も陰をひそめてしまった。義理や人情もいまでは遠い昔の遺物のように思えてくる。人はもう自分のことしか考えなくなった。そのころ人肉を食ったヤツが現われたという噂が流れ出していたが、食った方にも食われた方にも、だれもたいして義憤を感じないし、同情もしなかった。

また、どこかの部隊では、部隊長が部隊全員に渡す米を勝手に炊いて一人で食ったという噂も流れていたし、ナバソの山中に立てこもった在留邦人の女性が、どこかの部隊長の妾になっているという噂も流れてきたが、それに対してだれも、特別の感情を現わす者はいなかった。

自分がどうやって生きるか、今日一日をどうすれば生き延びられるか、それだけが考えていることのすべてなのである。それはまさに、地獄そのものであった。

終戦になって、マニラに近い捕虜収容所に収容されていたころ、その当時を偲んで、詠んだ歌がある。稚拙をかえりみず公表する。

山中に　水牛の屍冷たし
　黄色き蝶の　戯れており

比島では　蝶も悪魔のたぐいなれ
　屍々と　飛び交いてありき

山中に　餓えて人肉を食ったという
　人の心の　浅ましきかな

第八章　戦い熄んで

死に場所はいずこに

ある朝とつぜん、定時の空襲がぴたりと停まった。それだけではない。山里の方で終日、殷々と響きわたっていた砲声も、その日を限りにとつぜん、聞こえなくなったのである。

（おかしいぞ！）

だれもがそう感じた。とまどい気味の私たちの頭上に、一機の観測機が飛来したのは、それからまもなくしてからであったが、それも不思議なことのように思えた。私たちのいるこの山裾は、野砲の射程外にある。砲兵隊に所属する観測機など、これまでに一度も姿を見せたことはないのだ。

私たちは薄気味悪くさえなってきた。ひょっとすると、野砲がもうこの近くまで進出してきているのではなかろうか？　私たちは身を隠すことさえ忘れて、呆然と、この観測機の行動を見まもっていた。

私たちの頭上まで接近してきた観測機が、今度はぐるぐると旋回をはじめたのである。しかも、その一人などは、私たちに向かって手を振っているではないか。

(一体、これは何のまねだ!?)

私たちは、怒りさえ覚えはじめていた。そのうちに、今度はなにやらバラバラと紙片を落としはじめた。その紙片が、風に舞って八方に散ってゆく。これは伝単だとすぐに気がついたが、それを拾いに行くよりも、この観測機の行動を監視している方に、神経はより集中していた。

やがて飛び去っていった観測機に、私たちがホッと一息ついたそのあとに、今度は、とんでもないニュースが飛びこんできたのである。

「戦争は終わったようだ」

口から口へと伝えられていくこのニュースの源は、さっき撒かれた、あの伝単によるものと思われた。現に、私の手元にとどけられたその伝単には、つぎのような、驚くべき記事が載っていたのである。まず大見出しで。

『皇軍将兵ニ告グ。待望ノ平和再ビ来レリ——』

以下、天皇が終戦の詔書を読まれたこと、内地ではすでに平静を取りもどしつつあることなどが書かれてある。

「敵の謀略に乗らないように……」

さっそく、大隊本部から伝令が飛んできて、そう告げながら走り去っていった。

しかし、顕著な変化はその後もつぎつぎに現われてきたのである。私たちがこれまで見たこともない、米軍の大型輸送機ダグラスが、二機、三機と編隊を組みながら、北に向かって飛行していく。そのうえ、つぎに撒かれた伝単には、天皇が読まれたという「終戦の詔書」の全文が掲載されていたのであった。

（おかしい……）

敵の謀略にしては、あまりにも手がこみすぎている。もうそのころになると、部下たちの表情にも微妙な変化が、読みとれるほどになってきた。ちょうどそのころ、ナバソの山から下りてきた数人の兵隊が、私たちに向かってこんなことを告げたのである。

「戦争はどうやら本当に終わったらしいです。上の方では、こわれていたラジオを大急ぎで修理し、日本語の放送をキャッチしたらしいんですが、それによると軍隊は解散になるらしいんです。いま、大あわてでその対策を検討しているようですよ」

これは重大なニュースであった。先般来の伝単の内容から、戦いは日本が負けたらしいことはうすうす感づいてはいたが、その結果、軍隊が解散になるというのは、これが初耳であった。

（オレたちは一体、何のためにいままで生き抜いてきたんだろう？）

素朴な疑問が、まず湧き上がってきた。最後の持久戦を戦いぬいて、ついには米軍に勝つことが唯一の夢ではなかったのか。現に兵隊たちは、今日も何人かが死んでいく。その彼らが、なにを拠り所として死んでゆくのか。最後の勝利の日を夢みながら、それを果たすことができなかった自分自身を責めながら、彼らは死んでゆくのではないのか。

それがかりに嘘であっても、せめてそう考えてやらなければ、彼らがあまりにも哀れである。それが、軍隊が解散になるなど、それでは最後のいくささえもできなくなるではないか。

死んでいった兵隊ならずとも、生きているわれわれでさえ、それではあまりにも惨めすぎる。私の胸は悲しみに打ち震えた。

（上の方では最後の一戦を決意するのではなかろうか。なるべくそうであって欲しい。オレの死に場所は、もうそこにしか残されていないのだ）

私の頭に、ふたたびいつかのあの歌が浮かんできた。

リンガエンにいざ死に場所を求めんと

勇みし時は　去年の雪空

太刀洗を出発したころが無性に懐かしく思い出された。私は隼戦闘隊員なのだ。私はリンガエンの特攻隊員なのだ。現在の地上部隊はかりの姿でしかない。私の頭の中には、いずれはふたたび隼に乗りこんで、華々しく敵と戦い、ついには大空の中に消え去っていく自分の姿ばかりがつねに明滅していたのだ。それが私に課せられた運命なのだと信じてもいたのであった。それにひきかえ、この無様な負け方は、一体、何だ！　私は無性に腹が立ってきたのであった。

その夜、私はドモン河の河岸に一人腰を下ろしていた。月の光が冴え渡って、水面は金粉をまき散らしたように輝いていた。深閑と静まりかえった夜のしじまを、ときたま、けたたましい夜鳥の叫びが切り裂いていく。サワサワと、柔らかな音を立てて流れるドモン河の水面をじっと見つめながら、私は一心に何かを考えようとしていた。

この時期、私にはまだ迷いがあった。終戦を信じたくはなかった。かりにそれが本当であっても、最後の一戦を戦って死にたかった。マナプラで味わったあの屈辱と戦友たちの死、そしてクラークでのあの惨状。私たちが太刀洗にもどったのも、あの惨状に対する報復だけが目的ではなかったのか。このまま、もしも生き残ったとしたら、オレは死んでいった彼らに何といって詫びればいいのだ。

しかし、終戦はまぎれもない事実のようであった。

（オレの青春とは、一体、何だったのだろう。戦いの中に生まれ落ち、戦いの中に育ってきたこのオレが、戦いの中に死んでいくのが順当な一生ではなかったのか。それが、これではまるで宙ぶらりんだ。この先オレは一体、何を考えて生きて行けばいいんだ！）

止めどもなく流れる熱い涙が、私の頰を伝って顎からしたたり落ちていった。

暗闇のなかで

夜半すぎ、私は小隊にもどって全員に起床を命じた。バハイの床に、椰子油を燃やす灯火が二つ三つ置かれ、毛布の上に正座した部下たちの顔を薄黒く照らし出していた。

「オレの所見を述べる。まず、戦争が終わったことは、ほぼ間違いない事実である。つぎに上の方の動きだが、オレの考えでは、おそらく降伏を呑むものと思われる。したがって早晩、山を降りることになるだろう。ところで、祖国日本が無条件降伏を余儀なくされたことは、わが国開闢以来はじめてのことである。このことは、二千六百年の歴史のなかに、ただ一点の汚点を残したことである。しかも、それがわれわれの時代に、われわれが戦った戦争によってできた汚点である。オレはそれが口惜しい。それがなんとも情けない……」

私は涙をぬぐってあとをつづけた。

「これから先のことは。各自が好きなように考えろ、オレはもう何も言わない。各自がもっともよいと思う行動をとれ。これで終わりだ」

一人がクスンと鼻を鳴らしたのが切っかけになり、全員が大声をあげて泣きだした。私も流れる涙をぬぐおうともせず泣きつづけた。しばらく泣いたあと、全員に床につくよう指示した私は、自分の毛布の上に寝ころんでみたが、冴え切った頭に眠気はやってこなかった。灯火が消された室内に、不寝番のかすかな靴音だけが聞こえていた。私は暗い天井をにらみながら考えつづけた。

(もうすべてが終わったのだ。オレの青春も一巻の終わりになった。これからの日本はどうなっていくのだろう。これほどの恥辱は、長い歴史の中にかつてあっただろうか。大和民族の誇りは、ついに欧米人たちの泥靴で踏みにじられることになった。あの可憐な大和撫子たちも、彼らの毛むくじゃらな手によって凌辱されることになるだろう。国民のだれもかれもが、彼らの奴隷となって土の上を這いずりまわされるのだ。この屈辱を国民にあたえたのは、ほかならぬわれわれではないか!)

私はこれ以上、生きていることに堪えられなくなってきた。暗闇に慣れてきた目に、壁にかけられた拳銃がはっきりと映っていた。

(いままでにも何度かあったなア)

私は拳銃を眺めながら、これまでに何度か決意した自決のことを想った。

地上部隊を編成してまもなくのころ、私たちは間道沿いにエチアゲに向けて軍需物質を搬送していた。この物資は最前線で戦っている勇敢な部隊にとどくはずであった。私たちはあのころ、まだ友軍の善戦を信じきっていたのである。その最中に私は発熱してしまった。病状は悪化し、私は病死を覚悟した。あのときも私は、拳銃をそっと手元に引き寄せた。カピサヤンに徴発にいったさいにも、そんなことがあった。あのときは敵の砲撃にさらされ、あげくの果ては戦車に追いかけられたのである。そのときも私は発熱していて、友軍と離ればなれになったあげく、ジャングルの中で昏睡してしまったのであった。熱に冒されながら、私の手は無意識のうちに拳銃を握っていた。

自決はそのころ、もう日常茶飯のことになっていて、他人に迷惑がかかると知れば、将校は拳銃をこめかみに当て、兵隊は小銃の銃先を口にくわえた。こうして死んでいった人たちを、私はたくさん知っていた。その人たちが、すべて私より優れていたとは思えない。私にだって、彼らよりもみごとな自決ができる自信があった。

冴え切った頭の中に、今度は故郷の風景が浮かんできた。私の学んだ中学から、雪をかぶった藻岩山がよく見えた。私は夜中に一人で、よくこの山に出かけていって、スキーのツアーを楽しんだものだった。街の東部を南北に流れる豊平川のほとりに、十六歳で逝った末弟の病み疲れた顔が浮かび上がったと思えば、今度は狸小路や薄野を飲み歩く、友人たちの元気な顔が明滅した。

突然、風景が一転し、ここは椰子林に囲まれたファブリカである。教育飛行隊での晴れがましい訓練の日々が展開され、私は九七戦を駆って大空を飛んでいた。眼下に小さく見える吹き流しを目がけて、私は急降下のドライブをかけて接近する。照準器の中にとらえた吹き流しに向かって、七・七ミリ機銃を連射するや、一気に反転して急上昇。手ごたえ十分だ。

私は満面に笑みをつくって帰路につく。

今度はラカルロタの海岸通りだ（教育飛行隊の移転先）。大きな太陽が南シナ海の水平線に没しようとしている。海岸に打ち寄せる金波銀波を眺めながら、私たち練習生は、スパニッシュの美しい娘たちと語らっている。怪しげな私たちの英語も、けっこう彼女らに通じるのがなんとも楽しい。今度の日曜日には、集団のデートをしようと彼女が言っている。

また例の井戸のある広場のことか。そこでは双方からのど自慢を出し合って勝負をつける。オレは軍歌しかできないが、河少尉なら得意の「オーソレミオ」を、彼女とデュエットで歌うだろう。そんな、たわいもなく、現在とはまるで関係のない想い出が、つぎからつぎへと浮かんでは消え、消えてはまた浮かびしているうちに、いつしか意識がふたたび現実へと呼びもどされてきたのであった。

薄暗いバハイの中に、寝ている私をのぞきこんでいる部下たちの顔は、一様に物悲しくゆがんでいた。それは父か兄を見つめる、子どもたちの目のようであった。私はハッとして身を起こした。いまの私は一人ではないと強く実感した。いまの私には、三十名の部下たちが必死ですがりついているのだ。そのときどこからか、こんな声が聞こえてきたのである。

――お前は部下たちを放って、ひとりでいくつもりなのか。お前は自分のことだけしか考えないのか。お前は卑怯者になり下がりたいのか。

「分かったよ。まったくその通りだ」

私は目に見えない何者かに向かって、心の中でそう叫んでいた。その瞬間、私の体から急に力が抜けていったのが分かった。私は卑怯者という言葉にショックを受けていた。

（自決は一時見合わせるしかなさそうだ）

遠くで、気の早い鶏が、朝の来たことを告げる第一声が聞こえていた。

神田少尉自決

だれもが落ちつかない気持のまま、身仕度にいそがしかった。

「全員正装のうえ、ただちに本部前に集合」

ついさっき、大隊本部からきた伝令がそう伝えていったばかりだった。今朝の緊急集合が、なにを意味しているかは、すでに全員が肌でうすうす感じとっていた。それは〝終戦伝達式〟なのである。しかし、そのあと山中大隊長が、どのような決意を述べるのかは、だれも知らなかった。この時期、和戦両論は五分五分とみて間違いはなかったからである。将兵たちの気持はいまだに混乱していた。

もしも、大隊長から最後の一戦を宣告されれば、全員はただちにその気になったろうし、また、降伏のために下山すると宣言されれば、だれ一人、それに逆らう者はいないはずである。そんな迷いから、口をきく者はだれ一人いなかった。

私の指揮する第二小隊が、いちばん早く中隊本部前に整列をおえた。第三小隊が大声で点呼をとっているころ、私たちの後ろを第一小隊が通過して定位置につこうとしていたが、小隊の指揮をとっていたのは葉山曹長であった。

これを見た私は、なにやら少しばかり気になった。第一小隊の正小隊長である小池少尉が、現在は発熱して伏せっていたのは知っていたが、副小隊長の神田正斉少尉は元気なはずである（神田少尉は元来は第三小隊長であったが、たびたびの戦闘で各隊に死傷者が続出したために編成替えが行なわれ、そのころは第一小隊付、つまり第一小隊の副小隊長になっていたのである）。私は葉山曹長に問いかけてみた。

「おい、神田少尉はどうした」

「はい、あとから来られるそうです」

「そうか」

しかし、私にはどうも腑に落ちないものが残った。私ははるか後方に見える、第一小隊のバハイの方をうかがってみた。兵隊たちが全部出払ってしまったそのあたりは、人の気配など感じられないほど寒々としている。と、突然、その出入口からストンと表に飛び降りたのは、まさしく神田少尉であった。それが、こちらとは反対の山の斜面の方へスタスタと歩いていく。

「おや!?」

私は一瞬、得体の知れない不安に襲われた。

（多分、小便にでも行ったんだろう）

私は無理にそう思って、この不安を打ち消そうとした。ちょうどそのとき、中隊長から号令がかかったのである。

「建制順序、大隊本部前に引率！」

第一小隊が行進隊形に移り、つづいて私の第二小隊がそのあとにつづいた。小隊を行進させておいて、私はその最後尾にまわり、神田を待つ姿勢をとった。何度も振りかえりながら、だんだんと離れていく、彼との距離が気が気ではない。そのときである。
バ、バーン。
一発を誘発した拳銃の発射音を耳にしたのであった。ハッとした私の足が思わず停止した。

普段から聞き慣れていた拳銃音が、このときほど大きく聞こえたことはかつてなかった。

（まさか？）

頭の中をよぎった不吉な想像を、私は急いで打ち消した。

（どこかの遊兵たちが、また小鳥を狙って撃ったのに相違ない）

この銃声をこんなにも気にしたのは、私以外にはほかにだれもいなかったようであった。

大隊本部前には、仮設の演壇が設けられてあった。その上に立った山中明少佐が、大隊全員を前にして、沈痛な面持ちで終戦の詔書を読み終わったときには、堰を切ったように嗚咽が洩れ出し、それがついには大きなひとかたまりになって山にこだました。

覚悟はしていたものの、一種不可思議な感動が私をつつみこんできた。熱い涙が止めどもなく頬を伝って流れ落ちる中で、歯をくいしばりながら立っているのがもう精一杯なのであった。そのあとに皇居遙拝の号令がかかり、遙か三千キロの彼方を偲びながら、私たちは北に向かって深々と頭を下げた。

大隊長山中明少佐。大隊全員を前に終戦の詔書を読みあげ、下山、降伏することを宣言した。

ついで山中少佐は、声を張ってつぎのように大隊の行動を示した。

「大隊は山をおりて米軍に降伏する！　これは畏れ多くも、天皇陛下の大御心にそい奉る大隊の行動である！　このときに当たって、各人は軽挙盲動を厳に慎むべきである！　各隊は別命あるまで現在地にあって待機すべし！」

その後ただちに解散の号令がかかり、私はふたたび小隊をまとめて帰路についたが、その途すがら考えた。

（これが大御心にそう道なのか。本当にそうなら、いまさらオレの出る幕ではなさそうだ）

じつのところ、私は最後は華々しく死にたかった。飛行機はなくても、かつての戦闘機乗りの意地にかけて、敵と刺し違えても死にたかった。つい先日も、ドモン河の流れを見つめながら、それを思っていたばかりだった。あの夜、床についてからは、ひそかに自決を考えていたばかりだ。無条件降伏などという恥辱が、熱血をたぎらせている若いわれわれ戦闘機乗りに、通用するわけがなかった。

（口惜しい！　情けない！）

燃えさかる頭の中に、ふとさっきの大隊長の言葉がまたもや浮かんでくる。

「これは畏れ多くも、大御心にそい奉る大隊の行動である——」

（陛下が全軍の責任をとられるというのか）

新たな感動に胸が押しつぶされそうだ。

（それではあまりにもおかわいそうではないか）

そのとき、ふと四航軍司令官の逃亡のことが頭に浮かんできたのはなぜだろう。そして、私の頭が急に冷めてきたのはなぜだろう。

よく考えてみれば、国民に戦争を命じたのは、最終的には天皇であった。その天皇が、今度は戦争を停止せよと命じておられる。

（オレはいままで少々思い上がっていたのではないだろうか？）

私は単に予備役の一少尉にすぎない。私の上にはつねに部隊長がいて、私はその人の言うようにいつも動いてきた。輸送機で行けといわれれば、危険を犯してまでもマニラの夜間着陸を強行した。リンガエンの特攻を覚悟せよといわれれば、死生観を確立しようと懸命に考えてきた。その結果が、最高指揮官である冨永恭次軍司令官の逃亡であった。現在、私は山中大隊の一小隊長にすぎぬではないか。その山中少佐が、「大隊は降伏する」といっている。しかも、それが「大御心にそい奉る行動」だといっている。

（オレは少々思い上がっていたのだろうか？）

このとき、私の精神と肉体を締めつけていた鉄の鎖が、ガラガラと音をたてて砕け散っていった。

大きな太陽が西の地平線に沈みかけていた。南国のけだるいまでの夕刻が迫っていた。水牛たちは昨日と変わることなく、無心に草を噛んでいた。名も知らぬ小鳥たちは、相も変わらずカン高い声で囀りをくりかえしていた。ドモン河の流れは、今日も満々と水をたたえて、静かに流れ去っていた。すべての風物は、昨日と少しも変わっていなかった。変わってしまったのは、私自身の心だけのようであった。

放心したように箸を使っていた夕餉のバハイのなかに、突然、第一小隊の兵隊が数人飛びこんできた。彼らは私を見るなり大声で叫んだ。

「少尉殿！　神田少尉殿が自決……」

「なにッ！」

全部を聞かずに私は飛び出した。どこをどう走ったのか覚えはないが、向こうに見える第一小隊のバハイの裏側、山の斜面の一角の人だかりに向かって、私は飛ぶように走った。

「神田ッ！」

目の前に横たわっていた遺骸に抱きついた私は、大声で叫んだ。熱い涙がバラバラと頬をつたって落ちた。

神田は平生着用していた飛行服の上衣に、将校用のズボンをはいていた。編上靴の紐はしっかりと結ばれており、少し目深にかぶった略帽の側面が、流れ出た血潮に染まって、すでに変色していた。右手には拳銃の紐が、手首にまでしっかりと巻きつけられていて、こめかみの右から左にぬけた貫通銃創の跡が、はっきりと確認された。

「分かるよ。お前の気持はオレにもよく分かるよ……」

私は声に出して神田の遺体に語りかけた。あの晩、私が寝床の中で考えたことと同じことを、神田も考えたのに相違ないのだ。

「オレもやろうと思っていたんだ……」

私は弱々しくつぶやきながら、神田の肩を強く抱きしめた。

私が自決を思いとどまったのは、何者かに制止されたからである。それは確かにこう言った。

「お前は自分のことしか考えていないのか？　お前は部下たちを放って、ひとりだけで行くつもりなのか？　お前は卑怯者になりさがる気か？」

その点、神田は少し違っていた。編成替えがあって、彼は第一小隊付になっていた。彼の上には正小隊長の小池少尉がいた。もしも、彼が以前のように、第三小隊長をやっていたらどうだったろう。私はそのあたりに、決行と中止の違いが出たと考えたかった。

神田の遺骸はその場に丁重に埋葬された。私は彼の頭髪を、血糊を避けながら少しばかり切り取って小箱におさめた。彼の右手からはずした拳銃は、遺品として私が預かることにした。懐かしい温もりを残すこの黒い鉄の感触が、私に新たな涙をさそった。

突然の出頭命令

〝終戦伝達式〟のあとは、山のムードがすっかり変わってしまった。少なくとも、敵の襲撃を警戒する神経の緊張は薄らいでしまい、あとはできるだけ熱帯熱にかからぬよう、万全の注意を払うだけとなった。

山を下りるための準備としては、備蓄してあった米やトウモロコシが大量に分配されたため、その精白作業に追われることになった。その合間を縫いながら、衣服や軍靴のつくろいである。新しく背負子をつくりなおす者もいれば、頭髪を刈ったり、ヒゲを剃るのも仕事の一つであった。銃や剣をみがき、弾薬類も処分しなければならない。

そんな作業がつづけられている間にも、いろいろな噂がつぎつぎと耳に入ってきた。

「米軍はわれわれ日本軍人を内地には帰さないらしい」

「いや、帰すことは帰すらしいが、その前に全員の子種を絶やす注射をやるそうだ」

「将校は全部、銃殺と決まったそうだ」

「いや、全部ではない。ただ憲兵と飛行兵の将校だけだそうだ」

流言飛語と言ってしまえばそれまでだが、こんな噂が乱れ飛ぶのも、米軍の扱いに対する期待と不安が入り混じっているからである。

私はそれらの噂に対して、沈黙を守り通していた。部下たちも私を見習ったのか、いっさい無言であった。信頼感が深まれば、おのずから責任感は増大する。私はこのとき、自決を思いとどまったことを本当によかったと実感した。

そんなころ、大隊本部から軍使の一行が、当面の米軍本部に派遣されたという噂が流れてきた。この軍使は、ナバソの山に立てこもった日本軍全部隊の代表の資格をあたえられているそうだ。してみると、ナバソの山の日本軍全部隊の中では、山中大隊がもっとも強力な部隊だったのだと推測された。

それから数日たったある日のことである。突然、伝令がきて、私は本部に呼ばれたのである。行ってみると、すでに命令が準備されてあった。

「宮本少尉は、サンホセにある湯口部隊に赴き、命令を受領した後、ただちに本隊に帰還すべし」

ここではじめて登場する「湯口部隊」というのを、『北部ルソン戦』（小川哲郎著、徳間書店刊）の記述を借りて説明すると、つぎのような部隊なのである。

「（前略）翼兵団とともにカガヤン河谷を守っていた第百三師団（駿兵団。師団長、村岡豊中将）は、独立歩兵二個旅団（荒木、湯口）、師団砲兵隊、工兵隊、輜重隊、通信隊、野戦病院その他で編成され（中略）北部ルソンを執拗なゲリラ活動に対して警備していた。（中略）カガヤン河谷に残っていたのは独立歩兵一七五（山下）、一七七（坂巻）、一七九（一瀬）と一八〇（有園）大隊及び前記諸隊を加えた湯口兵団であった（後略）」（傍点は著者による）

私の所属する山中大隊が、湯口部隊の命令を受領するということは、万一、湯口部隊が山中大隊と異なった行動に出るとすれば、その動きに追随することを意味している。それは、カガヤン河谷にある日本軍は、それぞれが勝手な行動は許さぬということなのか。山中大隊は翼兵団の所属だが、翼兵団というのは航空隊が臨時に編成した地上部隊で、本来が戦闘専門の部隊ではない。もしかすると、戦闘専門の湯口部隊が、われわれに何らかのいちゃもんをつけてきたのかもしれない。

ともかく私はすぐにでも出発できるよう、これから大至急、準備しなければならなくなった。ところが、その日の真夜中ごろ、私はふたたび伝令によって本部への出頭を命じられたのである。

「大至急、本部まで出頭して下さい」

事態は急変したのだ。すぐに行くからと伝令を先に帰し、私はさっそく軍服に着がえると表に飛び出した。久しぶりの緊張感で身内が引き締まる。

本来ならば、ジャングル内の小径をいくのが順路なのだが、こう暗くては足元が覚つかないだろうと判断した私は、少し遠まわりになるが、ドモン河の河原づたいに行くことにした。

この夜は月が皓々と照っていて、ちょうど中天にかかった月の光が、河原の全景を蒼々と照らし出していた。いつものように、河の水面は金粉をまき散らしたようにキラキラと輝き、豊かな水量は、滔々と岸辺を洗って流れていた。ときおり甲高く啼く夜鳥の声も、今夜の私にはむしろ快い刺激となり、すべてのものが、夢幻の世界を演出する名ディレクターのように思われるのであった。

河原には石ころがゴロゴロと転がっているので、目線はつい足元の方にばかり集中する。ふと顔を上げたとき、十メートルほど前方に、二人の兵隊が並んで寝ているのが目に入ってきた。

（馬鹿者どもが！　どこの部隊の兵隊だろう。いくら家の中が寝ぐるしいといっても、この真夜中に毛布もかけずに寝ていては、風邪をひいて、またマラリアが出てしまうだろうに……）

私は少なからず腹が立った。せっかく戦争が終わり、うまくすれば日本に帰れるかもしれないというときに、こんな不用心が許せる道理がないのだ。私はズカズカと走り寄り、この二人に向かって大声で怒鳴りつけたのである。

「馬鹿者！　起きろ！」

「…………」

「オイ！　起きろと言ってるんだ！」

「…………」

私はさすがに変だと気づき、二人に顔を近づけた途端、思わず二、三歩うしろに飛びさがってしまった。彼らは死んでいたのである。いつ死んだのか、顔面はすでに白骨化している。

（何ということだ！）

二つ並んだ軍服姿の死体の前で、私はしばらく絶句した。この山に入ってひと月あまり、食べる物はなく、そのうえ熱帯熱は猖獗をきわめた。敵機による空襲はいっときも止むこともなく、絨毯爆撃と機銃の砲火にさらされながら、それでもようやく終戦を知らされたばかりではないか。米軍の扱いに対する不安はまだ取り除かれないとはいうものの、降伏すればいまよりもひどい物を食わせはしないだろうし、医療設備も完備していることだろう。

せっかくここまで堪えてきて、何でいまごろになって死んだのだ。何でもうしばらく生きていてくれなかったのだ。私はだんだんと彼らが不憫に思えてきた。しかし、いまは何もしてやることができない。私は任務を帯びて本部に向かう途中である。二つの遺骸に向かって合掌すると、急いでその場を立ち去った。

三人の軍使

本部では、つぎのような指令が待っていた。

「急に予定が変更された。明朝は予定どおりに出発してもらうが、今度の行き先は米軍の本部である。先行している岡本大尉に会い、彼の指示にしたがって、米軍の準備する車両をもちい、湯口部隊との連絡にあたってほしい。従兵は日本兵として恥ずかしくない者を、二名選考して同行させること。なお、くれぐれも白旗を準備することを忘れぬよう。細かい打ち合わせはこの後で行なう。では途中、気をつけて行くように」

先刻の遺体にはふたたび合掌ですませ、小隊に飛んで帰った私は、さっそく全員に起床を命じ、今度の指令についてあらましを説明したあと、その準備を命じた。真夜中だというのに飯が炊かれ、各自の持ち物の中から、いちばん上等な下着類や軍服などが提供された。その中から、白い晒しの褌をハンカチ大に二枚切り、それが白旗である。

私は同行させる二名の部下のことを考えていた。日本の軍人として恥ずかしくない者といえば、その条件の一つは背が高いことだと考えた。さらに態度も厳正でなくてはいけないし、度胸もよくなくてはいけない。それは万一のことを考えたからである。いくら終戦になったからといって、敵がにわかに豹変するかどうかなど分かったものではない。いざとなれば、命をすてるぐらいの覚悟がなければ、この任務は勤まらないのだ。いろいろ考えた末に、私はつぎの二名を指名したのである。

「中島軍曹、桑原伍長！　お前たちは小隊長に同行する！　いいか！」

「はいっ！」

「はいっ！」

元気な返事がはね返ってきた。気持のいい連中である。

この二人は、中島善次郎軍曹（青森県出身、十八戦隊）、桑原秀臣伍長（福岡県出身、五十一戦隊）である。

私たち三名は、長い時間をかけて、いろいろと打ち合わせを行なった。途中の進路のことはもちろん、本部から指示のあった。途中の目標地点とそこにおける行動など、さらに、携行する武器と弾薬は充分に用意し、手榴弾は二個ずつ腰につることなどをとりきめた。

準備はすべて完了した。夜が白々と明けそめたころ、私たちは小隊全員の見送りをうけながら、勇躍して途についたのである。

「小隊長殿、途中くれぐれも用心して下さい。アメ公は一体なにを考えているか、分かったものではありませんから……」

　今朝はどんよりとした曇り空で、いまにも雨がふり出しそうな気配であった。さんざんに歩きまわったこのあたりが、いまの私たちには何やら新鮮な景色に感じられるのは、私たちが第一装の正装に威儀を正しているせいかもしれなかった。現に、途中で出合った遊兵たちのだれもが、驚いたように私たちを見つめ、あわてて挙手の礼で見送ったのであった。

　わが方のここが最前線と思われるあたりを通過したとき、いよいよ敵陣に乗りこむ決意のようなものが、沸々と体内に湧き上がってくるのを覚えた。終戦になったことは知っていても、つい先日までは、たがいに憎悪に満ちた殺し合いをくりひろげていた相手である。油断は禁物だ。

　明け方近くにふった豪雨のためか、第一渡河点は腰までつかる水深であった。私たちは武器弾薬を頭上に高くかかげながら、辛うじて向こう岸に到達した。

　このあたり一帯は、私たちがかつて一時駐留したことのある、懐かしい場所である。いまは猫の子一匹見当たらないが、河岸に立って四方を見渡してみると、そこに生えている一木一草までが、なにかの想い出につながってくる。

　第二、第三といくつかの渡河点を通過しながら、私たちは米軍の旧最前線を突破していった。第一目標の海軍広場は、もう目と鼻の先である。私はそこで小休止を命じ、服装の乱れを正し、白旗を準備させた。例の晒しの小旗である。

小休止をおえて数歩も行かないうちに、このあたりの変わりように、私はすっかり驚かされてしまったのである。いつのまに造られたものか、幅が三メートルほどの戦車道が、蜿蜒と前方にのびていて、その両側の樹木の枝には、通信用の電話線が、これまた蜿蜒と先の方までのびている。これを見た私たちの緊張感は、ますますたかまってきた。

海軍広場に着いてみると、そこにはいたるところ缶詰の空缶と、たばこの吸い殻が散乱していた。私たちの日常生活とは無縁の品物ばかりである。それにしても、この静けさは一体どうしたことなのだろう。人の声はおろか、小鳥の声すら聞こえてこない。あまりの静寂はかえって不気味である。

広場をとりまく丘陵とジャングルを、注意ぶかく眺めまわした後、部下に命じ、広場の中央に立って白旗を振らせた。これは昨夜、本部から指示された行動なのである。こうしていると、米軍の監視兵が迎えにくるというのであった。

しかし、いくら待っても迎えはあらわれなかった。なんの物音もしない小盆地の真ん中で、盛んに白旗を振りまわす兵の姿こそ、なにやら鬼気迫る思いで気味が悪い。

(これは話が違う!)

私たちは任務の第一歩から、もう狂いが生じてしまった。あとは私自身の判断により、すべての行動を律するしか方法がない。

「もっと先まで行ってみよう」

私は部下をうながして歩き出した。

「白旗はそのまま高く掲げておけよ」

先ほどからふり出していた小雨が、いつか本ぶりとなって軍服の中まで浸み透ってきた。下着がべっとりと、肌に生温かくへばりつく。こんなときがいちばん発熱しやすいのだ。マラリアの前科をもつ私は気が気でなかった。

戦車道もぬかってきた。軍靴の中にも泥水が容赦なく浸入してくる。ものの三十メートルも行ったころ、右手の道路脇に立っている大きな布看板が目に入ってきた。

『投降する日本兵平人集合所』

緊張していた頬の筋肉が思わずゆるむ。

「何だいこりゃあ。ふざけやがって！」

思わず声に出てしまった。私たちは断じて投降兵ではない。私たちは立派な軍使なのである。私の自尊心は、この立看板を無視しようとしていた。

と突然、私の頭の中に、昨夜、河原で見た二つの死体のことが浮かんできた。彼らがもしもこんな看板のことを知っていたなら、果たしてあんな淋しい死にかたをしただろうか。この看板は丈夫で元気な将兵たちにとっては、屈辱とうつるに相違ないが、彼らのように弱り果てた兵隊たちの目から見れば、それは神の救いと思えるかもしれないではないか。

戦いのために定められた軍律や規則などは、すべて、健康な将兵だけを対象につくられたものである。野戦病院すら逃走してしまって、寄るべもなくさ迷っている傷病兵たちのために、軍では一体どんな救済の方法が講じられていたというのか。

私の胸の中に、冨永軍司令官の逃亡と、残された飛行隊の哀れな末路のことが、ふたたびよみがえってきて、口惜しさがこみ上げてくるのであった。

私たちはこの看板に示されてある矢印の方向に向かって歩き出した。この看板は、私たちに屈辱感を嵩じさせたことは確かだが、一方ではなにやら安心感をあたえてくれたことも確かであった。それが証拠に、部下たちの顔つきが、一時よりはかなりなごんで見えたからである。

しばらく進むと、ふたたび渡河点にさしかかったが、ここを渡ればペニヤンのはずである。私たちの大隊がエチアゲから撤退してきて、最初に落ちついたのがこの集落であった。あれは七月のはじめごろのことだったが、あれから二ヵ月もたっていないのに、この変わりようはどうだろう。

さまざまな思い出が胸の中を去来して、一歩を踏み出すのも辛い思いである。いろいろな想い出を残す一木一草に目をやりながら歩を進めていくうちに、この道路は明らかにカピサヤンに通じていることに気づいた。カピサヤンはこのあたりではいちばん大きな町であり、私たちも何度かこの町に米を徴発にいったことがある。

（そうか！　敵の本隊はここに駐屯していたのか！）

私は合点するものがあったが、それにしても敵はずいぶんと近いところまで進出していたものだ。背筋がうそ寒い思いである。もうあとひと月も終戦がのびていたら、私たちは確実に彼らと接触し、あげくの果てに全滅するところであった。

雨の最前線

時計を持っていないので、正確なことは分からなかったが、あの立看板からかなり歩いてきたような気がしていた。そのとき、前方にまたもや例の看板が目に入ってきたのである。

『投降する日本兵平人集合所』

（近い！）

私はにわかに緊張した。

まわりの景観が急にひらけてきて、樹木の間隔もまばらになってきた。あちらこちらには、バハイも見え隠れしている。神経がピリピリと音を立てて引き締まるのが分かる。いざというときは、いつでも戦闘に応じられる心がまえと、その準備が必要だ。私の気持がすぐに部下たちにも伝わったようで、彼らは銃の槓杆をたしかめ、腰の弾薬などを点検していた。

このあたり一帯は、もう草原といってよいほどにひらけていた。その正面が高台になっていて、この戦車道は草原の中央をつっきり、高台を登ってその彼方に消えていた。戦車道が消え去るあたりの右手に、一軒のバハイが建っており、私の直感はそこに人の気配を感じとっていた。直距離にして約百メートル。

「あそこだ！　間違いない」

私は部下たちを振り返りながら、そう断言した。

「白旗を目立つように上げろ！」

バハイの中で人影が動いた瞬間、二人の人間が外に飛び出してこちらに正対した。彼らはたしかに自動小銃をかまえている。ほかにバハイ内の一名も、こちらに銃を向けているのが見える。バハイの中から、外に飛び出した二人に向かって何かを投げあたえた。わりに大きな物体である。

私はいまこそ落ち着かなければならないと、自分自身に言い聞かせながら、部下たちの方を見てニヤリと笑ってみせた。彼らもそれに応じてくれたようだが、私の目には、単に口元に不自然な皺が寄ったとしか映らなかった。私は自分の手で、雨に濡れそぼった白旗をひろげなおした。あとはそのバハイに向かって、まっすぐに進むだけだ。

高台に通ずる戦車道を進みながら、目はじっと前方の二人に注がれていた。その二人が、足元の方からだんだんと消えていく。高台の急坂に近づき、その死角に入ってきたためだ。これは私たちにとって幸いした。敵と真正面から相対する直前に、わずかでもこちらの自由に使える時間が生じたことは、それをいろいろに活用することができるからである。

「けっして卑屈になるなよ。大きな顔をしてついてこいよ」

私はまず部下たちにそう声をかけた。彼らは大きくうなずいてくれた。つぎに、

「お互いに服装の乱れを点検しろ」

私も濡れた軍服の皺をのばし、あちこちについた泥を拭った。一歩、また一歩と、雨に濡れた急坂を、ゆっくりと時間をかけて登った。この坂は斜度が三十度ほどもあり、そのうえ雨で赤土がむき出しなので、じつに滑りやすい。呼吸が乱れないように登るのは、けっこう骨が折れる。数分後、私の目線が死角を脱したその瞬間、突然、目の前に二人の大入道の姿が出現したのであった。

わずか五、六メートルの距離をへだてて、身の丈が二メートルもありそうな米兵が二人、袈裟のような雨合羽を頭からスッポリかぶり、こちらに向けて自動小銃をかまえて突っ立っていたのだ。私は正直いって心臓がドキンと大きな音をたてた。さっきバハイの中から彼ら

に投げあたえた物は、どうやらこの雨合羽だったらしい。

私は深く息を吸いこむと、覚悟をきめて彼らのそばまで近寄っていった。

私は中学のころ、英語が比較的得意の方だった。単語などはカードに書きこみ、通学の途中で一心に覚えたものである。しかし、このさい、なんと言えば彼らに私の任務を理解させることができるだろうか。私はけっして単なる「投降兵」ではないのだ。白旗を掲げているのは、戦闘する意志のないことを示す目印にすぎない。私はある任務を帯びた「軍使」なのだ。「軍使」を英語では何と言うだろう。そうだ、思い出した。「アンバサダー」だ。ようし、これでいってやろう。私の頭の中は数秒の間にいそがしく回転した。

「アイ　アム　ザ　ミリタリー　アンバサダー」（私は陸軍の軍使である、といっているつもり。以下の英会話は、すべて「つもり」がついているものと理解して頂きたい）

二人の米兵はたがいに顔を見合わせている。どうもまだよく分かっていないらしい。私はつづいてこう言ってやった。

「アイ　ウォント　ツー　ゴー　ツー　キャプテン　オカモトズ」（私は岡本大尉のところに行きたいんだ）

これはすぐに分かったようで、彼らはオー、オーと言いながらうなずいてくれた。途端に私は立ちなおった。

（よし、オレのブロークンが、彼らに通ずることが分かったぞ）

私は胸を張って、さらにたたみかけた。

「ブリング　ミー　ツー　オカモトズ」（岡本のところへ連れて行け）

考えてみれば、ずいぶんと威張りくさった軍使である。「エクスキューズ　ミー」とか「アイ　ウィッシュ」とか、少なくとも控え目な言葉は一切つかわず、命令形だけで物を言っている。

だがしかし、これが彼らに少なからぬ威圧感をあたえていたことに、気がつきはじめた。というのは、彼らが私たちを扱う態度に、少しずつ変化が見えてきたからであった。彼らはまず部下たちの銃と弾薬をとりあげたが、私が差し出した軍刀には手もふれない。「ノー、ノー」とそのままでよいという素振りを見せる。その間に、私は彼らをじっくりと観察してみた。二人とも二メートルほどもある巨漢だが、年齢はまだ若いようだ。せいぜい二十歳前後だろう。

一人は赤ら顔で鼻も高く、これは欧米人の典型のような顔つきだが、もう一人の方は丸顔のうえに鼻も低い。こいつは何やら味噌団子を想い出させる愛敬がある。私はこの二人に対して、少しずつ親しみを感じはじめていたが、それと同時に年長者としての自信も湧いてきたのであった。

（これはオレのペースでいける！）

よく見ると、丸腰にされたはずの部下たちの腰には、いぜんとして手榴弾が二個ずつぶらさがっていた。

（何だい、こりゃあ）

私は正直のところ呆れて物も言えなかった。小銃などよりこちらの方が、はるかに殺傷力がまさっているのだ。私はますます余裕をとりもどしてきた。

とりあげた小銃を軽々と肩にした兵隊が先頭になり、私たち三人を中にはさんで、例の味噌団子が最後尾について歩き出した。

まもなく団子が大声で何やらわめき出した。私はちょっと立ち停まって後ろをふり向いてみると、団子が盛んに部下の一人をこづいている。何があったのかは知らないが、これでは部下があまりにもかわいそうだ。私は思わず大声で怒鳴りつけてしまった。

「ノー、ノー。ヒイ　イズ　マイ　マン」（やめろ！　彼はオレの部下なのだ！）

これはすぐに理解されたらしい。団子が照れくさそうに私を見て、肩をすぼめた。このとき、私は敵味方なしに、私がこのグループのリーダーなのだと自覚したような気がした。しかし、考えてみれば、これもおかしな話である。敗軍の将校が、勝軍の兵隊を怒鳴りつけることの矛盾さ加減もさることながら、それに一言の文句もいわず、肩をすぼめる方もすぼめる方である。

カピサヤンの町はもうすっかり変貌していた。急造された立派な道路が町を縦横に走っていて、その両側にはいたるところに花壇までが設けられていた。赤、青、黄と、可憐な草花が一杯に植えられていて、殺風景な戦場に一掬の色彩をそえている。英文の看板があちらこちらに立ち並び、各科の部隊の駐屯場所が明示されていて小気味よいほどである。町なかの住まいには、住民たちも帰ってきたらしく、それが窓から顔を出し、私たちに向かってありとあらゆる罵声を浴びせてくる。

「ジャップ！　バカ！　ドロボー！」

「ジャップ！　スケベ！　パタイ！（死ね）」

さんざんな態であるが、これは日本軍の一人としては甘受しなければならない侮蔑なのであった。

私たちはほどなくして先行していた岡本剛三大尉に会うことができたが、そのときばかりは、地獄で仏に会った思いであった。それにしても、私にとって、なんと長い半日であったことか。

驚くべき違い

米兵たちが物珍しそうに見まもるなかで、私は型どおりに岡本大尉の前で到着の申告を行なった。大尉は私の労をねぎらってくれたあとで、こうささやいたのであった。

「ここではもう安全だ。しばらくゆっくり休んでくれ」

私はその言葉を聞くと、急にガックリと疲れがきた。あたえられた宿舎の一隅に腰をおろし、ゆっくりと米軍陣地なるものを観察してみたが、まず目に入ったのはなんとも広くて清潔な宿舎の構えであった。ちょうど現在の日本のプレハブ宿舎のように、三面が大きな硝子窓で構成されている。そのために室内は明るく、整頓された調度類の関係もあって、広々としている。あのナバソの山の日本軍の宿舎にくらべたら、それこそ月とすっぽんほどの違いである。

表の道路を行き来する米兵たちも、じつにのんびりとしたもので、中には花壇のかたわらにしゃがみこみ、草花を観賞している者もいる。

私はトイレに行ってみて、ここでもすっかり感心させられてしまった。ヨシズのようなもので囲った一角には、何本もの溝が整然と掘られており、ところどころに移植ごてのような小型のシャベルが置いてある。米兵たちはその溝をまたいで用を足すのである。そのオープンさにはいささか辟易してしまったが、それにはそれなりの合理性がひそんでいたことを、あとになって知った。

つまり、おたがいが用を足しながら、仲間のようすに気をくばっているわけで、もしも下痢をしている仲間でも発見すれば、ただちに衛生兵に連絡し、強制的に診断を受けさせてしまうのである。これは伝染病の発生を、全員で監視しているわけなのであった。

さて、用がすめば、小型シャベルでその上から土をかける。これでは蠅のたかりようもないから、ここでも伝染病を未然に防いでいる。トイレの出入口には、消毒液と真水が用意されており、だれの目からも見える場所で手を洗うことになる。これも全員監視体制のもとでの、伝染病予防対策なのである。それにくらべたら、日本軍のトイレなど言及をはばかりたくなってしまう。それはもう目茶苦茶なのである。

ここで思い出したが、あるとき私はヒヤリとしたことがあった。食糧徴発で里の近くまで下りていったときのことだ。発熱していた私は、にわかに刺しこむような便意に襲われ、近くのブッシュの中に飛びこんで用を足していた。緊急のときだから一分の油断も許されない。右手に拳銃をにぎり、四囲を警戒しながらの用足しである。

突然、後方の草むらでガサガサと音がした。あわてた私はズボンを引き上げながら拳銃をかまえたが、その目の前にぬうっと顔を出したのは、なんと大きな一頭の豚であった。つまり、豚は人間の排泄物を平らげ、人間はその豚を食ってまた排泄するという寸法である。それにしても驚いた。一瞬、ゲリラの襲撃かと思って、冷汗三斗の思いであった。

夕食のときも、日本軍との違いをまざまざと見せつけられてしまった。鐘の音を合図に、私たちも支給された食器をたずさえて、列のうしろに並んだのだが、私たち三名が急にふえたために、員数物（一人一人にあたえられる副食品）が不足してしまった。私たちはさっさと分配を受けてしまったが、一番うしろの米兵三名には、それが行きわたらなかった。これが日本軍だったら大変なことになる。場合によっては、血の雨もふりかねない大事件になるところだ。

ところが、彼らは平気なのであった。員数物でない物、つまり、ゴッタ煮のようなものとか、スープのような汁物を少し余分にもらって、さっさとどこかへ行ってしまった。私はこのときほど、持てる国の真の裕福さと、その国に住む人たちの大らかさとを見せつけられたことはない。日本が負けたのも当然だったと、妙なところで納得させられたのであった。

最初のころこそ、うさん臭そうに私たちを眺めていた米兵たちも、時間がたつにつれて、興味ぶかそうに私たちに接近してきた。彼らはもう笑顔で話しかけてくる。

「お前の年はいくつだ」

「オレはジョーだが、お前は何という名だ。お前はワイフがいるのか」

「お前の階級は将校なのか。将校なら大尉なのか中尉なのか、それとも少尉なのか」

私はこのときはじめて、軍隊の階級を、英語で覚えたのである。大尉はキャプテン、中尉はファースト・ルテナント、少尉はセカンド・ルテナントだと彼らは教えてくれたからである。私のブロークンが結構、彼らに通じたのも嬉しかった。

こうして話してみると、彼らも私たちも、おなじ基盤の上に立たされていることに気づいてくる。職業軍人ならともかく、私たちのように、徴兵制のもとに戦場に送りこまれてきた人間は、彼らと話が嚙み合ってじつに楽しいのである。彼らもほとんどが、なかば強制的に戦場に送りこまれてきた、善良な市民たちであった。

＊

翌日は私のためにジープが一台用意された。サンホセの湯口部隊に向かうためである。ジープには二人の米兵が乗りこんでいた。昨夜、岡本大尉から聞いた話によれば、米軍は日本の将校に降伏勧告をやってもらいたいと希望しているそうである。

このことは、いまだにあちらこちらの山中に立てこもっている日本軍が、和戦の態度を決しかねているということにつながる。私がこれから向かおうとしている湯口部隊なども、その一つなのだと考えても誤りではなさそうであった。果たせるかな、私が前に考えていた二つの選択が、現実となってあらわれてきたのである。

前にも書いたように、私たち山中部隊は航空隊員だけで編成され、本来が地上の戦闘部隊とは性格が違うのである。私たちは航空機によってはじめていくさができるので、航空機が一機もなくなった現在では、もうすでに戦闘能力を失っている。他の諸部隊などは、その点では地上が主戦場なのだから、いかに後続を絶たれようとも、戦う方法はいろいろと考え出されるのだ。

それが証拠に、終戦時からだいぶ経過した現在でも、依然として山の中に立てこもり、米軍と一戦をまじえんものと、勇み立っている部隊が少なからずいるのである。それが米軍には頭痛の種になっていた。このさい、日本軍の将校を使って、それらの部隊の説得にあたらせるのが得策だと考えるのも無理はないのである。

しかし、使われる側にとっては、この上もなく危険な仕事である。万が一、相手の士気が極度に高揚していようものなら、こちらがかえり討ちに合うくらいの覚悟が必要のようだ。彼らにしてみれば、私を「投降した日本軍将校」と見なして、卑怯者呼ばわりされる危険性が多分にある。私は陛下の命令にしたがって山を下りたと理解しているが、強硬者に率いられた猪武者たちならば、一体、なにを考えているか、分かったものではない(かつて私もそうであったが……)。

サンホセに通ずる道路は、ときどき降ってくる豪雨のために、ドモン河からあふれ出た洪水にさえぎられて、通ることができなかった。ジープの米兵はトランシーバーを使って、さいさい本部と連絡をとっていたが、ついにこの日は中止と決まった。

帰路の車の中では、任務をとかれた彼らが、気楽に私に話しかけてきた。彼らが最初にいったことは、日本軍がいかに勇猛であったかということへの賞賛であった。つぎには、その日本軍に打ち勝った米軍の素晴らしさを強調したが、その中で彼らは勝利のことを、このように表現していたのである。

「われわれは幸運に恵まれたのだ……」

彼らは、決してうぬぼれてはいなかった。さらに、

「戦争は素晴らしいゲームだ。これほどエキサイティングなゲームはほかにない。第一回戦は幸運にもわれわれが勝ったが、このつぎは分からない。なにせ日本軍は強いからな……」

私はこの言葉に驚いてしまった。戦争をゲームに見たてる彼らの神経を、私はどうにも理解できないのである。そこで私は、こう質問してみた。

「しかし、今度の戦争で、君たちの仲間はずいぶん戦死したろうが……」

「イエス」

彼らは素直に肯定した。

「あれは彼らが運が悪かったからだ。ゲームには運、不運がいつもついてまわるものだから……」

そして、こうも言ったのである。

「ゲームが終わってしまえば敵も味方もない。お互いが肩を抱きあって、相手の善戦をたたえ合えばいいんだよ」

私は米人気質の一端をかいま見た思いがした。合理性といってしまえば味もそっけもないが、それぞれの国の、歴史や文化のうえに立った価値観の相違を、私はこのときはっきりと知らされたのである。

そのほかにも、具体的な戦場での話などがかわされたが、君はどこでわれわれと闘ったのかという質問に、私はこう答えた。

「私は飛行機乗りだから、リンガエン攻撃が最後だった。そのあとは、慣れない地上戦闘に参加したが、君たちと撃ち合ったのは、サンホセ盆地での一戦だけだった」

「サンホセ？」

彼らの顔つきが一瞬けわしくなったのが分かった。私は一瞬ハッとして、そのあとの話はやめてしまったが、彼らが二人だけでヒソヒソ話をはじめたときには、さすがに少々、薄気味の悪い思いをしたものである。

もしかしたら、彼らはあのときの斥候に加わっていた兵隊たちなのかもしれない。あのときは幸運にも私たちが勝って、彼らの中に戦死者や負傷者が出たことは間違いなかった。彼らの記憶の中に、まだ生々しくその影がひそんでいたのかもしれない。ゲームだ、ゲームだと言っていた彼らにも、やはり心に残る深い傷跡は、容易に拭い去ることができないのであろう。

結局、サンホセ行きはこれっきりで中止になった。私のつぎの任務は、山中大隊をふくむナバソの山の諸部隊との連絡係であった。岡本大尉が米軍との交渉や打ち合わせを担当し、その結果を私が山中少佐まで知らせに行くのである。

そんな私のために、うちの小隊では馬を一頭用意してくれた。この馬は野性化したのをつかまえたもので、どこからか鞍や手綱までも徴発してきてくれたのである。工兵学校のころ、わずかの期間だったが訓練していた乗馬が、こんなところで役に立つとは、思ってもみなかったことであった。

恩師との再会

何度目かの連絡のときであった。いつものように、かよい慣れた草原の中を、私は馬を飛ばしていた。本部では、私の報告にもとづいて、各隊に指示を出すのである。武装解除の時期は迫っていた。

そのとき、ふと前方に一つの人影が見えた。この時期、いったい、何の目的でこんなところを歩いているのだろう。各隊とも、下山の準備でいそがしいはずなのに……。私は手綱を引いて馬を停めると、その人影の方へ歩み寄っていった。

五、六メートルの距離まで近寄ってきたとき、私は思わず、アッ！と叫んで馬から飛び下りてしまったのである。なんとこの人は、いまはげっそりとやつれてはいるものの、かつての私の恩師、原敏夫教授ではないか。

「原先生ではないですか。福島高商におられた。私は宮本です。覚えておられますか？」

その人はびっくりしたように私を見たが、

「やァ、宮本君かっ！　覚えているとも。いやァ、じつに奇遇だなァ……」

先生は懐かしそうに、あらためて私の顔をしげしげと見つめた。

「先生、ひょっとすると、あの原隊というのは先生の部隊のことではないですか……」

「そうだよ。僕が隊長をやっている……」

原隊というのは、この山ではみんなが知っていた。在留邦人の老人と婦女子だけで編成され、それゆえに、数々の噂が流されていた部隊なのである。ことに、ある部隊長が、この隊にいる一人の婦人を妾にしているという噂は、私たちにすくなからぬショックをあたえていた。

先生は静かな口調で、これまでの経緯をこんなふうに話してくれたのであった。

私たちが学校を卒業した昭和十七年九月から間もなくのころ、先生は文部省から委嘱されて、フィリピンの司政官となってマニラに着任した。その後、戦局は日に日に悪化の一途をたどり、ついに二十年一月、敵はリンガエンに上陸してきたのである。在留邦人のすべての男性は、現地徴集によってすでに戦場に赴いており、残された老人と婦女子は、原司政官に統率されて逃避行に出立したのである。あちらこちらとさ迷ったあげく、もっとも安全で、かつ食糧も豊富とされていた北部ルソンに入りこんできたのであった。

今年の六月、私たちが間道沿いにエチアゲに向けて軍需物資を搬送していたころ、途中ですれ違った婦女子らの一行、あれは原隊の一部であったに相違ない。それからは、私たちも経験したあの陰惨な毎日であった。先生はそのことに触れなかったが、食糧のために身を売った人や、中にはもっとひどい男と女のからみもあったはずである。

「そうでしたか……」

聞き終わった私は、一言も発することができなかった。しかし、そのころ私の頭の中では、神田少尉のあの悲しい自決のことが、盛んに浮き沈みしていたのも確かである。原先生は責任感の旺盛な方である。下山となって帰国が決まれば、先生が率いてきた在留邦人たちも自由になれる。じつはそのときが、先生にとって、もっとも怖ろしいときなのではないのか。先生が自身でなんらかの解決をつけようと思えば、いまがそのチャンスのはずなのである。

私の推測が当たっているとは考えたくなかったが、ここは先生に気をとりなおしていただくのが一番だ。そう考えた私は、先生に向かってこんなふうに話しかけた。

「各部隊とも、外部に話したくないことは一杯あります。しかし、これも、戦争によってつくり出された狂人たちがやったことです。いま、米軍との間では最後の詰めに入ったところです。もう少しの辛抱ですから、元気を出して下さい。お願いします」

先生はじっと下を向いたまま聞いておられたが、急に顔を上げてにっこり笑った。

「そうそう、君に話すのをすっかり忘れていたよ。山の上では君のことが評判になっているぞ。宮本という少尉が、いま熱心に米軍との交渉にあたっているから、そのうちにきっといい条件で下山することができるだろうと、みんなが君に期待しているよ。僕もはじめは知らなかったが、その宮本少尉というのが君だったとはねえ……」

先生は本当に嬉しそうにそう言われたが、私は大いに照れてしまい、

「いや違いますよ。米軍と交渉しているのは岡本大尉で、私は単なる連絡係にすぎません」

先生はそんなことなどどちらでもいいという顔で、頼もしそうに私を見つめた。私は最後にこう念を押した。

「先生、お願いします。あの人たちを全員ぶじに日本に送りかえして下さい。それがいまの先生にはもっとも大切なお仕事のはずです……」

「分かったよ、君。なにも心配することはないよ。君こそ健康には充分に気をつけてくれたまえ」

別れのとき

武装解除の日どりが決定した。九月七日、場所はカピサヤンである（日付は、私が持ち帰った備忘録による）。各部隊はいっせいに最後の準備にとりかかった。当日、正装に身ごしらえした私たちは、整列してはるかな皇居に向かって深々と頭をさげた。青く深く澄みわたった大空には、これが最後の〝戦場の太陽〟がまぶしく照り輝いていた。

ナバソの山のいちばん奥から、まず、野戦病院が下山をはじめた。途中で重患を収容しながらである。カピサヤンには、米軍の赤十字車が何台も待機しているはずで、それに引き渡すのが目的なのであった。私の小隊からも数人が収容されていったが、その光景は生涯忘れられないものとなった。

原茂曹長（山口県出身、三十三戦隊）＝痩せさらばえて、頬骨だけがつき出た顔に、目ばかりが異様に大きく見ひらかれ、その目に一杯涙をためていた。衛生兵のになう担架の上から、彼は私に向かって深々と頭をさげて去っていった。私は挙手の礼で静かに彼を見送った。後報によれば、翌八日、ラロの米軍病院で、彼は息をひきとったという。病名は「気管支炎にマラリア併発」であった。その遺品は、同室だった中島軍曹が奉持したということである。

中島善次郎軍曹（青森県出身、十八戦隊）＝ずいぶんなにかと働いてくれた軍曹だった。私といっしょに軍使になって苦労したのも彼である。すっかり面やつれして、黒ずんだ顔で何度も何度も頭をさげながら、静かに私の前を通り過ぎていったが、彼の持った竹の杖が、奇妙に私の印象に焼きついた。同じく後報によれば、彼は幸いにも体力を回復し、一足先に日本に帰ったということであった。

身深英夫兵長（大分県出身、十六飛行団）＝彼はまだ若いだけに、感情を露骨に表に出して泣いた。別れの淋しさと悲しさで、顔中がぐしゃぐしゃに濡れていた。それでも担架の上から、途切れとぎれに最後の挨拶をしたのであった。「み・な・さ・ん・に……、よ・ろ・し・く……」と。その彼も、元気になって日本に帰ったと聞く。

私のあずかった三十一名の部下の中で、この三名のほかに、戦死者が四名出ている。

疋田定治兵長（静岡県出身）、兼重実兵長（山口県出身）、上野政雄兵長（香川県出身）、三浦繁雄上等兵（山口県出身）。

不思議に五十一戦隊の者ばかりで、しかも若い兵長や上等兵が多いのも、なにか気にかかる。彼らと私とは、もともとが何の関係もなかった間柄である。五十一戦隊は最新鋭戦闘機の四式戦を装備した戦隊で、第十六飛行団に所属し、もっぱらレイテ攻撃に専従した。その後はクラーク基地から台湾沖の航空戦に参加したが、その先はどんな行動をとったのか、私は知らない。

航空隊は行動が敏速なので、一ヵ所に長く留まることがほとんどないのだ。そんな彼らと私とが、隊員と隊長という関係に立たされて、苦楽を共にすることになったのも、これも何かの因縁に違いない。そしてまた、そんな彼らと死別することになったのも、すべてが神の思し召しによるものと考えるよりほかに、私には理解のしようがないのである。

私の小隊員たちの出身地は、ほとんど全国におよんでいた。そのため、それぞれの県民性や言葉の訛りなどはまちまちだが、日本の兵士としての共通点ではぴったりと一致していた。私は彼らの一人ひとりを信頼していたし、愛してもいた。またその彼らの方でも、私をまるで父親か兄貴のように慕ってくれていた。それがなかったなら、あの苛酷な毎日に一日として堪えていけるはずはなかった。

聞くところによれば、部隊によっては停戦を機に、指揮官と部下との間に反目や離反が渦を巻いたところもあるという。ありがたいことに、私たちの間にはそんなことはただの一度もなかった。

だんだんと遠ざかっていく重患者たちの後ろ姿を見送りながら、私は過ぎ去っていった日日の追憶に、深く沈みこんでいる自分を見出していた。

配宿計画にしたがい、後方の部隊からぞくぞくと山を下りてくる。中でも、もっとも哀れをさそったのは、例の在留邦人たちの姿であった。男の場合なら、その行為に何とでも言いわけがつくが、女にはそれができない。女に生まれたことを、みずから呪ってもらうよりほかに、救いの方法は見出せないのである。

私たちは最後尾をうけたまわって、ゆっくりと歩きはじめた。もうこの山ともお別れである。苦しかったが、一面では懐かしい山でもあった。一木一草にいたるまで、なんらかの思い出につながらないものはない。

前進にあたって、頭の痛くなる問題がひとつ持ち上がってきた。それは、死骸の始末であった。途中のどのバハイの中にも、三つや四つの死骸がかならずころがっていた。それも極端に腐敗したもので、手のつけようもないほどに痛んでいた。そのうえ、なんとも形容しがたい悪臭が部屋中にこもっており、そのため気分が悪くなってくる。

しかし、と私は考えざるを得なかった。じつはこのにおいこそが戦士の体臭であり、戦場だけが持つ独特の芳香なのである。この中で暮らしながら、自分はいったい何を考え、何をやってきたのだろう。振りかえってみても、私は何も考えず、何もやってこなかったような気がする。

いま私の目の前に横たわるこの醜い残骸にも、かつては間違いなく生きていた過去がある。彼らはその中でいったい何を考え、何をやってきたのだろう。やはり彼らも私同様に、何も考えず、何もしてこなかったのではないだろうか。極限の世界の中では、人は空気中に大気と化してしまうのだろうか。ともあれ、私たちは極力、彼らを埋葬しながら前進したのであった。

カピサヤンの集合地点では、ひさびさで大隊全員が顔をそろえた。将兵たちが首にさげている、白い布の数がずいぶんと増えていた（この中の小箱には、戦病死した戦友たちの遺髪や遺品が入っている）。全員が正装しているせいか、「わが方いまだ健在なり」の感がしないでもない。しかし、本当はこれが最後の正装なのであった。

米軍の車両が到着するまでに、まだわずかだが時間があった。私はこの時間を利用し、小隊員たちを前にして最後の話をした。

「間もなくみんなとは別れ別れになると思うが、どこへ行っても、日本人としての誇りを失わないようにしてもらいたい。米軍は日本軍に勝ったことを、非常な誇りに思っているんだ。彼らは世界最強の日本軍を負かしたと、有頂天になっているんだ。だからみんなは、けっして卑屈になってはいけない。堂々と降伏すればいいんだ。ただし、万が一の覚悟だけはしておくように。死ぬときは、けっして不様な死に方をしてはいけないぞ。以上だ。それでは元気でな……」

これは本当は、私自身に言い聞かせている言葉なのかもしれない。

遠くで聞こえていたエンジン音が、山麓を曲がって突然ひびきわたると、私たちの目の前に小型のジープが一台あらわれた。この車から一人の米将校が、岡本大尉といっしょに降りてきた。そのうしろには、数人の米兵がしたがっている。よく見ると、この米将校は口をモグモグさせている。チューインガムを噛んでいるのだ。嫌な気分がしてきた。こちらは厳粛な武装解除の式典のつもりでいるのに……。

（馬鹿にしてやがる！）

しかし、彼らにしてみれば、こんなことはさほど関心がないことなのかもしれない。彼らは単に一つの作業と考えているに過ぎないようだ。まもなく岡本大尉の指示により、みるまに兵器類がその場に山と積まれた。菊の御紋章が刻まれ、人間の命よりも大切にされたこれらの兵器が、無残な姿になってその場にころがった。

「無条件降伏」という五文字が、あらためて私の胸の奥につき刺さってきて、思わず涙がこぼれる。部下たちも呆然となって、その光景を眺めていた。ふと気がつくと、いつのまに来たのか、大型のトラックが十数台待機していて、その一台に、集められた兵器が無造作に投げこまれた。つぎには丸腰にされた私たちが、米兵たちの指示によって、逐次トラックの荷台につめこまれた。

この時点で、将校と下士官兵とが分離された。もう私の手は、部下たちのところまでおよばない。

（元気で行けよ。堂々と行けよ）

彼らの乗った車両の方を見やった私の頬を、熱い涙が幾筋も流れ落ちた。上空には観測機が数機、低空で何度も何度もそのあたりを旋回していた。

単行本　昭和六十三年三月　光人社刊

NF文庫

隼のつばさ　新装版

二〇一七年五月十五日　印刷
二〇一七年五月二十一日　発行

著　者　宮本郷三
発行者　高城直一

発行所　株式会社潮書房光人社
〒102-0073　東京都千代田区九段北一-九-十一
振替／〇〇一七〇-六-五四六九三
電話／〇三-三二六五-一八六四代
印刷所　慶昌堂印刷株式会社
製本所　東京美術紙工

定価はカバーに表示してあります
乱丁・落丁のものはお取りかえ
致します。本文は中性紙を使用

ISBN978-4-7698-3010-8 C0195
http://www.kojinsha.co.jp

NF文庫

刊行のことば

第二次世界大戦の戦火が熄んで五〇年――その間、小社は夥しい数の戦争の記録を渉猟し、発掘し、常に公正なる立場を貫いて書誌とし、大方の絶讃を博して今日に及ぶが、その源は、散華された世代への熱き思い入れであり、同時に、その記録を誌して平和の礎とし、後世に伝えんとするにある。

小社の出版物は、戦記、伝記、文学、エッセイ、写真集、その他、すでに一、〇〇〇点を越え、加えて戦後五〇年になんなんとするを契機として、「光人社NF(ノンフィクション)文庫」を創刊して、読者諸賢の熱烈要望におこたえする次第である。人生のバイブルとして、心弱きときの活性の糧として、散華の世代からの感動の肉声に、あなたもぜひ、耳を傾けて下さい。